藝術 編劇的

The Art of Dramatic Writing

Its Basis in the
Creative Interpretation of
Human Motives

Lajos Egri

拉約什·埃格里————著

黃政淵、石武耕————譯

給我的妻子伊蘿娜（Ilona）

目次

導讀

寫故事的前提

　　一九四六年出版至今，《編劇的藝術》持續啟發著不同世代的創作者，網路上甚至能找到介紹這本書的簡報與討論影片。但這些第二手資料，永遠無法取代直接閱讀《編劇的藝術》，所帶來的樂趣與啟發。拉約什·埃格里的寫作風格充滿雄辯，大量的譬喻與令人咀嚼再三的佳句，充斥著每一頁。他的分析力極強，即使對易卜生《玩偶之家》或莎士比亞《哈姆雷特》極為熟悉的讀者，依然會發現拉約什·埃格里對劇本的逐句解讀，充滿洞見與啟發。

　　以《春風化雨》榮獲奧斯卡最佳原著劇本獎的編劇湯姆·舒爾曼（Tom Schulman）說：「亞里斯多德《詩學》與拉約什·埃格里《編劇的藝術》這兩本書影響我最深。」擔任《魔鬼司令》、《終極警探》等賣座大片編劇的史蒂芬·德蘇薩（Steven E. de Souza）則坦陳，《編劇的藝術》對他創作技巧有很大的影響。

　　知名的美國電影學者大衛·鮑德威爾（David Bordwell）在《好萊塢的說故事方式：當代電影中的故事與風格》（*The Way Hollywood Tells It: Story and Style in Modern Movies*, 2006）一書強調，拉約什·埃格里藉著《編劇的藝術》，成為二十世紀五〇年代後，對好萊塢電影編劇影響最大的兩位歐洲大師之一。

獲得高度評價的電影編劇書《故事的道德前提：怎樣掌控電影口碑與票房》（*The Moral Premise: Harnessing Virtue & Vice for Box Office Success*, 2006），作者史坦利．威廉斯（Stanley D. Williams）直接在第一章點名拉約什．埃格里，強調《編劇的藝術》對前提（premise）的重視是不能忽略的智慧，並在第三章分析前提這個觀念，是如何能在羅伯特．麥基（Robert McKee）或希德．菲爾德（Syd Field）等當代電影編劇教學大師的著作中，發現類似的回響。

　　前提是這本書十分重要的一個觀念，一個故事等於在證明一個前提。如果用比較容易懂的說法，就是這個故事要傳達的主要思想。拉約什．埃格里認為前提可以用很簡單的一句話表達，比如《羅密歐與茱麗葉》是「偉大的愛甚至不畏死亡」，《李爾王》的前提是「盲目的信賴導致毀滅」等等。

　　拉約什．埃格里主張，前提不應該直接在劇本提及，而需透過角色、對白與情節的有機對話（他會說是辯證法），來向觀眾證明。他以權威的口吻強調：「好的前提都是──由三個部分組成，每一個部分都是好劇本所不可或缺的。讓我們檢視一下『儉約導致浪費』這句話，這項前提的第一個部分提示的是角色，一個儉約的角色。第二個部分『導致』提示了衝突，第三個部分『浪費』則提示了劇本的結局」。

　　但前提是怎麼來的，這時候拉約什．埃格里又從一個傳道人的角色，變成一位禪宗大師，他說：「動身到處找前提是愚蠢的，因為就像我們曾指出的，前提應該是你自己的信念。」正是這種既能直指核心，又能保留開放的辯證態度，讓《編劇的藝

術》讀來令人愛不釋手，成為創作者的最佳床頭書。

　　前面提到大衛・鮑德威爾認為拉約什・埃格里是影響好萊塢的兩位歐洲大師之一，另一位是對寫實演技有絕大貢獻的俄國大師史坦尼斯拉夫斯基（Konstantin S. Stanislavski）。史坦尼斯拉夫斯基體系，透過一九四七年在紐約設立演員工作室（Actors Studio），在五〇年代以方法演技（method acting）的美國化面貌，快速擴散開來。詹姆士・狄恩、馬龍・白蘭度、達斯汀・霍夫曼、艾爾帕西諾與勞勃・狄尼諾等演技派巨星，都曾在演員工作室學過演戲。這種以演員內在體驗來詮釋角色的表演進路，恰好與《編劇的藝術》反對亞里斯多德，強調角色大於情節的主張，一拍即合。

　　在電影的世界裡，透過攝影機的聚焦與銀幕的放大，演員的臉成為觀眾迷戀的對象。在奧斯卡獎頒獎典禮上，觀眾最關注的，都是最佳男女主角，很少人會記得誰得了最佳編劇。不論如何，拉約什・埃格里對角色重要性的辯護，呼應了影像主導的時代精神，至今勢不可擋。

　　其實《編劇的藝術》能從任何一章開始讀起，因為拉約什・埃格里實踐著他在這本書所強調的整體性觀念，不論是前提、角色三面向（生理學、心理學與社會學）、核心角色、角色排列組合、四種衝突、攻擊點、轉捩點、轉折與對立統合性等重要觀念，他總是不斷從各種新角度，賦予這些概念新的解釋。

　　我非常欣賞拉約什・埃格里對「對立統合性」這個概念的強調，這是一個非常有用的創作技巧。他主張必須將兩個彼此對立的人物，找到綁在一起的必然性，而這個設定保證了衝突的存

在，「只有在一個以上的角色之特點或主導特質被徹底改變之後，真正的對立統合性才能被解除。在真正的對立統合性中，妥協是不可能的。」透過他精闢的分析，我們可以發現這個技巧在很多經典鉅作中都存在。如果要舉更容易理解的例子，是很多鄉土劇所偏愛的婆媳議題，便有對立統合性的結構，兩個互相對立的角色，被綁在一個家庭裡。

拉約什‧埃格里很喜歡舉科學的例子——「我們要再三強調，所有體現大自然的事物都有辯證的性質」——從物理學、統計學、工程學、生物學、生理學到遺傳學，他不斷試圖說明，在前提與角色之間，是一個有機的互動過程，這個過程就是情節。他深切相信，「當我們從書上讀到，或是在舞台上看到一則故事裡的殘酷、暴力、凌虐，以及所有使人變成禽獸的激情，這時我們其實看到了自己，因為我們這一生中也經歷過幾次，就算只有一瞬間而已……讓我再強調一次——去寫那些抵達了人生轉捩點的人物，這是值得的。我們能夠從他們的示範中得到警惕或啟發。」

活著需要故事，尤其是好故事，但前提是我們得先訓練出能寫故事的人。

耿一偉（台北藝術大學戲劇系兼任助理教授）

引介

　　首先我得說，埃格里先生這本《編劇的藝術》遠遠不只是一本教人編劇的手冊而已。無論對他本人、還是他在本書中協助推翻的寫作規範而言，這樣說都很中肯。

　　這本書很難用一句話歸類，就像范伯倫（Veblen）的《有閒階級論》（*Theory of the Leisure Class*），以及帕靈頓（Parrington）的《美國主要思潮》（*Main Currents in American Thought*）剛剛付梓時，也很難用三言兩語道盡前者之於社會學的意義，以及後者之於美國文學的意義。這些書都為各自學門中向來遭到忽視的角落點起明燈，啟迪了諸多鄰近領域，並讓人窺見其他許多人生層面；此外，這些書也都花了相當的時間，才獲得肯定。而我確信，時間也將給予《編劇的藝術》漂亮的評價。

　　我身為專業的戲劇製作人，最感興趣的，自然是專業人士埃格里先生要對我坦誠相告的事情。劇場裡到處埋藏著法則，就像烤火腿裡到處埋藏著丁香一樣。有人會用最執著、最堅決、最有把握的態度宣稱，只有寫出好劇本之後，才知道好劇本是什麼樣子。不過這樣做事的成本顯然偏高。而且最後得出的成果通常都很糟，難稱令人滿意。因此，能夠像《編劇的藝術》一樣，讓我覺得可以說出以下這番話的書，就更顯得難能可貴。這是我第一次碰到一本書，讓你可以在跟高薪演員簽約、聘僱分屬七個工會

的職員、花掉價值一棟長島豪宅的錢製作一齣戲之前，就能先辨別一部劇本為什麼不好。

埃格里先生的寫作紮實、權威，而且舉重若輕，我以為只有懂得多項專業的人才能如此。他的行文精闢明晰，這來自他踏遍人生每個角落縫隙、高峰低谷的歷練。您會覺得，此人多年間去過許多地方。他懂了許多事，也比大多數人累積更多見聞。埃格里先生是以智者的方式在寫文章。

我能為《編劇的藝術》做出最好的褒獎就是，今後一般人，包括我自己在內，都再也無法為拙於遣詞造句找藉口。您讀過埃格里先生的書之後就知道，任何一部小說、電影、劇本、短篇故事為何無聊，或者更重要的，為何引人入勝。

我感到本書將深刻影響美國的劇場與觀眾。

吉伯特・米勒（Gilbert Miller）

前言

舉足輕重的重要性

在希臘的古典時代，有間神廟發生了駭人聽聞的事。某晚，宙斯神像不知遭誰給砸碎、褻瀆了。

此事在居民中引發軒然大波。他們唯恐招來眾神的報復。

城邦的公告員沿街叫喊，喝令犯人速速現身，面見長者，接受應得的懲罰。

罪犯當然無意投案。結果，才過一星期，又有一尊神像被砸毀了。

民眾現在懷疑，有瘋子溜出來了，遂派了幾名衛士把守。他們的戒備最終奏效，禍首落網了。

他被問到，

「你知道什麼命運等著你嗎？」

「知道，」他回答得近乎雀躍，「死亡。」

「你難道不怕死？」

「我怕。」

「你明知是死罪，為何仍要犯禁？」

這人用力吞了吞口水，回答道：

「我什麼都不是。我這輩子什麼都不是。我沒做過任何讓自己與眾不同的事，也曉得自己辦不到。我想做些事讓人注意到

我……而且記得我。」

他沉默了一會兒，又說：「而別人死了就被遺忘。我覺得用死能換來不朽很划算！」

不朽！

是的，我們都渴望被人注意。我們希望舉足輕重、永垂不朽。我們希望做的事會讓人驚嘆，「好厲害，不是嗎？」

如果我們製造不出什麼有用或是漂亮的東西……那肯定就該製造些別的。像是麻煩。

只要想想你們家的長舌婦海倫阿姨就好（大家家裡都有一個）。她總讓人不痛快、起疑心，然後起爭執。她為什麼要這樣？當然是想要擁有重要性，而她如果只有靠八卦或撒謊才能達成目的，就會毫不猶豫去八卦或撒謊。

在我們的人生中，必然有想要卓然出眾的基本慾望。我們不論何時，都渴求受人注意。人的自我意識，即使是離群索居者亦然，都來自於對重要性的渴望。如果失敗能夠引起同情或憐憫，就有人會為了失敗而失敗。

以你的小舅子喬為例。他總是追在女人後面跑。為什麼？他擔起家中生計，是個好爸爸，奇怪的是，還是個好丈夫。但他的人生還少了些東西。他對自己、對家庭、對世界來說都不夠重要。風流韻事就成了他生命的焦點。每次征服新的對象，都讓他感覺自己又更重要了一些；他覺得自己完成了某些事。喬如果得知，他追求女人是為了代替某些更有意義的創造，他自己也會驚訝吧。

. . .

母親生兒育女就是一種創造。這是造就不朽的起點。與男人相比，女人較不傾向於到處留情，或許這就是理由之一。

一位母親能遇到最不公的對待，就是她長大成人的子女出自一片愛心與體貼，碰到困難都不讓她知道。他們讓她覺得自己無足輕重。

每個人天生都有創造力，無一例外。只要給大家機會表現自己，就辦得到。如果巴爾札克（Balzac）、莫泊桑（De Maupassant）、歐·亨利（O. Henry）沒有學過寫作，他們更有可能成為難以自拔的騙徒，而不是偉大的作家。

每個人都需要一個出口，來抒發自己與生俱來的創造才華。你若覺得想寫，寫就是了。你或許擔心，沒受過高等教育可能妨礙你實現重大成就？忘了這念頭吧。許多大作家，像是莎士比亞（Shakespeare）、易卜生（Henrik Ibsen）、蕭伯納（George Bernard Shaw），都沒見過大學校園的模樣。

就算你永遠不會變成天才，還是可以從人生中獲得很大的樂趣。

如果寫作對你來說沒有吸引力，你可能會把唱歌、跳舞、演奏樂器練好，好到足以娛樂你的賓客。這也是屬於「藝術」的範疇。

是的，我們想要引人注意。我們想要被人記住。我們想要舉足輕重！我們可以獲得一定的重要性，方法就是用最適合我們天賦的方式來表現自己。你永遠想不到你的副業可以精進到什麼

地步。

　　就算你在商業上失敗了，有了這段經驗之後，說不定也在這門你已如此了解的學問中成為了權威。你的經驗更豐富了——光是你始終認真以對，就是很偉大的成就了。

　　這樣到了最後，便能填滿貪求重要性的惱人渴望，卻不使任何人受傷。

序

　　除了寫給作家與編劇之外，這本書也是寫給一般讀者看的。廣大讀者若能理解寫作的運作機制、體察到一切文學工作的種種艱難與極度傷神費力，便能更由衷地欣賞這些文學作品。

　　本書的結尾為讀者列出了幾齣戲的劇情大綱，並依照辯證法進行了分析。我們希望這有助於讀者對一般的小說與短篇故事，尤其是對戲劇與電影，有更深入的理解。

　　我們將在本書中探討幾部劇本，但不會褒貶每部劇本的整體。我們為了說明某個論點而徵引某些段落時，也不必然表示我們推崇整齣戲。

　　我們會談現代劇本，也會談古典劇本。重點會放在經典作品上，因為大多數的現代劇本太快就被人遺忘。才學之士絕大多數熟悉經典，經典也隨時可供鑽研。

　　我們以不斷變動的「角色」，做為建構理論的基礎。角色受到種種持續變動的內在與外在刺激時，永遠會作出近乎激烈的反應。

　　一個人，不論什麼樣的人，或許就是正在讀這行字的你，是由什麼樣的基本成分構成的？我們必須先回答這個問題，才能好好討論「衝突攻擊點」（point of attack）、「角色排列組合」（orchestration）等等概念。我們必須從生物學上更加了解人類，

不過我們要稍後再來觀察這部分的運作。

我們要先從剖析「前提」（premise）、「角色」（character）與「衝突」（conflict）開始。這是為了讓讀者對於將驅使角色攀上高峰或淪入毀滅的這股力量，能有約略的了解。

蓋房子的人若是不了解他要使用的建材，就會招致災難。對我們來說，建材就是「前提」、「角色」與「衝突」。在詳細認識這些要件之前，空談如何寫劇本只是白費力氣。我們希望讀者會覺得這方法幫得上忙。

在本書中，我們提議為各種寫作，尤其是劇本寫作，指出一條新的路徑。這條路徑的基礎，就是辯證（dialectics）這項自然法則。

許多由不朽作者寫下的偉大劇本，都歷經了時代淘洗，才流傳到我們手中。不過就算是天才，也常常寫出很糟的劇本。

何以致此？因為他們寫作依據的是直覺，而不是準確的知識。直覺或許可以讓人一次、乃至多次寫出傑作，但是純然依賴直覺，恐怕也會讓他寫出一樣多的失敗之作。

眾多權威人士都曾列舉劇本寫作學的支配法則。戲劇的最早期、無疑也是最重大的影響人物亞里斯多德（Aristotle），在兩千五百年前就說過：

> 最重要的乃是事件的結構，並不是人物的結構，而是行動與生命的結構。

亞里斯多德**否認**角色的重要性，他的影響也持續至今。但也有人主張，角色才是一切類別的寫作裡最重要的要素。十六世紀的西班牙劇作家洛佩・德・維加（Lope de Vega）曾經舉出這樣的要訣：

　　第一幕要把情勢交代清楚。在第二幕要把事件巧妙交織在一起，讓人直到第三幕中段都很難猜中結局。總是要設局騙取期待；如此一來，就可能讓人領悟一些遠遠不同於先前預期的事。

德國批評家兼劇作家萊辛（Lessing）則寫道：

　　以最嚴格的方式遵守規則，也抵不過角色身上的最微小缺陷。

法國劇作家高乃伊（Corneille）又寫道：

　　可以確定的是，戲劇既然是門藝術，便有其法則；但卻不能確定，是一些什麼樣的法則。

　　諸如此類云云，全都彼此矛盾。有人甚至聲稱，根本就沒有任何規則可言。這種見解真是再莫名其妙不過。我們知道進食、行走與呼吸都有其規則；我們知道繪畫、音樂、舞蹈、飛翔、造橋都有其規則；我們曉得，每種體現人生與自然的方式都有其規

則——那麼，為何唯獨寫作例外呢？寫作顯然不是毫無規則。

有些曾試圖列出規則的作家告訴過我們，一齣戲是由不同的部分組成的：如主旨（theme）、情節（plot）、事件（incidents）、衝突（conflict）、情節糾葛（complication）、必備場景（obligatory scene）、氣氛（atmosphere）、對白（dialogue），以及高潮（climax）。上述每個部分都已有人寫過專書，向學生進行解釋與分析。

這些作者都認真處理了各自的題目。他們研究了同領域裡其他人的作品；他們寫了自己的劇本，並從自己的經驗中學習；卻始終未能滿足讀者。還少了某些東西。學生還是不了解，諸如情節糾葛、張力、衝突與情緒等等，或者任何與劇作相關的類似問題，究竟與他想寫出的好劇本有什麼關聯。他曉得「主旨」是什麼意思，但是當他試圖應用這項知識時，卻不知所措。畢竟，威廉・亞契（William Archer）說過，主旨是不必要的。珀西瓦・懷爾德（Percival Wilde）則說，主旨在**開場**時是必要的，但是必須埋得夠深，深到沒人看得出來。誰才是對的？

接下來看看所謂的必備場景。有些權威人士說它不可或缺；也有人說根本沒這回事。若它不可或缺，它**為什麼**不可或缺？或者，若它並非不可或缺，又是為何？每一位教科書作者都解釋過自己偏愛的理論；但是他們沒有一個人用這種協助學生的方式，找出各自的理論與整體現象之間的聯繫。還缺了**統整**的工夫。

我們認為，必備場景、張力、氣氛等等，都是枝微末節。**這些都是某些更重要事物產生的效果**。跟一位編劇說，他需要一個必備場景，或是他的劇本欠缺張力或情節糾葛，都是沒有用的，

除非你能告訴他如何實現這些東西。下定義並不能解答這個問題。

必須讓某些東西來**引發**張力、來**創造**情節糾葛，而無須編劇方面刻意試圖這樣做。必須讓一股力量統整所有的部件，讓這股力量自然長出所有部件，如同軀幹自然長出四肢。我們認為，我們知道這股力量是什麼：那就是人性（human character），造就一切無盡後果與辯證矛盾的人性。

我們從來不認為，這本書就是劇本寫作的最終定論。恰恰相反。開闢一條新道路的人，會犯下許多錯誤，有時還會變得不知所云。我們的後繼者將會挖掘得更深入，將這個應用在寫作上的辯證手法，整理得比我們冀望的更加明白具體。這本運用辯證法的書，本身也適用辯證的法則。這裡闡述的理論是個「正」（thesis）。對其加以否定的論點則是「反」（antithesis）。這兩者會形成一個統合正與反的「合」（synthesis）。這就是通往真理之道。

第一部

前提

有個男子坐在他的工作室裡，忙著打造一件裝有輪子與彈簧的新發明。你問他這是什麼道具、是做什麼用的，他卻真誠地望著你，小小聲坦承：「我真的不知道。」

另一個男子沿街跑過來，喘得上氣不接下氣。你攔住他，問他要去哪。他喘著說：「我怎麼知道？我還在路上啊。」

你（還有我們，以及全世界）對此的反應想必是，這兩人都有點瘋狂。凡是合理的發明皆有其理由，凡是有意的奔跑皆有其目的地。

不過，儘管看似難以置信，這如此淺顯的道理，在劇場界卻被人徹底忽略。連篇累牘的劇作，全都言不及義、毫無觀點可言。許多人整天一頭熱地匆匆忙忙、慌慌張張，但似乎沒人曉得自己的方向。

每件事都有其理由（purpose），或者說，前提（premise）。不論我們當時有沒有意識到，我們生命裡的每一秒都有其前提。這個前提可能單純一如呼吸，或者複雜一如重大的感情決定，但總是有個前提。

我們或許無法成功實現每一項微小的前提，但這也改變不了的事實就是，我們總是想實現某項前提。就算我們穿過房間時被某張沒看見的腳凳絆到，我們的前提仍然存在。

每一秒鐘的前提都匯集成了它組成的那一分鐘的前提，就如同每一分鐘的一點點人生匯集成了那一小時，那一小時又匯集成那一天。如此一來，到了最後，每個人的一生都將有其前提。

《韋氏國際辭典》（*Webster's International Dictionary*）這麼說：

前提（Premise）：預先設想或證實的命題；論證的基礎。聲稱或假定能帶來結論的命題。

而其他人，尤其是劇場界的人，也用過種種不同的說法來表達同一件事：主旨、論點、根本理念、中心理念、目標、意圖、驅動力、主題、目的、規畫、情節、基本情感等等。

我們在此選用的字眼是「前提」，因為這個詞既納入了其他詞彙試圖傳達的所有要素，也比較不容易被人誤解。

斐迪南‧布呂納提耶（Ferdinand Brunetière）要求，劇本開場時就要有個「目標」。這就是前提。

約翰‧霍華‧羅森（John Howard Lawson）說：「根本理念乃是流程的開端。」他的意思就是前提。

布蘭德‧馬修斯（Brander Matthews）教授說：「劇本需要有個主旨。」這當然就是前提。

喬治‧皮爾斯‧貝克（George Pierce Baker）教授則引述小仲馬（Dumas the Younger）的說法：「除非你曉得要去哪，不然怎麼知道要走哪條路？」而前提會為你指出道路。

他們要說的都是同一件事：你的劇本必須有個前提。

讓我們來檢驗幾部劇本，看看它們有沒有前提。

《羅密歐與茱麗葉》（*Romeo and Juliet*）

劇本一開場，就呈現凱普萊特（Capulets）與蒙泰古（Montagutes）兩個家族的累世深仇。蒙泰古家有個兒子羅密歐

（Romeo），凱普萊特家則有個女兒茱麗葉（Juliet）。這對年輕人是如此深愛對方，以致於忘記了兩家歷來的仇恨。茱麗葉的父母試圖強迫她嫁給帕里斯伯爵（Count Paris），不願從命的茱麗葉則向她的修士朋友尋求建議。修士教她在婚禮前夕服下強效安眠藥，讓她在四十二小時內看似死亡。茱麗葉照做了。大家都認為茱麗葉已死。由此展開了兩名戀人無可挽回的悲劇。羅密歐相信茱麗葉真的死了，在她身邊飲毒身亡。待茱麗葉醒來，發現羅密歐已死，也毫不猶豫，決定赴死與他相會。

這齣戲談的顯然是愛情。但是愛情有許多種。無疑這是場**偉大**的愛情，因為這兩名戀人不只違抗家族的傳統與仇恨，也拋開生命，相偕赴死。於是我們看到，這個前提就是「**偉大的愛甚至不畏死亡**」。

《李爾王》（*King Lear*）

國王信賴兩個女兒，卻慘遭辜負。兩個女兒剝奪他的一切權威、侮辱他，他死時已經瘋癲，成了個頹喪、蒙羞的老頭。

李爾（Lear）全然信賴長女與次女。他因為相信她們的花言巧語，而淪入敗亡。

虛榮的人相信別人的奉承，並且信賴那些奉承他的人。但是奉承者不可信，相信奉承者的人是在自招災禍。

那麼，「**盲目的信賴導致毀滅**」看來就是這齣戲的前提。

《馬克白》（*Macbeth*）

馬克白（Macbeth）與馬克白夫人（Lady Macbeth）有殘忍的野心，他們為了達成目標，決定殺害國王鄧肯（King Duncan）。接著，為了強化自己的地位，馬克白又雇刺客殺害他畏懼的班柯（Banquo）。後來他又不得不多次行凶，以鞏固自己憑著謀殺取得的權位。最後，被激怒的貴族與臣民都蜂起反抗馬克白，而使劍為生的馬克白也死於劍下。馬克白夫人死時則深陷於揮之不去的恐懼中。

這齣戲可能有什麼前提？換言之，此處的驅動力是什麼？無疑是野心。什麼樣的野心？因為沾滿了鮮血，所以是殘忍的野心。馬克白達成野心的方式本身就已預示了他的滅亡。因此我們看到，《馬克白》的前提就是「**殘忍的野心導致自身的毀滅**」。

《奧賽羅》（*Othello*）

奧賽羅（Othello）在凱西奧（Cassio）的寢室發現了苔絲狄蒙娜（Desdemona）的手帕。伊阿古（Iago）事先將手帕放在那裡，目的就是要讓奧賽羅嫉妒。奧賽羅因此殺了苔絲狄蒙娜，再用匕首捅進自己的心臟。

這裡的首要動機是嫉妒，也就是劇中所謂的「綠眼妖魔」（green-eyed monster）。不論引發妒心的起因為何，重要的是，嫉妒就是這齣戲的驅動力。又由於奧賽羅不僅殺了苔絲狄蒙娜，也

殺了自己，我們遂能看出，這齣戲的前提就是：「**嫉妒會毀滅自己，還有所愛的對象。**」

易卜生《群鬼》（*Ghosts*）

本劇的基本概念是「遺傳」。這齣戲源於一項引自《聖經》的前提：「**父債子還[1]。**」劇中每句台詞、每個動作、每場衝突，都因這項前提而出現。

席尼・金斯利（Sidney Kinsley）
《死巷》（*Dead End*）

在此，作者顯然希望呈現並驗證「**貧窮會助長犯罪**」。他做到了。

田納西・威廉斯（Tennessee Williams）
《青春之鳥》（*Sweet Bird of Youth*）

一個渴望當上演員功成名就的無情青年，與一個有錢人的女兒上了床；女孩染上了性病。無情青年遇上了一名年華老去的女演員，女演員包養他以交換做愛。女孩的父親找來一群暴徒閹割了青年，他頃刻敗亡。這齣戲的前提是：「**殘酷的野心導致毀滅。**」

---

1 出自《聖經》〈出埃及〉記20:5：「我必追討他的罪，自父及子。」（中文和合本）

西恩・歐凱西（Sean O'Casey）
《朱諾與孔雀》（*Juno and the Paycock*）

懶散、好吹噓又愛喝酒的波以爾船長（Captain Boyle）得知，有個親戚過世了，遺留大筆錢財，不久就會撥付給他。波以爾和妻子朱諾（Juno）立刻做好了準備要過上安逸的生活：他們仗著遺產即將到手，除了向鄰居借錢、購買俗氣的家具之外，波以爾還大肆花錢買醉。後來才發現，由於遺囑措詞含糊的緣故，他們永遠都拿不到這筆遺產。憤怒的各方債主找上門，搬空了他們家。但是禍不單行：波以爾的女兒先前被人勾引，即將臨盆；波以爾的兒子被殺，妻女都離開了他。最後，波以爾一無所有，跌落谷底。

本劇的前提是：「**懶散導致敗亡。**」

保羅・文森・卡羅爾（Paul Vincent Carroll）
《陰影與實體》（*Shadow and Substance*）

湯瑪士・斯凱瑞特（Thomas Skeritt）是個小型愛爾蘭裔社區的神父。他拒絕承認他的傭人碧姬（Bridget）確實在幻象中見到了她的主保聖人聖畢哲（Saint Bridget）。他認為碧姬精神錯亂，試圖將碧姬送去度假；最重要的是，他拒絕依照這位女傭說的，展現聖畢哲所要求的奇蹟。碧姬在試圖從憤怒群眾手中解救一位教師時喪生，而神父見到女孩純粹而徹底的信仰之後，則失去了自傲。

本劇前提：「**信仰征服驕傲**。」

· · ·

我們不確定《朱諾與孔雀》的作者知不知道，他這齣戲的前提是「**懶散導致敗亡**」。舉例來說，主角兒子的死，就與該劇的主要概念無關。歐凱西對角色的研究做得很好，但是這齣戲的第二幕陷入僵局，因為他在劇本開場時只有一個模糊不清的想法。所以他沒能寫出一部真正偉大的劇本。

另一方面，《陰影與實體》則有兩項前提。在前兩幕以及最後一幕的前四分之三，前提是「**智識征服迷信**」。到了結局，突然無預警就把前提裡的「智識」換成了「信仰」，「迷信」換成了「驕傲」。本劇的核心角色（pivotal character）神父，就像變色龍一般，才沒多久就變了個樣。結果劇本就成了一團糟。

每部好劇本都必須有個構思良好的前提。以言詞表達這項前提的方式可能不只一種，但是不論如何措詞，傳達的思想必須是相同的。

編劇通常是產生了某個點子，或是碰上了某個少見的情境，才決定以此為主題寫部劇本。

問題在於，那個想法或情境能不能提供足夠的基礎，撐起一齣戲。我們的答案是不能。雖然我們也曉得，一千個編劇有九百九十九個都是這樣開始的。

從來沒有任何想法或情境，強而有力到足以**不靠清楚明確的前提**，就將你帶往合乎邏輯的結局。

如果你沒有這類的前提，你也許會調整、增補，或者更動原本的想法或情境，甚至把自己帶進另一個情境，但你卻不會知道自己在往何處去。你會陷入困境，絞盡腦汁發想後續的情境，好把劇情兜攏。也許你想到了這些情境——而你後來還是沒有寫成劇本。

你必須有個前提——讓前提明白無誤地引領你，前往你的劇本希望抵達的目標。

摩西・L・馬勒文斯基（Moses L. Malevinsky）在《編劇學》（*The Science of Playwriting*）中說過：

> 情感，或者某分情感當中的元素，構成了生活的基本要件。情感就是生活。生活就是情感。因此情感就是戲劇。戲劇就是情感。

但是，情感從來不曾也不會造就好劇本，除非我們明白，是**什麼樣的力量**驅動了這分情感。當然了，說劇本必然有情感，就像在說狗必然會吠一樣。

馬勒文斯基先生的論點是，你如果接受他這項基本原則，也就是以情感為依歸，問題就解決了。他為你列出了一長串的基本情感，如慾求、恐懼、憐憫、喜愛、憎恨等。他說，其中任一項都能充當你劇本的可靠基礎。即便如此，情感也永遠無法幫你寫出一部**好**劇本，因為它沒有指出目標。愛、恨或任何基本情感都只是種情感而已。情感可能會繞著自己打轉、毀掉這個、建起那個——然後一事無成。

有時某種情感真的帶出了自身的某個目標，甚至出乎作者的意料。但這是種意外狀況，其中不確定的成分太高，不能提供給新手編劇當作方法。我們希望能避免碰運氣與意外的情形。我們希望指出一條途徑，讓任何會寫作的人都能取用，最終為自己找出一條確切可靠的戲劇之道。所以，你必須具備的第一個東西就是前提。而且必須以言詞說出這項前提，好讓誰都能以作者想讓人理解的方式，來理解這項前提。前提要是不清不楚，就跟完全沒有前提一樣糟。

　　作者若是採用了措詞不當、內容不實、架構不良的前提，就會發現自己正在往這齣戲的時間與空間裡塞滿沒有重點的對白，甚至是行動，而且遠遠無法驗證其前提。何以致此？因為他沒有方向。

　　假設我們希望寫一部劇本，講一個儉約的角色。我們應該取笑他嗎？我們應該讓他顯得荒謬或是悲慘嗎？我們還不知道。我們只是有了個點子，也就是要描寫一個儉約的人。讓我們進一步發展這個點子。節儉是否明智？在某個程度上，是的。但是我們不想描寫一個溫和、審慎、未雨綢繆的人。這樣的人並非儉約，而是有遠見。而我們要找的人是如此儉約，儉約到連自己最基本的需求都予以否認。他儉約成狂，使他最後輸的比贏的還多。現在我們就有了劇本的前提：「**儉約導致浪費。**」

　　這個前提是──或者說，每個好前提都是──由三個部分組成，每一個部分都是好劇本所不可或缺。讓我們檢視一下「**儉約導致浪費**」這句話。這項前提的第一個部分提示的是角色，一個儉約的角色。第二個部分「**導致**」提示了衝突，第三個部分「**浪**

費」則提示了劇本的結局。

讓我們看看它是否如此。「**儉約導致浪費**」，這項前提提示了一個儉約的人，由於亟欲省錢，遂拒絕納稅。這個舉動必然引發政府的反制，也就是發生衝突，而這個儉約的人被迫償付原本金額的三倍。

於是，「**儉約**」提示了角色；「**導致**」提示了衝突；「**浪費**」則提示了劇本的結局。

好的前提，就是你這份劇本具體而微的概要。

接下來還有一些其他的前提：

> 怨恨帶來虛假的幸福
>
> 愚昧的慷慨導致貧窮
>
> 誠實擊敗欺詐
>
> 輕忽毀滅友誼
>
> 暴躁導致孤立
>
> 唯物主義克服神祕主義
>
> 假正經導致受挫
>
> 吹噓導致受辱
>
> 混淆不清導致受挫
>
> 狡獪是自掘墳墓
>
> 不誠實導致事跡敗露
>
> 揮霍導致自我毀滅
>
> 自負導致失去朋友
>
> 揮霍導致赤貧

反覆無常導致失去自尊

　　雖然這些句子只是平鋪直敘，但都已具備構造良好的前提所需的一切要件：人物、衝突、結局都有了。那麼，哪裡出了錯？還缺什麼嗎？

　　還缺少作者的信念。作者要選邊站，才能寫出劇本。他要聲援當前議題的其中一個立場，這時前提才會活起來。自負**是否會**導致失去朋友？是或否，你站在哪一邊？我們或是你這劇本的讀者或觀眾，不必然會同意你的信念。因此，你必須透過你的劇本向我們驗證，你這項主張是有效合理的。

問：我有點困惑了。你的意思是說，沒有一個清楚明白的前提，
　　我就不可以開始寫劇本？
答：你當然可以。有很多方法可以找到你的前提。這裡就有一個。

　　　　舉例來說，如果你夠注意你克拉拉阿姨或是約書亞叔叔的某些特性，你也許會覺得他們具備了寫成劇本的絕佳素材，但你可能不會馬上想出某個前提。他們是令人興奮的角色，所以你研究他們的行為，觀察他們走的每一步。你由此確定，克拉拉阿姨雖然有宗教狂熱，但她也愛多管閒事、道人長短。每個人的事她都要插手。或許你知道，克拉拉阿姨的惡意介入，已造成好幾對佳偶勞燕分飛。但你還是沒有前提。你還是不曉得這女人為何做出這些事。為什麼給無辜的人帶來許多麻煩，可以讓克拉拉阿姨得到如此惡毒的樂趣？

　　　　由於你著迷於她的性格，並為此打算寫一齣有關她的

戲，因此你會試著盡量挖出她從以前到現在的事蹟。從你開始調查實情那一刻起，不論你有沒有察覺到，你都已經往找到前提跨出了第一步。**前提就是促使我們做每件事的驅動力**。所以你會向親戚和父母探問克拉拉阿姨過去的所作所為。你可能會意外得知，這個宗教狂年輕時也不太遵守倫理道德。她當年水性楊花。她曾經離間一對夫妻的感情，之後克拉拉阿姨又嫁給這男的，害那人的前妻自殺。但是，就像類似案例的常見情形一樣，過世前妻的陰影糾纏著這兩人，直到這男的跑掉。而瘋狂愛著這男人的克拉拉阿姨，則把被拋棄看作天意。她成了宗教狂。她下定決心，要將餘生都用於懺悔。她開始改造每個碰到的人。她干涉別人的生活。她窺探那些躲在陰暗角落甜言蜜語的無辜情侶。她斥責那些人思想與行為邪惡。簡言之，她對整個社群都構成了威脅。

可是想寫這齣戲的作者仍然沒有前提。不要緊，克拉拉阿姨的人生故事還是慢慢成形了。這部劇本還有很多枝枝節節，可以等作者找到前提時再回頭整理。現在要問的問題是：這女人會有什麼結局？她可以繼續把餘生都拿來干涉，其實也就是毀掉別人的人生嗎？當然不行。但是既然克拉拉阿姨還活著，還在起勁打著這場她自命的聖戰，作者就必須決定她的結局為何。**不是現實中的結局**，而是劇中的結局。

實際上，克拉拉阿姨有可能活到上百歲，最後意外身亡或是壽終正寢。這樣安排會對劇本有幫助嗎？肯定不會。意外事故是個外來因素，不是劇中原本就有的。患病安詳離世亦然。她的死亡（如果她在戲裡會死的話）必須是她自己的

行動造成的。人生被她毀掉的某個男人或女人可能會向她復仇，送她去見上帝。她可能因為過度狂熱而逾矩犯禁，與教會本身作對，結果自己被逐出教會。或者她有可能發現自己的狀況是如此丟人，以至於只有自殺才能得救。

不論從這三種可能結局中選了哪一種，前提都會浮現：「**極端**（不論是哪一種）**導致毀滅**。」現在你知道了劇本的開場與結局。她一開始時男女關係隨便，這種隨便造成一個人自殺，也讓她失去了唯一真正愛過的人。這場悲劇使得她緩慢而持續地變成一個宗教狂。她的狂熱毀掉別人的人生，回過頭也賠上自己的性命。

不，你的劇本並不是一定要從前提開始寫。你可以從一個角色或是一起事件，甚至是個簡單的想法開始。隨著這個想法或事件發展起來，故事也就慢慢展開。你之後還有時間從你那堆素材當中找出自己的前提。重要的是把它找出來。

問：我能不能用，比方說，「**偉大的愛甚至不畏死亡**」這樣的前提，但是不被人指控抄襲？

答：你可以放心使用它。就算這齣戲的源頭種子與《羅密歐與茱麗葉》一樣，以後還是會變得不一樣。你從沒見過也永遠不會見到兩棵一模一樣的橡樹。樹的形狀、高度與結實程度，都取決於種子偶然落下發芽的地點與周遭環境。沒有哪兩位劇作家思考或寫作的方式是相似的。一萬個劇作家大可都採用相同的前提，一如他們從莎士比亞以來的做法，這些劇本之間的相似處也只有前提而已。你對於人性的知識與理解，加上你的想像力，就會處理這個問題。

問：有沒有可能用兩項前提寫一齣戲？

答：有可能，但這不會是齣好戲。你可以同時往兩個方向前進嗎？劇作家要證實一項前提的工作量就夠重了，何況兩、三項。劇本的前提若不只一項，必定陷入混亂。

菲利浦・巴瑞（Philip Barry）的《費城故事》（*The Philadelphia Story*）就是一例。這部戲的第一個前提是：「**成功的婚姻必須有雙方的犧牲。**」第二個前提則是：「**有錢或沒錢不是決定男人性格的唯一因素。**」

另一部這種劇本則是參孫・拉斐爾森（Samson Raphaelson）的《雲雀》（*Skylark*）。這部片的前提分別是「**富裕的女人需要生命中的支柱**」，以及「**愛妻子的男人會為她犧牲**」。

這幾齣戲不但有兩項前提，而且這些前提沒有力道，表述得也不好。

好的表演、優秀的製作以及巧妙的對白，有時或許能帶來成功，但光靠這些永遠無法造就一齣好戲。

不要以為每部製作出來的戲劇都有個清楚明白的前提，儘管每齣戲背後都有個點子。舉例來說，在克利佛・奧德茲（Clifford Odets）的《夜曲》（*Night Music*）當中，前提是「**年輕人必須勇敢面對世界**」。這裡頭是有個點子，卻不是個有力道的前提。

另一部有點子但陷入混亂的戲，是威廉・薩洛揚（William Saroyan）的《你這一輩子》（*The Time of Your Life*）。這齣戲的前提是「**人生是美好的**」，可這句話鬆散又

模糊，效用跟沒有前提差不多。

問：要確定一齣戲的基本情感是什麼就很難了。就拿《羅密歐與茱麗葉》當例子吧。要不是兩個家族的仇恨，這對戀人可能就快樂過日子了。在我看來，恨似乎才是這齣戲的基本情感，而不是愛。

答：仇恨是否壓過了這對年輕人對彼此的愛？並沒有。恨激勵了他們付出更大的努力。他們的愛隨著逆境而加深。他們願意放棄姓氏，敢於不顧家族仇恨，最後還為愛付出生命。愛受到了恨的考驗，愛大獲全勝。愛並非從仇恨中生出，但是儘管有仇恨，愛卻仍然茁壯。如同我們所見，《羅密歐與茱麗葉》的基本情感還是愛。

問：我還是不曉得要怎麼確定一齣戲的基本走向或情感是什麼。

答：那麼再舉另外一個例子：易卜生的《群鬼》。這齣戲的前提是「**父債子還**」。讓我們看看是否如此。阿爾文上尉婚前、婚後都性好漁色。他死於獵豔時染上的梅毒。他身後留下一子，兒子從他身上遺傳了梅毒。兒子歐士華（Oswald）發病成了弱智，必死無疑，並在自己母親的協助下解脫。這齣戲裡的其他所有議題，包括與女僕的感情，都是從上述前提發展出來的。這齣戲的前提明顯是在談遺傳。

麗蓮・海爾曼（Lillian Hellman）據以展開工作的點子，是從威廉・洛克希德（William Roughead）其中一篇關於古代蘇格蘭判案的報導借來的。在一八三〇年左右，曾有個印度小女孩成功大鬧一所英國學校。據羅勃・范・蓋爾德（Robert van Gelder）

一九四一年四月二十一日在《紐約時報》的報導，海爾曼第一部成功的作品《雙姝怨》（*The Children's Hour*），就是以這個情境為基礎寫成的。這篇專訪中提到：

> 海爾曼小姐說道：「《守望萊茵河》（*Watch on the Rhine*）的演變過程相當複雜，而且我擔心不是很有趣。我在做《小狐狸》（*The Little Foxes*）的時候有了個點子——就是，美國中西部有個普通小鎮，或許比普通小鎮還更偏僻一點，而歐洲化身成一對貴族夫婦的形式走進了這個鎮，一對有貴族頭銜的歐洲人，在他們前往西海岸的途中稍作休息。我當時很興奮，想著要先擱置狐狸來做這個。但是真的做下去的時候，我卻無法推動它。開始的時候都很順，然後就卡住了。
>
> 「後來我有了另一個點子。要是有些大半輩子都在歐洲挨餓的敏感的人，發現自己在某些很有錢的美國人家裡作客留宿，會做何反應？他們會怎麼處理這一切極度的慌張匆忙、沒時間睡覺時服下的安眠藥、訂了卻永遠沒吃的晚餐、等等、等等……這部劇本還是不行。我一直擔心這件事，又不停想起較早期的人物，那對貴族夫妻。要追溯把這兩部戲變成《守望萊茵河》的全部經過，會花上一整個下午，很可能還有明天大半天。貴族夫妻還在，但只是次要角色。美國人都是好人，等等。全部都變了，但是新的劇本是從前兩部裡長出來的。」

一個編劇有可能寫故事寫了幾星期之後才發現，他真的需要

一個前提，來為他指出劇情的目的地。讓我們來看一個點子如何慢慢變成前提。假設你想寫一齣關於愛的戲。

關於哪一種愛？你決定，這必然是份偉大的愛，偉大得可以克服偏見、仇恨與逆境，不能收買也不能打折。觀眾應該會為了戀人為彼此犧牲，以及見到愛情獲得勝利，而感動落淚。點子就是這樣，而且還不壞。但你仍然沒有前提，而且直到選定一個前提之前，都沒辦法寫出你的好劇本。

你的點子裡，已經包含了一個相當明顯的前提：「**愛不畏一切。**」但這是句含糊的陳述。它說了太多，等於什麼都沒說。這個「一切」指的是什麼？你可能會答以「阻礙」，但我們還可以再問：「什麼樣的阻礙？」如果你答說「愛能移山」，我們是不是就有理由問，「移山又有何用？」

你在前提中必須確切指出這份愛有多偉大，確切顯示出它的目的地在哪，以及它會發展到什麼程度。

讓我們將這一切進行到底，表現出這份偉大到甚至能征服死亡的愛。我們的前提很清楚：「愛是否連死亡都能挑戰？」這個案例的答案是「是的」。它指出了這對戀人將踏上的旅途。他們將為愛而死。這是個有活動力的前提，所以當你問愛將要挑戰什麼的時候，就有可能明確回答「死亡」。結果就是，你不但知道你這對戀人願意走多遠，也約略知道了他們是什麼樣的角色，而他們必須是這樣的角色，才能將前提帶往合乎邏輯的結論。

這女孩有可能愚蠢、冷淡、心機重嗎？很難。這男孩或男人，有可能膚淺、輕挑嗎？很難，除非他們的淺薄只維持到遇見對方為止。戰鬥於是可以展開了，首先是對抗他們經歷過的生活

瑣事，再來是對抗他們的家庭、宗教，以及其他一切聯手阻撓他們的驅動因素。他們繼續前行的同時，名聲、力量、決心也隨之增長，到最後，儘管死亡，他們也將在死亡中合而為一。

如果你有個清楚明白的前提，劇情大綱幾乎就會自動跟著展開，讓你據以繼續發展，加入詳盡的細節，以及你的個人特色。

我們想當然耳地認定，如果你選擇了「愛甚至能挑戰死亡」這樣的前提，那麼你當然相信這句話。你的確應該相信它，因為你必須加以證明。你若不是真心這樣相信，等你試著為《玩偶之家》（*A Doll's House*）裡的娜拉（Nora），以及《羅密歐與茱麗葉》裡的茱麗葉建立情感強度的時候，就會很辛苦。

莎士比亞、莫里哀與易卜生相不相信自己的前提呢？幾乎肯定是相信的。不過，就算他們不信，他們的才華也洋溢到足以體會自己敘述的事情，足以如此強烈地重現筆下主角的生活，乃至於說服觀眾相信他們的真誠。

但是，你不應該寫任何你不相信的事。前提應該是你自己的信念，這樣你才會一心一意想要證明它。就算這項前提對我來說荒誕不經，對你來說也萬萬不可如此。

雖然你永遠不該在劇本的對白中說出你的前提，但你必須讓觀眾了解訊息是什麼。無論什麼訊息，你都要加以證明。

我們已經看到，你在任何時刻都可能冒出一個**點子**（通常是在劇本寫作的初始階段）。我們也已經看到，為何必須將這點子轉化成前提。將點子變成前提的過程並不困難。你可以用任何方式開始寫劇本（即便漫無章法），只要到了最後，所有必需部分都能到位，就行了。

或許你腦中已經有了完整的故事，但還是沒有前提。你可以繼續寫劇本嗎？最好不要，儘管在你看來它似乎已經完成了。如果嫉妒心暗示了悲慘的結局，顯然你有可能寫了一齣關於嫉妒的戲。但是你可曾考慮過這股嫉妒從何而來？那女人是否輕佻？那男人是否下流？他們家是不是有個朋友迫使他注意那女人？她是否已厭倦了自己的丈夫？那丈夫是否有情婦？她是否為患病的丈夫救急而賣身？這是否只是一場誤會？諸如此類。

　　上述每一項可能性都需要不同的前提。舉例來說：「**婚後的淫亂導致嫉妒與謀殺。**」如果你以此做為前提，就會知道在這個特定案例中，是什麼造成了嫉妒，並導致這個淫亂的人殺人或被殺。這項前提會顯示出絕無僅有的、你必須走的那條道路。有許多前提都可以探討嫉妒，但是在你的個案裡，**只會有一個驅動力**將你的劇本推向無可避免的結局。淫亂的人行為舉止不同於不淫亂的人，也不同於為了救丈夫一命而賣身的女性。就算你已經想好，甚至可能寫好了故事，也未必能省去一個清楚明白的前提。

　　動身到處找前提是愚蠢的，因為就像我們曾指出的，前提應該是你自己的信念。你知道自己有些什麼信念。檢視一遍。或許你對某人與其怪癖感興趣。從這些特徵當中選一項就好，你就有好幾項前提的材料了。

　　記得那個關於追尋青鳥的童話嗎？有個人走遍世界找尋幸福的青鳥，回家時才發現青鳥一直都在那裡。你手邊就有許多現成的前提，何必為了尋找一個而絞盡腦汁、勞累自己。任何有些堅定信念的人身上，都可以挖掘出許多前提。

　　假設你真的在閒晃時找到了一個前提。對你來說充其量也只

是個陌生的前提。它不是從你身上長出來的；不是你的一部分。一份好的前提代表了作者。

我們想當然耳認為你想要寫一齣好戲，能夠流傳後世。奇怪的是，所有的戲，**包括鬧劇在內**，都是作者覺得有些重要的事想說時，寫得比較好。

這項原則是否也適用於犯罪劇這樣輕鬆的形式？讓我們來看看。你有了一齣戲的出色點子，戲裡有某人辦到了「完美犯罪」。你用最詳細的方式把它寫出來，直到你確定它夠緊張刺激，而且會讓任何觀眾著迷。你把這點子告訴朋友，他卻覺得無聊。你震驚不已。出了什麼差錯？或許你該聽聽別人的意見。你照做了，也獲得了禮貌的鼓勵。但是你隱隱覺得他們並不喜歡。難道他們都是笨蛋嗎？你開始懷疑自己的劇本。你進行了修改，這邊調整一點、那邊調整一點──再拿回去給朋友看。這個縫縫補補過的故事他們早就聽過了，所以這次是真的無聊了。有幾個人甚至對你說出來了。你的心一沉。你還是不知道出了什麼差錯，但你知道這戲不好。你現在恨透了它，試著忘了它。

不用看到你的劇本，我們就能告訴你出了什麼錯：它沒有清楚明白的前提。如果沒有清楚明白又有活動力的前提，角色就很可能沒有生命力。他們怎麼會沒有生命力？舉例來說，他們不知道為什麼要進行這件完美犯罪。你的指令是他們僅有的理由，結果就是他們所有的表現與對白都顯得做作。沒人會相信他們做的事或說的話。

你也許不信，但是戲裡的角色是被當成真人看待的。他們應該依照自己的理由做事。如果某人要進行完美犯罪，他必須有個

這樣做的深層動機。

　　人不是為了犯罪而犯罪的。就算是出於瘋狂而犯罪的人，也有他的理由。他們為何瘋狂？是什麼驅動了他們的虐待狂、慾望、仇恨？事件背後的理由才讓我們感興趣。報紙上每天都登滿了謀殺、縱火、性侵的消息。我們沒看多久，就會真心感到反胃。我們若不是為了弄懂**為什麼**會發生這些案子，何必要進劇場看呢？

　　有個女孩子謀殺了自己的媽媽。真可怕。但是為了什麼？先前陸續發生過什麼事導致了這場命案？劇作家揭露得愈多，劇本就愈好。你若能夠對凶手的環境、生理學與心理學，以及他的個人前提揭露得愈多，你就會愈成功。

　　世上存在的每件事物都與其他每件事物緊密相連。你處理任何題目時，都不能把它當作與生命中的其餘部分無關。

　　如果讀者接受我們的推論，他就會放棄原本寫一齣戲談某人**如何**進行完美犯罪的點子，改成談某人**為什麼**這樣做。

　　讓我們把構思一齣犯罪劇的步驟審視一遍，看看如何把各式各樣的元素搭配在一起。

　　應該選哪種犯罪才好？侵吞、勒索、竊盜，還是謀殺？且讓我們挑中謀殺，那麼接著就是設定罪犯。他為什麼要殺人？是為了情慾？金錢？復仇？野心？平反？謀殺有很多種，而我們現在就必須回答這個問題。假設我們選擇野心當作謀殺的動機，那就看看這個設定會將我們帶向何處。

　　凶手必須要爬到某個地位，卻被某人擋了路。他會試盡一切方法去影響這個擋路人，他會不擇手段博取這人的好感。要是他

們成了朋友，或許就能避免這場命案。所以不行——這位準受害人必須要固執己見，否則就沒有命案——也沒有這齣戲了。但他為什麼應該要固執己見？我們不知道，因為我們不知道我們的前提為何。

我們也可以在這裡稍作暫停，等著看如果我們一直像這樣沒有前提，這齣戲會變成什麼樣子。但我們沒必要這樣。光是看看我們必須處理的材料，就能顯出此處的結構有多麼不堪一擊。有個人要去殺另一個阻撓他野心的人。出自這個點子的劇本有幾百部，但做為劇情大綱卻著實太過薄弱。讓我們往更深處檢視現有的元素，找出一個有動力的前提。

凶手會為了達成目標而殺人。他肯定不是什麼好人。謀殺是要為野心付出的高昂代價，需要一個眼中只有一己之私的殘忍之人——那就對了！我們的凶手是個殘忍的人。

他是個危險人物，對社會毫無貢獻。假使他成功躲過了自己罪行帶來的後果？假使他獲得了負責人的地位？想想他可能造成多大的損害！唉，他可能無止境繼續走殘忍的路線，只知道追求成功！但是他有可能如此嗎？一個有著殘忍野心的人有可能徹底成功嗎？並非如此。殘忍就像恨意，本身就種下了自己毀滅的前因。太棒了！於是我們就有了前提：「**殘忍的野心導致自身的毀滅。**」

現在我們曉得，我們的凶手會犯下一件盡可能貼近完美的謀殺案，但是他最後會被自己的野心毀滅。

我們認識我們這位殘忍凶手。當然，還有更多事等待我們發掘。理解一個角色並沒有這麼簡單，我們將在討論角色那一章加

以說明。但我們有了前提，才讓我們的主要角色具備了種種出眾特徵。

「**殘忍的野心導致自身的毀滅**」就是莎士比亞的《馬克白》的前提，如我們先前所述。

世上的編劇有多少，得出前提的方式就有多少——其實還會更多，因為大多數編劇都能運用不只一種方法。

讓我們再舉另一個例子。

設想有個劇作家，某晚在回家的路上，看見一群少年圍毆一個路人。他深感憤慨。幾個男孩才十六、十八、二十歲，就已是冷血的罪犯！他的印象深刻到決定寫一齣戲，來談青少年的觸法行為。但是他發現這裡面有數不清的題目可選。他應該處理的究竟是哪個階段？他決定選搶劫。這宗搶案使他如此印象深刻，他有信心也同樣能打動觀眾。

劇作家心想，這些小鬼很笨。他們要是被逮，這輩子就完了。他們會因為搶劫，輕則被判二十年，重則終身監禁。多蠢啊！他進一步想，「我敢打賭，被搶的受害人身上沒幾個錢。他們為了毫無價值的事賭上一輩子！」

是的，是的，這是個寫劇本的好點子，於是他就開工了。但是劇情卻發展不下去。畢竟，你沒辦法光用一件搶案寫成三幕戲。這位編劇憤怒又困惑不已，因為他空有一個自己確定很好的點子，卻寫不出戲。

搶案就是搶案。沒什麼新鮮之處。不尋常的切入角度可能是罪犯的年紀還輕。但這樣的年輕人為何要行竊？或許他們的父母不關心他們。或許他們的父親都喝醉了，自己問題就一大堆。但

他們為何會如此？他們為何會跑去喝酒、不管小孩？像這樣的男孩有很多──並不是每個人的父親都酗酒、都對子女毫不疼愛。他們可能非常貧窮，無力撫養子女。他們為何不找工作？啊對了，經濟大蕭條。沒有工作可做，這些孩子就在街頭混日子。他們只見識過貧窮、疏於照顧，還有塵土。這些就是使人走向犯罪的有力動機。

還不只是這個貧民窟裡的幾個小鬼而已。全國有成千上萬的男孩一貧如洗，把犯罪當成出路。貧窮促使他們、助長他們成為罪犯。那就是了！「**貧窮助長犯罪！**」我們有了我們的前提，劇作家也有了他的前提。

他四處觀察，尋找一個設定劇情的特定地點。他回想自己的童年，或是見過的某些事，或是某篇新聞剪報。反正他想到了各式各樣可能助長犯罪的地點。他研究這些人、房舍、影響、造成普遍貧窮的原因。他去調查市政府做過什麼事來因應這些狀況。

然後他又回來思考這些男孩。他們真的笨嗎？還是因為疏於照顧、生病、吃不飽才變笨的？他決定聚焦在其中一個角色身上，一個有助於他寫故事的角色。他發現，這是個好孩子，十六歲，有一個姊姊。父親已失蹤，丟下兩個小孩與生病的太太。父親找不到工作，變得對人生徹底失望，就離家了。他太太不久就死了。十八歲的女兒堅信自己可以照顧弟弟。她愛弟弟，無法想像沒有弟弟怎麼活。她想要工作。當然孤兒院也有可能帶走強尼（Johnny），但是這樣的話，「**貧窮助長犯罪**」做為前提就沒有意義了。所以姊姊在工廠上班時，強尼就在街頭遊蕩。

強尼對每件事都有他自己的一套哲學。其他孩子都向老師或

家長尋求指引，學到的是：要聽話、要誠實。強尼則從自己的經驗中學到，這些純屬扯淡。如果他守法，就要常常挨餓。所以他有自己的前提：「如果你夠聰明，做什麼事都能逍遙法外。」他已見到這項前提一次次得到驗證。他偷過東西而且逍遙法外。與強尼作對的是法律，法律的前提是「你做了案不能逍遙法外」，或是「犯罪得不到好處」。

　　強尼也有他自己的英雄，也就是做了案卻逍遙法外的人。他確信，他們鬥智能勝過任何警察。舉例來說，有個叫做傑克‧考利（Jack Colley）的當地男孩。他就出身於這一帶。他一度被全國的警察追捕，也耍了全國的警察。他是最強的高手。

　　為了認識強尼，你應該弄清楚他的出身背景、受過的教育、志向抱負、英雄崇拜、啟發來源、交友圈。這樣一來，前提就可以完全適用於他，以及其他幾百萬名小孩。

　　如果你只看到強尼粗鄙不文，也不知道為什麼，那麼你或許就會需要並且找出另一個前提：「**欠缺強大警力會助長犯罪。**」當然，這時的問題就是這句話是否為真。無知的人可能會說確實如此。但是你就必須解釋，為何百萬富翁的公子不會像強尼一樣跑出去偷麵包。如果有更多的警察，貧窮與悲慘的現象是否就會成比例減少呢？經驗給了我們否定的答案。那麼，「**貧窮助長犯罪**」就是個更真實也更可行的前提。

　　這就是金斯利《死巷》的前提。

　　你必須決定的就是，要如何處理你的前提。你要控訴社會嗎？你要指出貧窮現象以及脫貧之路嗎？金斯利決定表現貧窮的

現象就好，留待觀眾自己下結論。如果你想在金斯利說的話之外加上任何東西，就想一個能夠擴充原本前提的次要前提。有必要的話，就再擴充原本的前提一次，這樣才會完美適用於你自己的案例。如果你在過程中發現自己的前提站不住腳、難以為繼，**原因是你已經改變了想法與要說的話**，那就把舊的前提丟掉，再構思一個新的前提。

「社會是否要對貧窮負責？」不管你贊不贊成，都要加以驗證。這齣戲當然會與金斯利的戲不同。你要構思多少前提都可以，「貧窮」、「愛」、「恨」——挑一個最符合你需求的就是。

你可以使用許多種方式當中的任何一種得到你的前提。你可能同時就把你開始發想的點子當成前提，或者你可能先發展一個情境，從中看出潛能，只待恰當的前提來賦予意義和暗示結局。

情感可以決定許多前提，但你必須先解說這些前提，前提才能傳達劇作家的理念。以「嫉妒」這種情感來測試看看。嫉妒心因為自卑情結產生的感受而增長。以此而言，嫉妒不能當成前提，因為它沒有為角色指出目標。那麼，如果我們改成「嫉妒會造成毀滅」會更好嗎？並不會，儘管我們現在曉得它會促成什麼行動。讓我們更進一步：「嫉妒會毀滅自身。」現在有目標了。我們知道，劇作家也知道，這齣戲會演到嫉妒毀滅自身為止。作者可能會以此出發，或許會選擇說成：「**嫉妒不僅毀滅自己、還有所愛的對象。**」

我們希望，讀者能夠辨別上述兩個前提之間的差異。劇本可以變化出無窮的樣貌，每次出現新的樣貌，前提也都隨之改變。但你每次更動前提之時，都必須回到開場，依照新的前提重寫劇

情大綱。如果你開場用一套前提，中間又換成另一套，就會害到整部劇本。沒有人可以用兩套前提建構一部劇本，就像無法用兩組地基支撐一棟房子。

莫里哀的《偽君子》（*Tartuffe*）就是個如何從前提發展出劇本的好例子（參見三六六頁的劇情概要與分析）。

《偽君子》的前提是：「**坑害他人者，終將自陷其中。**」

這齣戲一開場，佩內爾夫人（Mme Pernelle）就在訓斥她年輕的第二任兒媳艾爾咪（Elmire）以及孫子、孫女，因為他們沒有對塔圖夫（Tartuffe）表現出足夠的尊重。她兒子奧岡（Orgon）帶回家的塔圖夫，明顯是個假扮聖賢的無賴。這人真正的目的其實是勾搭奧岡的妻子，還要侵占奧岡的財富。塔圖夫故作虔誠折服了奧岡，讓他現在把塔圖夫當成救世主的化身一樣，信他信得死心塌地。不過讓我們先回到劇本剛開始的地方。

作者的目的在於盡快建立前提的第一部分。佩內爾夫人說道：

佩內爾夫人（對孫子達米斯〔Damis〕說）：如果塔圖夫認為什麼事有罪，你們就可以相信那有罪。你們只要跟隨他，他就會設法引領你們走上通往天國之路。

達米斯：我什麼路都不會跟他走！

佩內爾夫人：你這話不僅愚蠢，更是缺德。你父親對他既愛且信，理應使你有意效尤。

達米斯：無論我父親或任何人，都說服不了我愛他或信任他！我痛恨這傢伙與他的一切舉止，要我說不恨就是謊言。他若膽

敢再次試圖控制我，我就要讓他頭破血流。

多琳（Dorine，女僕）：確實如此，夫人。讓一個身無分文、衣衫襤褸來到這裡的陌生人發號施令，到處惹是生非、掌管全家，實不可忍。

佩內爾夫人：我沒問**妳**的意見。（對其他人）他要是**真的**能管住這一家子，那倒可好。

（這是首度暗示接下來將發生的事，奧岡會將財產託付給塔圖夫。）

多琳：**您**或許認為他是個聖人，夫人，但在我看來，他明顯更像是個偽君子。

達米斯：我可以發誓他就是。

佩內爾夫人：閉上你們兩個的壞嘴！我知道你們都討厭他——為什麼呢？就因為他看到了你們的過錯，且有勇氣告訴你們。

多琳：他幹的可不只這些。他還阻止夫人請任何朋友來做客。他憑什麼為了太太接待幾個普通訪客就對她發飆？這有什麼壞處？我看全都是因為他嫉妒太太！

（是的，他就是嫉妒，我們等下就會發現。莫里哀很用心於預先驅動每件事物。）

艾爾咪：多琳，真是胡說八道！

佩內爾夫人：比胡說八道更過分。想想看妳竟敢暗示什麼，姑

娘，妳真該為自己感到丟臉！（對其他人）反對你們亂搞戀愛關係的可不只是親愛的塔圖夫──還有整個鄰里街坊都是。

我兒子這輩子做過的事裡，最有智慧的就是把可敬的塔圖夫帶回家了，如果有人能讓羔羊迷途知返，那就是他了。你們要是夠睿智，就會相信他警告的，你們那些拜訪、出遊、舞會，全都是魔鬼要毀滅你們靈魂的奸險伎倆。

艾爾咪：為什麼，母親？我們參加這些聚會只是為了開心，完全是清清白白的啊。

你如果重讀前提，就會注意到，某個人──在這裡就是塔圖夫──將以偽冒聖賢的方式，讓天真、輕信的人──在這裡就是奧岡與他母親──落入圈套。他要是成功了，隨後就可以接管奧岡的財產，並且讓可愛的艾爾咪成為他的情婦。

我們從全劇的一開始就能感受到，這個幸福的家庭正面臨嚴重災禍的威脅。我們一眼都還沒瞧過奧岡，只看到他母親在替那個偽君子辯護。一個理智的人、身為退役軍官，真的會如此毫無保留地相信別人，相信到讓他有機會禍害這個家嗎？如果他真的這麼相信塔圖夫，那麼作者就明確建立了他這前提的第一部分。

我們已經見證，塔圖夫如何用巧妙的方法，讓被他看上的受害人奧岡自己幫忙挖好了陷阱。奧岡會掉進去嗎？我們還不曉得。但是我們已經燃起了興趣。讓我們來看看，奧岡對塔圖夫的信賴是不是真像他母親宣稱的那樣堅定不移。

奧岡結束了三天的行程回到家。他與第二任妻子的哥哥克萊昂特（Cléante）見了面。

克萊昂特：我聽說你快回來了，就等著見到你。

奧岡：你真好心。但是你務必見諒，在跟你聊之前，我有一、兩個問題要先問多琳。（對多琳）我不在家的時候，一切可好？

多琳：不太好，先生。太太前天發燒了，頭痛得厲害。

奧岡：是嗎？那塔圖夫呢？

多琳：噢，他倒好得很──活蹦亂跳。

奧岡：這老小子！

多琳：太太晚餐的時候很不舒服，一口飯都沒吃。

奧岡：啊──那塔圖夫呢？

多琳：他不過吃掉了一對鵪鶉、半條羊腿。

奧岡：這老小子！

多琳：太太一整晚都睡不著，我們只好陪她到天亮。

奧岡：當然了。那塔圖夫呢？

多琳：噢，他下餐桌就直接上床睡覺了，從鼾聲來判斷，他睡得香甜，直到日上三竿。

奧岡：這老小子！

多琳：最後我們說服太太放血，總算讓她輕鬆了些。

奧岡：很好！那塔圖夫呢？

多琳：他倒是勇健，第二天的早餐還喝了四杯紅酒，算是幫太太喝的。

奧岡：這老小子！

多琳：他們兩人現在都好了，先生，您准許的話，我現在就去通知太太您回來了。

奧岡：去吧，多琳。

多琳：（走到後方拱門時）我一定告訴太太您是多麼擔心她的病情，先生。（下場）

奧岡：（向克萊昂特）我覺得她那樣說幾乎算是無禮了。

克萊昂特：如果真是如此的話，親愛的奧岡，她難道沒有理由嗎？老天啊，兄弟，你怎麼會這麼迷這個塔圖夫啊？你到底從他身上看到什麼，讓你對其他人都漠不關心？

奧岡顯然看不到塔圖夫挖給他跳的陷阱。莫里哀在劇本的前三分之一，就準確無誤地建立了他的前提。

塔圖夫挖了個坑；奧岡會掉進去嗎？我們不曉得——也不應該曉得——直到這齣戲的結局為止。

無庸贅言，相同的原理也適用於短篇故事、小說、電影，或是廣播劇。

讓我們拿莫泊桑（Guy de Maupassant）的短篇故事〈項鍊〉（The Diamond Necklace）當例子，試著找出其中的前提。

瑪蒂達（Mathilda）是個年輕愛作白日夢的虛榮女子。她向一位富裕的同學借了條鑽石項鍊來戴，好參加舞會。她卻把項鍊弄丟了。她害怕因此丟臉，所以與丈夫抵押了繼承的遺產，又去借了錢，買了條弄丟項鍊的複製品拿去還。他們辛辛苦苦工作了十年，才還清債務。他們已變得粗野鄙俗、操勞過度、醜陋又蒼老。這時他才發現，當初弄丟的那條項鍊是假鑽石做的。

這篇不朽故事的前提是什麼？我們認為，起點就是她的白日夢。作白日夢的人不見得就是壞人。白日夢通常是用來逃避現實，逃避她沒有勇氣面對的現實。白日夢是實際行動的替代品。

許多偉大人才也會作白日夢，但是他們將自己的夢想變成了現實。舉例來說，尼古拉‧特斯拉（Nikola Tesla）就是歷來最偉大的電氣奇才。他是個偉大的夢想家，但也是個偉大的**實踐家**。

瑪蒂達原本是個本性善良，只是無所事事的夢想家。她的夢想卻什麼也沒有帶給她，直到悲劇降臨。

我們必須檢驗一下她的性格。她想像自己是童話城堡裡的女王，過著奢華的生活。她自然還相當驕傲，因為不願受辱，而不肯向朋友承認她賠不起弄丟的項鍊。那樣還不如去死。她必須買條新項鍊，為此不惜用她與丈夫的餘生工作還債。他們也這麼做了。她成了苦工，是因為自己愛慕虛榮又丟不起臉；而她這些內在特質，也都是作白日夢導致的。她的丈夫一起做工，則是因為愛她。這裡的前提就是：「**逃避現實終將招致報應。**」

讓我們來找一找，亞德里亞‧洛克‧蘭利（Adria Locke Langley）的小說《獅子上街》（*A Lion is in the Streets*）的前提是什麼。

漢克‧馬丁（Hank Martin）年少時就立志成為人中豪傑。他兜售別針、緞帶、化妝品時，一心巴結討好別人，好在未來利用他們。他用上了他們；利用得很順手，就這樣當上了州長。然後他又橫徵暴斂，直到眾人起身反抗他。他最後慘死。

這部小說的前提顯然是：「**殘忍的野心導致自身的毀滅。**」

現在來看亞伯特‧馬爾茲（Albert Maltz）編劇的電影《鐵血柔情》（*Pride of the Marines*）。

這是個關於在戰爭中失明的陸戰隊員艾爾‧施密特（Al Schmid）的故事。在醫院療養時，大家勸他回去見未婚妻，但都

勸不動。他覺得自己現在對她已經沒有用了。但大家用計把他騙回家了；未婚妻說服他相信，她仍然需要他，而他就算失明，也能把工作做好。他找到了工作，兩人並計畫結婚。儘管醫師對他能否重見光明已經不抱希望，他卻開始看得見東西了。

本片前提：「**不畏犧牲的愛，可以征服絕望。**」

令本片未能大放異彩的遺憾之處，就是施密特，其實還有全部其他角色，就算到了電影結束，都始終沒有找出自己為何而奮鬥，以及施密特為何失明。若能知道這些事，將可大大增加故事的深度。

而格威瑟琳‧葛拉漢（Gwethalyn Graham）的小說《塵世與天堂》（*Earth and High Heaven*），則是加拿大一個非猶太教的富家女愛上一個猶太人律師的故事。女孩的父親拒絕接受這年輕男子，用盡一切力量拆散他們，原因就是這男子的宗教信仰。這對父女原本感情深厚。但女孩必須在父親與愛人之間擇一。她決定與心上人成婚，因此與家族斷絕來往。

前提：「**偏狹導致孤立。**」

這些例子並非全都具有高度的文學價值，但是全都有個清晰闡明的前提，而這是一切優秀的寫作都不可或缺的。沒有它，就無法認識你筆下的角色。前提必須將角色、衝突與解決都包含在內。沒有清楚明白的前提，就不可能認識角色、衝突與解決。

還有一件事要記住。前提不必然一定要是普世真理。貧窮不見得總是導致犯罪，但是如果你選定了這個前提，那麼在你的案例裡就會如此。相同原理也適用所有前提。

前提就是構想，就是劇本的開端。前提就是顆種子，它長成

的整株植物都包含在原本那顆種子裡；不多也不少。前提不應該過分凸顯出來，以免讓角色淪為傀儡、讓互相衝突的力道淪為僵硬的布局設定。在一篇架構良好的劇本或故事當中，不可能清楚畫出一條線，說前提至此結束、故事或角色從此開始。

法國雕塑大師羅丹（Rodin）剛完成了巴爾札克（Honoré de Balzac）的塑像。這尊人像穿了件長袍，袖子長而寬鬆，兩手交疊於前。

筋疲力竭但也歡欣鼓舞的羅丹向後退了幾步，滿意地看著自己的作品。真是一件傑作！

就像所有藝術家一樣，他需要有人來分享他的喜悅。儘管是凌晨四點，他還是急忙叫醒了一個學生。

大師衝在前頭，一路上愈來愈興奮，然後等著看年輕人的反應。

學生的目光慢慢聚集到那雙手上。

「太美妙了！」他喊道。「多美的一雙手……師父，我從沒見過這麼驚人的一雙手！」

羅丹臉一沉。片刻後，他再次衝出工作室。過了一會兒，又拉了一個學生回來。

反應幾乎如出一轍。羅丹急切地望著徒弟，而徒弟的眼神盯住了塑像那雙手，就不再移動了。

「師父，」那學生滿懷敬意地說，「只有上帝才造得出這樣的手。這雙手栩栩如生！」

顯然羅丹期待的是別的答案，他再一次衝出去，這次像是發狂了一樣。他又把一個一頭霧水的學生拖了回來。

「那雙手⋯⋯那雙手⋯⋯」新來的徒弟驚呼著。他用與其他人同樣充滿敬意的聲調說，「就算您什麼作品都沒做過，師父，這雙手也將讓您不朽！」

羅丹腦子裡想必有些東西斷了線，他失望地大吼，同時奔向工作室的角落，抓起一把外觀嚇人的斧頭。他走向雕像，顯然想把它劈成碎片。

學生們嚇壞了，連忙攔住他，但他在盛怒之中，用超乎常人的力氣把學生都甩開了。他衝到雕像前，看了一眼，就把那雙絕美的手砍了下來。

然後他回過頭來，目光如炬，瞪著瞠目結舌的學生們。

「傻瓜！」他大吼。「我非毀了這雙手不可，就是因為它們有了自己的生命。它們已經不屬於這件作品的其他部分了。要記住，好好記住：任何局部都不會比整體更重要！」

這就是為什麼，巴黎的巴爾札克雕像沒有手。寬鬆的長袖乍看像是遮住了雙手，其實是被羅丹砍掉了，因為這雙手看上去比整座雕像更引人注目。

前提或者一齣戲中的任何其他部分都沒有自己個別的生命。劇中的一切都必須交融成為和諧的整體。

第二部

角色

第一章　角色的骨架

　　在前一章裡，我們已經看到為什麼對於寫一個好劇本來說，戲劇前提是必要的第一步。在下面的章節中，我們將討論角色的重要性。現在我們將剖析一個角色，嘗試找出被稱為「人」的生物具有哪些元素。角色是我們必須處理的基本素材，所以我們必須盡可能透徹認識角色。

　　挪威劇作家亨利克‧易卜生在提到自己的創作方法時說：

　　我在寫作的時候必須獨處；如果我這齣戲有八個角色要處理，我的社交生活就夠豐富了；他們讓我保持忙碌狀態；我必須學著去認識他們。熟悉他們的歷程既漫長又痛苦。我的規則是，我的劇本都會有三組角色卡司，每一組都有很大的差別。我的意思是這些角色的性格，而不是劇情的處理方式。我一開始靜下心寫劇本的時候，我覺得我彷彿是在搭火車的旅程中必須認識我的角色們；一開始是邂逅認識，然後我們隨意閒聊。等我寫第二稿的時候，我已經能更清楚地洞悉一切，我認識這些角色的程度，彷彿我已經在水療勝地跟他們相處了一個月。我已經掌握了他們的人格特質與種種小怪癖。

易卜生看到了什麼？他說：「我已經掌握了他們的人格特質與種種小怪癖。」是什麼意思？讓我們嘗試發現不僅是一個角色，而是所有角色裡的種種特質。

每個物體都有三個面向：長度、寬度、高度。人類還額外多了三個面向：生理學、社會學、心理學。若對這三個面向沒有了解，我們就無法評估一個人類。

在研究人的時候，光是知道他是粗魯或有禮貌、有宗教信仰或無神論者、道德感強或墮落是不夠的。你必須知道為什麼。我們想要知道為什麼他是這樣的人，為什麼他的性格不斷在改變，以及為什麼無論他是否希望，他的性格都必須改變。

從最單純的開始討論，第一個面向是生理學。聲稱駝背者看世界的方式與體格正常的人完全相反是沒有意義的。跛腳、失明、失聰、醜陋、美麗、高、矮的人，這些人看事情的方式都大相逕庭。病人認為健康是無價之寶，健康的人就算有想到健康這件事，也不認為它很重要。

我們的生理構造當然對我們的人生觀有影響。它對我們的影響無遠弗屆，讓我們寬容、反骨、謙卑或傲慢。它影響我們的心理發展，也是自卑情結或優越情結的基礎。它是人最外顯的一個面向。

社會學是我們要研究的第二個面向。如果你在地下室出生，你遊戲的場所是骯髒的城市街道，與出生在豪宅，在美麗、清潔的環境中遊玩的男孩相較，你對事物的反應會大大不同。

但是在我們對你們兩人有更多認識之前，我們無法確切地分析你與他的差異，或是你們與相同環境中鄰家男孩的差異。你的

父母親是誰？他們生病或健康？他們的經濟能力如何？哪些人是你的朋友？你如何影響或改變他們？他們如何影響你？你喜歡哪一類的衣物？你讀哪些書？你上教堂嗎？你吃什麼？想什麼？喜歡與不喜歡什麼？就社會學上來說，你是誰？

第三個面向心理學，是其他兩個面向的產物。生理學與社會學的綜合影響賦予人生野心、挫折感、脾氣、態度、情結。因此，心理學總結了這三個面向。

如果我們想要理解任何人的行動，我們必須看迫使他做出如此行為的動機。讓我們首先來看他的生理構造。

他是否生病？他可能有自己不知道的宿疾，但是作者必須知道這件事，因為只有這樣他才能理解這個角色。這個疾病影響了角色對周遭事物的態度。我們在生病、恢復期與健康時期，當然各會有不同的行為。

角色是否有招風耳、突出的眼睛、長而多毛的手臂？以上這些都可能制約他的人生觀，影響了他的每個行動。

角色是否痛恨談到歪鼻子、大嘴巴、厚嘴唇、大腳？也許因為他有以上的生理缺陷。某個人會以無奈的心態來看他的生理缺陷，另一個人則會自嘲，第三個人會心生厭惡。有件事情是確定的，沒有人可以不受這種缺陷的影響。我們的角色是否對自己不滿意？這會影響他的人生觀，加快他與他人起衝突，或是讓他疲憊且無奈。但此缺陷一定會影響他。

儘管生理學面向很重要，這只是整體的一部分。我們不能忘了把導致如此生理構造的社會學背景加進去。這兩個面向會相輔相成，創造出第三個面向：心理狀態。

就大眾的角度來看，性變態就是性變態。但是對心理學家來說，他是他社會背景、生理構造、遺傳與教育的產物。

　　如果我們理解這三個面向可以提供任何人類行為模式的理由，我們就可以更容易地刻畫任何角色，並找到他動機的源頭。

　　分析任何經得起時間殘酷考驗的藝術品，你將會發現它之所以流傳至今（也將繼續流傳下去），是因為它掌握了這三個面向。如果少了其中一個面向，儘管你的劇情令人興奮，也可能讓你賺了不少錢，但你的劇本仍然不會在藝術層面獲得成功。

　　你在報紙上讀劇評的時候，你會經常看到某些術語：無趣、沒有說服力、角色落入俗套（也就是刻畫得不好）、老套的戲劇情境、無聊。這些都指向同一個缺點——欠缺具有三個面向的立體角色。

　　當你的劇本被譴責是老套時，千萬別以為你一定要追求異想天開的戲劇情境。當你的角色們在這三個面向上都充實飽滿，你將會發現他們不僅令人興奮，也會有新意。

　　文學中有許多立體角色，比方說哈姆雷特（Hamlet）。我們不僅知道他的年紀、外貌、健康狀態；我們還可以輕易推測出他的個人特質。他的社會背景讓劇本有了動力。我們知道當時的政治情勢、他父母的關係、過去發生的事件以及它們對他的影響。我們知道他個人的預設立場以及為什麼。我們知道他的心理狀態，我們可以清楚看到這是怎麼被他的生理構造與社會背景所造就。簡而言之，我們對哈姆雷特的認識，遠超過我們對自己的理解。

　　莎士比亞的偉大劇作是建立在角色的基礎上。馬克白、李爾王、奧賽羅等角色都是立體角色的絕佳案例。

（我們在此無意對知名劇作進行批判性分析。我們可以這麼說，在每部作品中，作者都創造或企圖創造角色。作者如何成功創造角色，為何能辦到，這將會在另一章進行分析。）

　　希臘古典劇作家尤里庇狄斯（Euripides）的《米蒂亞》（Medea）是劇本應該如何由角色發展出來的經典案例。作者並不需要愛神阿芙羅狄蒂（Aphrodite）來讓米蒂亞愛上傑遜（Jason）。劇作展現眾神的干預，是那個時代劇作的慣例，但是那些角色的行為就算沒有眾神干預也合乎邏輯。米蒂亞或任何女人，會愛上吸引她的男人，有時候做出的犧牲會令人難以置信。

　　米蒂亞為了愛人而殺死親兄弟。不久之前在紐約，一個女人把自己的兩個孩子引誘進森林，割開他們的喉嚨，並淋汽油燒死他們——這都是為了愛情。這案件中並沒有超自然的因素涉入。這只是求偶本能令人發狂的老套事件。如果我們知道這位當代米蒂亞的背景與生理構造，我們就能理解她令人髮指的行為。

　　以下是創造立體角色骨架應有的步驟概要。

生理學

一、性別

二、年齡

三、身高、體重

四、頭髮、眼珠與皮膚的顏色

五、姿態

六、外貌：是否漂亮、是否過胖或過瘦、是否乾淨整潔、討人喜

歡。頭部、面孔和四肢的形貌。

七、缺陷：殘障、異常之處、胎記。疾病。

八、遺傳

社會學

一、階級：底層、中產、上層階級

二、職業：工作類型、工時、收入、工作條件、是否有加入工
　　會、對於組織的態度、是否適合其工作

三、教育：受過多少教育、上過什麼學校、成績、最愛的科目、
　　最差的科目、學習能力

四、家庭生活：父母的生計、謀生能力、孤兒、父母分居或離
　　婚、父母的習慣、父母的心理發展、父母的惡習、是否忽視
　　孩子。角色的婚姻狀態。

五、宗教

六、種族、國籍

七、在社群中的地位：朋友圈、俱樂部與運動項目的領導者

八、政治傾向

九、娛樂與興趣：角色讀的書、報紙與雜誌

心理學

一、性生活、道德標準

二、個人的預設立場、野心

三、挫折、讓角色失望的重要事件

四、性情：易怒、好相處、悲觀、樂觀

五、人生觀：避世、好鬥、失敗主義者

六、心理情結：偏執、壓抑、迷信、恐懼症

七、外向、內向、外內向兼具（ambivert）

八、能力：語言、才華

九、特質：想像力、判斷力、品味、均衡

十、智商

　　這是一個角色的骨架，作者必須要對此瞭若指掌，並在此基礎上建構角色。

問：我們如何把這三個面向融合成統一的整體？

答：拿席尼・金斯利的劇作《死巷》為例。所有角色中只有一個生理不健全。生理缺陷並沒造成顯著的嚴重情結。那麼在他們的生活中，環境就是決定性的因素。英雄崇拜、沒受過足夠教育、穿不暖、沒有人管，最重要的是，他們持續面對貧窮與飢餓的處境，形塑了他們的世界觀，因此也影響了他們對社會的態度與行為模式。這三個面向結合起來，創造了一個突出的特質。

問：對每個孩子來說，相同的環境會創造相同的反應嗎？或是因為每個人都不一樣，環境對他們的影響也不同？

答：沒有兩個人會有相同的反應，因為沒有兩個人是一模一樣的。一個男孩可能沒有道德良知，把青少年時期犯罪當成將

來成為黑道的光榮預備工作;另一個男孩是因為忠誠或因為恐懼而參與黑幫活動。也有男孩知道自己走上黑道之路的危險,但是看不到其他方法可以脫離貧窮。個體之間小小的生理差異與心理發展差異,將會影響他們對於同一個社會條件的反應。科學會告訴你,沒有發現過一樣的兩片雪花。大氣中最輕微的擾動、風向、墜落雪花的位置,都會改變其形態。因此雪花的形態有無窮的變化。同樣的法則也影響了我們所有人。無論某人的父親總是慈愛或偶爾慈愛,或只有一次慈愛的行為,或從未是慈愛的,將會深刻地影響該人的發展。如果父親的慈愛行徑與某人最快樂、最幸福的時刻同時發生,它可能不會被注意到。每一個行動都與那一刻的特定情境息息相關。

問:某些人類行徑看起來都不歸屬於這三個類別。我曾經注意到自己有沮喪或亢奮的時期,這背後似乎沒有動機。我仔細觀察,嘗試找出這些神祕變化的根源,卻無功而返。我可以誠實地說,進入這些時期的時候,我並沒有經濟壓力或心理焦慮。為什麼你在大笑?

答:你讓我想起我一個朋友,一位作家,他告訴我他的一個怪異故事。這是他三十歲時發生的故事。他看起來健康,他的作品已經獲得肯定,他賺的錢多到不知道該怎麼花,他已經結婚,深愛自己的妻子與兩個孩子。某一天,他極為震驚地發覺他根本不在乎他的家庭、事業或自己的生命。他無聊到讓自己很困惑。天底下的事情都無法讓他產生興趣,他可以預期到朋友們會說、會做的每件事。每天、每週同樣糟糕的例

行公事讓他受不了，每天面對同樣的女人、同樣的食物、同樣的朋友、報紙上同樣的命案新聞。這幾乎讓他發瘋。他與你的案例一樣神祕難解。也許他不再愛他的妻子了？他想過這一點，非常亟於進行實驗。他做了實驗卻沒有成功。他發現自己對妻子的愛沒改變。他真誠地活得不耐煩了。他停止寫作也不見朋友，最後決定他最好死了算了。這樣的想法並不是在沮喪的時刻出現。他冷靜地推論，不慌不忙。他沉思，地球在他出生之前已經運轉了數十億年，他死亡之後也會繼續運轉。他稍微提早結束自己的生命會有什麼差別嗎？

所以他把家人送到朋友家，坐下來寫遺書，對妻子解釋自己的心路歷程。這不是一封容易寫的信。內文沒有說服力，他寫劇本時也不曾覺得這麼艱難。突然間他感受到強烈的腹部絞痛。這種持續疼痛如刀刺，痛苦不堪。他發現自己處在尷尬的狀況裡。他想要自殺，但是在肚子痛的時候死顯得很蠢。此外，他還得寫完他的信。

他決定吃片瀉藥來解除痛苦才是合理的行為。他這麼做之後，回到書桌前想寫完他的遺書，他發現這封信變得更難寫。原本他構思的種種理由，現在讀起來不可思議，甚至愚蠢。他開始注意到書桌上方那束美好的陽光，注意到對街那些房子流動的光影。樹木從未看起來這麼翠綠；生命從未顯得這麼值得活下去。他想要觀看、嗅聞、感受、走路……

問：你的意思是說他完全失去求死的欲望？

答：正是如此。他發現自己的身體排泄之後，多了一百萬個活著的理由。他真的是變了個人。

問：生理狀態真的可以徹底影響心靈，甚至可以決定生死？

答：去問你的家庭醫師。

問：我覺得不是所有心靈或身體的反應都源自具體或經濟的理由。我知道一些案例——

答：我們也知道一些案例。比方說甲愛上了一個可愛的女生。他的愛無法獲得回報，所以他覺得挫折，極為灰心，最後重病。但怎麼會發生這種事情？根據許多人的說法，愛是精神性的，不在經濟或唯物主義的範疇之內。我們不妨深究一下。愛情就像所有的感情一樣，產生於大腦。不管我們怎麼看，大腦是由組織、細胞與血管構成，是純粹具體的。大腦會首先覺察到最細微的具體刺激，然後立刻反應，再把訊號傳送給身體。回想一下，愛（無論是多精神性）可以怎麼影響生理反應，例如消化與睡眠。

問：但是假設情感也完全非實體的話呢？假設其中沒有任何像慾望的因素？

答：所有的情感都對生理有影響。讓我們拿被認為最高貴的母愛來做例子。某個母親沒有財務上的困難。她有不少錢、健康、快樂。她的女兒愛上一個年輕人，她認為他會帶給女兒麻煩而非幸福。這男人完全不危險，只是就這母親的觀點覺得不適合她女兒。但是女兒卻跟著他私奔了。

母親的第一個反應是震驚，接著是極度失望。然後她感受到羞恥、自憐。以上這些情緒可能會讓她歇斯底里。她歇斯底里的頻率與強度會增加，降低她身體的抵抗力，最後造成實際的病症，甚至長期臥病不起。

問：所有的心理反應都是你那三個面向所造成的嗎？

答：讓我們來看看。為什麼那個母親那麼費勁地反對女兒所選的對象？他的外貌？也許，雖然一般的母親看到女婿長得不像俊美希臘神明阿多尼斯（Adonis）的時候，都會掩蓋自己內心的失望。除非他真的是個怪物，否則他的外貌應該不會引起這麼激烈的反應。但無論如何，母親對女婿外表的厭惡應該會是被她自己的背景、她父親的長相、她的兄弟、她最喜歡的電影明星所制約。

　　另一個讓她失望的理由（可能性較大），應該是那個年輕人的經濟條件。如果他沒辦法給女兒好的生活（或根本無法負擔她的生活），那麼母親將會為女兒與她自己害怕。即便她有財力可以讓女兒不會淪入貧窮，她也沒辦法不讓友人們譏笑這對貧賤夫妻。她可能必須幫女婿創業，結果卻發現他是個糟糕的生意人，還可能賠掉她所有的積蓄。或者女婿很英俊、收入穩定，卻是不同的種族？母親所受的訓練讓她挺身反對他們結婚。她過往的種種回憶湧現：跨種族婚姻可能被社會排擠，傳說中種族之間的差異，毫無事實基礎的迷信與沙文主義。

　　你要想出什麼理由都可以，從年輕人的外貌到他曾祖父的出生地，你將會發現那個母親反對的理由都有生理學或社會學的基礎，無論是來自女婿或她自己。你儘管去嘗試，你一定會回到那三個面向。

問：這個三面向原則難道不會限制了作者的創作素材廣度？

答：正好相反。它開啟了意想不到的觀點，以及可以探索與發現

的全新世界。

問：在你的角色骨架綱要裡，你提到身高、年齡、膚色。所有這些東西都必須被整合進我們的劇本裡嗎？

答：你必須知道這一切，但是不需要都寫出來。它們是透過角色的行為顯現，而非拿來陳述關於角色的資訊。六英吋高的男人的態度，會與四英吋八吋的男人有很大的差別。臉上有麻子的女人的反應，會跟以皮膚柔嫩出名的女人不一樣。你必須認識你的角色是誰，知道所有的細節，這樣才能知道他在某個處境裡會怎麼做。

發生在你劇本裡的每一個事件，都必須直接源自你的角色們，你選擇了這些角色來證明你的戲劇前提。他們必須夠扎實，才能毫不勉強地證明戲劇前提。

第二章　環境

朋友邀請你去參加派對的時候，你猶豫了一會兒，然後回覆：「好，我會去。」你做了一個平凡無奇的陳述。但是這個陳述是複雜思緒過程的結果。

你接受了這個邀請，可能是因為你寂寞、想要避免有個無聊的夜晚、你精力過剩，或是別無選擇。你可能感覺跟人群混在一起，可以讓你忘掉一個難題、帶來新希望或靈感。然而，真相是連說「好」或「不好」這麼單純的事，都是你縝密檢視、調整、重新評估我們周遭的物理、經濟或社會條件的結果，無論那些條件存在於想像或是真實。

文字有複雜的結構。我們輕鬆地使用語言，完全沒意識到語言也是許多元素的複合體。舉例來說，讓我們剖析「幸福」。讓我們嘗試發現完全的幸福裡有哪些要素。

一個人如果除了健康之外擁有一切，他「幸福」嗎？顯然不是如此，因為我們指的是極致的幸福，沒有限制的幸福。所以健康一定得畫歸為「幸福」的要素。

一個人如果只有健康，其他什麼都沒有，他「幸福」嗎？很難。他或許感覺到快樂、狂喜、自由，但感覺不到幸福。記得我們在講的是最純粹的幸福。當你收到想要好久的禮物，你驚呼：「天啊，我好幸福！」你體驗到的不是幸福。那是快樂、滿足、

驚訝，但不是幸福。

那麼我們可以說，人除了健康之外，需要一份工作，可以讓他舒服地過日子。我們可以假設他在職場沒受到凌虐，否則他就沒有幸福的可能。到目前為止，幸福的成分包含健康與令人滿意的職位。

但是人擁有以上兩者，卻沒有溫暖的人性情感，他可以幸福嗎？就這一點需要做一點討論。人需要他能夠愛也能回報這份愛的人。所以讓我們把愛加進幸福的要件裡。

如果你的工作雖然滿意卻沒有發展前景，你會幸福嗎？如果你的未來沒有發展與改善的希望，光是好工作、健康與愛足夠嗎？我們不認為如此。或許你的地位永遠不會變，但是抱持著有前途的希望會讓你幸福。所以讓我們把希望加入幸福的成分清單裡吧。

現在我們的清單上有：健康、滿意的職位、愛與擁抱幸福的希望。我們或許可以再進一步細分，但是這四個主要成分就足以證明，一個詞是許多元素的產物。當然，依據它被使用的地點、氣候、種種條件，「幸福」這個詞會有無數種變化。

原生質（protoplasm）是最單純的有機物，但其中含有碳、氧、氫、氮、硫、氯、鉀、鈉、鈣、鎂、鐵。換句話說，最單純的原生質與複雜的人類一樣有相同的化學元素。

我們稱原生質「單純」，是因為我們把它與人類做比較。但是跟無機物相較，它很複雜。它在複雜度的尺度上既高又低。矛盾嗎？自然界的事物都是如此。矛盾與張力的法則讓動態得以發生，而生命根本上來說就是動態。

在我們所知的時間起點，如果原生質內在沒有動態，那麼世界會變成怎樣？生物不會存在。原生質不會存在，生命也不可能出現。透過動態，更高層次的生命形式發展出來，地點、氣候、食物的種類與豐饒程度、是否有光線，決定了這些生命各自特殊的樣貌。

給一個人所有生命需要的元素，但是改動其中一項（比方說光與熱），你將會改變他的生命。如果你懷疑這件事，你可以拿自己做實驗。讓我們假設你很幸福，你有全部四個必要元素。用繃帶裹住你的眼睛二十四個小時，完全不見光。你仍然健康，還是有工作，仍然愛著人也被愛，依然有希望。此外，你知道二十四小時後你會拿掉繃帶。你並沒真的失明，你只是自願失去視覺。但是這個實驗會改變你整個態度。

如果你一天聽不見，或是暫時讓你不能用四肢其中之一，你也會發現相同的事情。連續幾個月除了你愛吃的東西之外什麼都不吃，即便只持續兩星期。你認為你會有什麼反應？你在有生之年都會痛恨這種食物。

如果你被迫睡在充滿蟲子、臭氣沖天的房間，躺在骯髒的地板上，只有幾塊破布可以蓋，或是光躺在床墊上，這是否會對你的人生造成大變化？無庸置疑。即便你只是住在惡劣環境一天，都會讓你大為珍惜清潔與舒適。

似乎人類對環境的反應，與原始單細胞生物是一模一樣的，**在環境壓力下**，牠們會改變形狀、顏色與品種。

我們強調這一點，是因為我們理解角色改變的原理至為重要，角色持續在改變。他原本井然有序的生活中最小的擾動，都

會擾亂他的日常心態，造成心理上的混亂，就像掠過池塘表面的石頭會激盪出廣大的漣漪。

如果每個人都是受環境、健康與經濟背景所影響（正如我們嘗試要證明的），那麼顯然因為一切都在持續變化（當然也包含環境、健康與經濟背景在內），人也會改變。事實上，他是這個持續動態的中心點。

不要忘記一個重要的真理：一切都可以改變，只有改變是永恆的。

舉一個成功商人為例，一個紡織品商人。他很幸福。他的事業蒸蒸日上。他的妻子與三個孩子也很快樂。其實這是罕見案例，幾乎是不可能的案例，但它可以說明我們的論點。就他與他的家庭來說，這個男人很快樂。然後某個大企業家發動一個減薪與摧毀工會的運動。對這個男人來說，這麼做似乎是聰明的。他認為近來工人的姿態愈來愈拿翹。如果依照工人的希望繼續發展下去的話，工人可能會接管產業，毀了這個國家。因為我們的角色承受失去的風險，所以他覺得他跟他的家庭處於險境。

緩慢但持續地，他心裡覺得愈來愈不舒服。他陷入深深的苦惱之中。他對於此嚴重問題閱讀了更多資料。他可能知道，也可能不知道他的恐懼是被一小撮富裕企業家所創造，他們想要降低薪資，於是撒下大筆銀彈在全國散布恐慌。我們的角色被困在這個撲天蓋地的政治宣傳裡。他想要盡一份力量來拯救國家免於毀滅。他降低薪資，不知道這個行徑不僅會惹火他的員工，還助長了這個最後會反過來傷害自己的運動，甚至可能摧毀他自己的生計。他減薪造成購買力降低，他的生意可能會第一個受害。

即便我們的角色知道這個運動的本質為何，並不減薪，他還是會受到傷害。針對其他雇主降低薪資的反應，也會波及到他。無論他是否想被形塑，變動中的種種條件將會形塑他，也會影響他的家庭。他不再像過去可以提供家人那麼多的金錢，因為輕鬆賺錢的活水已經枯竭。這將會造成家庭成員之間的不和，甚至可能造成最後分崩離析。

歐洲或中國的一場戰爭，舊金山的一場罷工，希特勒對民主國家發動攻擊，必定都會影響我們，彷彿我們也在事發地點一般。每個人類事件到了最後都會影響到我們。我們難過地發現，也許看起毫無瓜葛的種種事物，其實彼此有緊密的連結，也與我們有關聯。

無路可逃——無論是那位紡織品商人或是任何人。

就跟我們所有人一樣，銀行與政府都會面臨改變。在一九二九年經濟大蕭條，我們看到這一點。數不清的金錢損失殆盡。在第一次世界大戰後，一個又一個政府垮台，新政府或新體系取代了它們。你的錢與投資，一夕之間灰飛煙滅，你的財務安全也付諸流水。在時局的滾滾洪流中，你身為個人不可能孤立於世界之外獨善其身。

角色，就是他的生理構成與環境對他的影響所加起來的總和。拿花來作例子，花朵是早上、中午或下午受到陽光照射，對花朵的發展造成巨大的差異。

我們的心智就跟身體一樣，對於外在種種影響會有反應。幼時記憶在腦海裡藏得如此之深，我們經常意識不到。我們可以奮力嘗試讓自己不受過去的影響，不受我們的本能所控制，但是我

們仍在它們的掌握之中。無意識的回憶影響了我們的判斷，不管我們多麼想要保持公正。

在《動物生物學》（*Animal Biology*）中，伍德夫（Woodruff）寫道：

> 只有考量原生質與其環境（無論是什麼環境）的連結，我們才可能研究原生質。環境的種種變化與原生質活動的種種變化，都會直接或間接地反映在其外觀上。

觀察女性撐著各色雨傘走在雨中，你會注意到她們的臉反映她們攜帶雨傘的顏色。我們的童年回憶、記憶、經驗，都變成我們不可抹滅的一部分，也將會投映並影響我們的心靈。我們無法不透過這些投映來看事物。我們可能會與這種有色投映爭論，我們可能有意識地對抗它，我們甚至可能會違反我們的天性來行動，但是我們還是反映出我們所代表的一切。

生命就是改變。最小的擾動會改變整體的形態。當環境改變，人也會改變。如果一個年輕人在正確的時機遇上一位小姐，他可能會因為兩人都對文學、藝術或運動有興趣而受她吸引。共同興趣可能會深化，讓他們感覺彼此有好感或投緣。愈來愈投緣之後，在他們意識到之前就變成了感情，這比投緣或好感更為深入。如果兩人的和諧不受打擾，它將變成著迷。著迷還不是愛，但它正往愛的方向前進，往奉獻然後是痴迷的階段發展，或是走向欽慕，欽慕已經是愛。愛是最後一個階段，它可以藉由犧牲來

測試。真愛是為了所愛之人承受任何辛苦難關的能力。

　　如果一切順遂，一對男女的情感可能沿著這樣的路線發展；如果沒有事情干擾他們正在萌芽的戀情，他們可能結婚，從此過著幸福快樂的生活。但假設這對年輕男女來到感情這個階段，一個不懷好意的人對男子嚼舌根，說那個小姐在認識他之前有過戀情。如果男人先前有過不好的經驗，他會遠離這個小姐。他的感情會轉為冷淡，從冷淡再轉為討厭，從討厭再轉為反感。如果這小姐態度強硬且對於她的過去毫無悔意，反感會轉為痛苦，痛苦再轉為憎惡。另一方面，如果男子的母親有類似這位小姐的經驗，因此成為更好的妻子與母親，那麼男子的感情可能會比較快發展成愛。

　　這場單純的戀愛可能有很多變化。太多或太少的金錢將會影響戀情的發展。穩定或不穩定的工作也會有同樣的影響。健康或疾病可能會加快或減緩他們修成正果的速度。雙方家庭的財務狀況與社會地位可能對戀愛過程有較好或較壞的影響。遺傳也可能打亂整個過程。

　　每個人都處於持續浮動與變化的狀態。沒有事情的本質是靜止不動的，更別說是人了。

　　如我們先前所指出，角色，就是他生理構成與環境在特定時刻對他的影響所加起來的總和。

第三章　辯證方法論

　　什麼是辯證法（dialectics）？這個詞源自古希臘人，對他們來說，這個詞意謂交談或對話。希臘公民認為對話是一種卓越的藝術，發掘真理的藝術，他們彼此競賽來找出誰是最高明的對話者，或稱論辯者（dialectician）。在所有希臘人中，哲學家蘇格拉底（Socrates）是最傑出的。我們可以在柏拉圖（Plato）所寫的《對話錄》（*Dialogues*）讀到蘇格拉底的一些對話，仔細研究之後，我們可以學到他對話藝術的祕密。蘇格拉底透過以下程序來找出真理：他提出論點陳述，找到它的矛盾之處，然後藉由矛盾來修正論點，然後找到新的矛盾。這個過程可以無限持續下去。

　　讓我們更深入了解這個方法。對話的進程必須有以下三步驟。首先陳述論點，稱為「正」。然後發現牴觸這個論點的說法，稱為「反」，這辯駁了原本論點。為了解決這個矛盾，必須要修正原本論點，然後提出第三個論點，稱為「合」，這是原本論點與其矛盾的結合。

　　這三個步驟——正、反、合，是所有動態的法則。每樣變動的事物都會持續否定自身。所有的事物透過動態轉變為相反事物。現在變成過去，未來變成現在。沒有事情不會變化。

　　持續的變化是所有存在的本質。時光中所有事物都會轉變為

其相反的事物。改變迫使其變動，這個動態讓它變成它本來不是的東西。過去變成現在，兩者決定了未來。新的生命從舊的衍生，新生命是舊生命與摧毀它的矛盾的總和。這個矛盾讓改變持續不停。

人類是種種弔詭組成的迷宮。人計畫一件事，立刻改做另一件；雖然愛著，卻相信自己在恨。受到壓迫、羞辱、毆打的人，仍然對那些壓迫、羞辱、毆打他的人感到同情與理解。

我們要怎麼解釋這些矛盾？

為什麼你往來的朋友背叛你？為什麼父子、母女反目成仇？

一個男生逃家，因為他媽媽堅持要他清掃他們破舊的兩房公寓。他痛恨掃地。但是他在一棟大宅當門房助理卻很滿足，他的主要工作就是打掃大廳與街道。為什麼？

一個十二歲的女孩嫁給五十歲的男人，她真摯地感到幸福。一個小偷變成堂堂正正的公民，一個有錢的紳士變成賊。出身受尊敬宗教家庭的女兒，墮落到黑幫與賣淫的世界。為什麼？

在表面上，這些案例都是一個謎題的一部分，所謂的「人生謎團」的一部分。但是這些案例都可以用辯證的方式來解釋。這是個艱鉅的任務，但只要我們記住沒有矛盾就沒有動態或生命，這並非不可能的任務。沒有矛盾就沒有宇宙。星星、月亮、地球不會存在，我們也不會存在。黑格爾說[1]：

正是因為一件事物內含矛盾，才讓它動作並獲得動力與活

1《邏輯學》（*The Science of Logic*）

動。這是所有動態與發展的歷程。

阿多拉茨基（Adoratsky）在他的《辯證法》（*Dialectics*）中寫道：

> 辯證法的一般法則具有普世性：在浩瀚無窮、閃閃發光星雲的動態與發展中也可以發現這些法則，在宇宙的空間中，這些星雲組成了星際系統……在分子與原子的內部結構中，在電子與質子的動態中，也可以發現這些法則。

西元前五世紀的希臘哲學家芝諾（Zeno）是辯證法之父。阿多拉茨基引用芝諾的說明：

> 一支箭在飛行過程中，在其路徑的某個點上一定會占據某個特定的空間。如果是這樣，在每個時刻，箭都是靜止的；所以它完全沒移動。因此我們可以看到，我們不應該用矛盾的陳述來表達動態。箭是在某個特定空間，但同時間它也不在那個空間。只有透過同時表達這兩個互相牴觸的陳述，我們才恰好能夠描述動態。

讓我們就此打住，把一個人類凍住不動。讓我們徹底分析那個離開宗教家庭變成娼妓的女生。光是說某些力量讓她沉淪是不夠的。當然是有些力量，但是哪些力量？是否有某種超自然力量改變了她？是否她真的覺得賣淫吸引她？不太可能。她已經閱讀

過關於賣淫的事，從她父母那邊聽說過，從她教會的牧師那邊認識到，賣春是社會上最糟的邪惡之一，充滿不確定性、疾病與恐怖。她知道一個妓女被司法追殺、被淫媒剝削、被恩客與主人一起占便宜，最後孤單、悲慘地死去。

　　一個正常、家世清白的女生會想當妓女幾乎是不可能的事。但是這一位確實成為娼妓，還有其他人也跟她一樣。

　　為了理解這個女孩行動的辯證性理由，我們必須徹底認識她。然後我們才能認知她內心與外部的矛盾，透過這些矛盾，我們才能理解生命這種動態。

　　讓我們稱這個女生愛琳，以下是愛琳的角色骨架。

生理學

性別：女性

年齡：十九

身高：五英呎二吋

體重：一百一十磅

髮色：深棕

眼珠顏色：棕色

膚色：白

體態：挺直

外表：有吸引力

整潔：是，非常整潔

健康狀態：她十五歲時動過割盲腸手術。她很容易感冒，全家人

都極為害怕她罹患肺結核。她似乎不在乎，但其實她相信自己會早死，並希望自己能夠盡情享受人生。

胎記：無

異常之處：如果忽略她的過敏，並無異常。

遺傳：從她母親遺傳了孱弱身體。

社會學

階級：中產階級。她的家庭生活舒適。父親經營一家百貨店，但是近來競爭對手讓他的日子很難過。他害怕會被年輕人打敗而退出市場。這個恐懼最後被證實無誤，但是他從不以這件事讓家人煩心。

職業：無業。愛琳本來應該協助家務，但她寧可閱讀，把家事負擔留給自己十七歲的妹妹席薇亞。

教育：高中。高二那年她就想輟學，但在她父母的堅持與威嚇之下，她還是想辦法讀完高中。她從不喜歡學校或讀書。她對數學或地理一竅不通，但她喜歡歷史。勇敢事蹟、愛情故事、背叛，都讓她著迷。她在歷史領域有廣泛的閱讀經驗，卻把歷史當成小說來看。日期與姓名都不打緊，只有精采故事才重要。她的記憶力不太好，而她懶散的寫作業習慣讓她總是與老師們起衝突。她外表的整潔並未反映在她雜亂、錯字百出的作文上。畢業是她一生中最快樂的一天。

家庭生活：雙親健在。她的母親年約四十八，父親年約五十二。他們晚婚。她媽媽的人生相當辛苦。她有一段持續兩年半的

感情，結束時她的男友與另一個女人私奔了。她試圖自殺。她的兄弟撞見她吸瓦斯自殺並阻止了她。她精神崩潰，被送到一個姑姑家休養。她在那裡住了一年，恢復了健康，遇到現在是她丈夫的男人。他們訂婚，雖然她並不愛他。她對男性的蔑視，使她不在乎結婚的對象是誰。另一方面，他是個外貌平凡的人，這樣美麗的女子竟然願意嫁給他，讓他自豪。她從未告訴他，她與另一個男人的戀情，但也不擔心他發現。他從未發現，因為他對她的過去一點也不在乎。雖然一開始她是個很糟糕的妻子，他還是愛她。

愛琳出生之後，她徹底變了一個人。她開始對家庭、女兒甚至丈夫產生興趣。但此時困擾她多年的膽囊問題，若是不開刀就治不好。她變得緊張兮兮且易怒。她不再像從前那樣閱讀，就連報紙也不看。她只有小學的教育程度，夢想愛琳可以上大學。但是女兒討厭學習，讓她的夢想破滅。

她的成長過程不幸遭到父母漠視，她認為她年輕時犯的錯誤是由於父母忽視她所造成。所以她嚴密監管愛琳的每一步。這造成母女總是口角。愛琳討厭被管，但是母親堅持管教不僅是她的權利也是神聖的責任。

愛琳的父親是蘇格蘭裔。他很節儉，但是會盡全力滿足家庭的需求。愛琳是他的寵物。他擔憂女兒的健康，經常在母女爭吵中站在女兒那邊。他知道妻子是好意，也同意愛琳應該被照顧。他父母過世後，他接手了父親的店，成為獨資經營者。他也只有小學學歷。他閱讀當地報紙《郵報》。他的父母是共和黨員，所以他也是。如果有人問他，他無法解釋自己抱持那些信念的理

由。他堅定信仰神與國家。他是個品味簡單的樸實男人。他每年都會捐點錢給教會，在社區中備受尊敬。

智商：愛琳的智商是中間偏低。

宗教：長老教會。愛琳很少想宗教的事，如果想到，她自認是不可知論者。她的心思過於投注在自己身上。

社區：她參加歌唱社與「月光奏鳴曲社交俱樂部」，後者是讓年輕人聚在一起跳舞、玩遊戲的場合。有時候遊戲會淪落為他們擁抱、親吻的派對。愛琳的優雅讓她被仰慕，但她只是舞跳得不錯而已。她在這裡獲得的讚美，讓她想去紐約當舞者。當然，愛琳一跟她母親提這件事，母親就開始歇斯底里。母親之所以想讓愛琳打消當舞者的夢想，主要原因是怕城市的自由生活可能會破壞愛琳的道德觀，次要原因是怕愛琳的柔弱身體會在城市出問題。從此愛琳不敢再提這件事。

愛琳在女孩之間並不特別受歡迎，因為她喜歡講別人壞話。

政治傾向：無。愛琳永遠搞不清楚共和黨與民主黨的差別，也不知道還有其他黨派存在。

消遣：電影、跳舞。她瘋狂愛跳舞。她會偷偷抽菸。

閱讀：八卦雜誌：愛情故事、羅曼史、電影娛樂新聞。

心理學

性生活：她跟俱樂部成員吉米談過戀愛。她擔心自己可能會不幸懷孕，但後來沒事。現在她跟他分手了，因為在她以為自己懷孕的時候，吉米拒絕娶她。他拒絕結婚並未讓她大失所望，因

為她最喜歡的計畫是去紐約當合音天使。她最大的夢想是在眾人面前跳舞，獲得崇拜。

道德觀：「如果可以把自己照顧好，任何性關係都沒有錯。」

企圖心：在紐約跳舞。她已經存了一年多零用錢。如果實在沒辦法的話，她就離家出走。她慶幸吉米拒絕娶她。她無法想像自己當一個家庭主婦，主要的功能就是生養孩子。她覺得在平凡小鎮度過餘生很糟糕，這裡完全沒辦法真正地活著。她在這個小鎮出生，熟悉這裡的一草一木。她覺得即便自己無法當舞者，光是離開平凡小鎮就能讓她開心。

挫折：她從沒上過舞蹈課。小鎮上沒有舞蹈教室，她父親無法支應送她到其他城鎮學舞的費用。她的頭上戴著悲劇光環，讓家人知道她為了他們犧牲自己的人生。

性情：脾氣火爆。小小的挑釁就會讓她暴怒。她有仇必報，也愛吹噓。但她母親生病時，她的孝心讓整個小鎮訝異。在母親完全康復之前，她堅持要陪在媽媽身邊。愛琳十四歲時，她的金絲雀死了，她悲痛了好幾星期。

態度：好戰。

情結：優越情結。

迷信：數字十三。如果週五發生了不愉快的事，那個星期一定會發生另一件糟糕的事情。

想像力：佳。

此案例的「正」，是她父母想盡可能讓她嫁個好人家的欲望。

「反」是愛琳毫無結婚念頭，但為了當舞者不惜任何代價。

「合」是解決：愛琳離家出走，最後淪落街頭。

故事大綱

愛琳不去歌唱社，跑去跟一個年輕人約會。一個女生在街上與愛琳的媽媽巧遇，別無用意地問她愛琳為什麼退出社團。母親難以掩蓋自己的震驚，但解釋說愛琳最近身體不舒服。回到家，她嚴厲拷問愛琳。母親懷疑愛琳已經不是處女，想要趕快把她嫁給她父親店裡的一個伙計。愛琳覺察到母親的決心。她決定離家出走圓自己的夢。在劇場界，她找不到工作，她因為沒有謀生的一技之長，很快就迫於生活所需，走上賣春之路。

世上有幾千個女孩逃離幾千個家庭。當然，她們不是所有人都變成娼妓，因為她們的生理、心理與社會結構與愛琳的差異有幾千種方式。我們的故事大綱只是一個來自好家庭的女孩淪為妓女的故事版本之一。

假想一個駝背的女生出生在相同的家庭，她絕不會遇到愛琳所遇到的衝突。在危機中，一個有殘缺的人會做不同的事情。我們的角色一定是有好身材，才會想要當舞者。愛琳沒有包容能力；一個謙卑或懂得感謝的人若是能過愛琳的生活會很高興，她絕不會想要逃家。因此，愛琳必須沒有包容能力。愛琳是膚淺的。另一個女生可能聰明、勤奮、善解人意、有同情心，她會忽視母親外顯的缺點，會幫助母親，也會有技巧地改正她。她不會一定得逃家。

愛琳愛慕虛榮。她獲得太多讚美，她以為她唱歌、跳舞的能力比自己實際的能力好多了。她不怕逃家，因為她相信紐約正張開雙臂等著她。愛琳一定是愛慕虛榮。

愛琳已經發育完成。她被仰慕、追求。她有過性經驗，且沒遇到可怕後果。因此在無路可走的時候，她變成妓女並非不自然的事。比起自殺，賣春更能輕鬆讓她脫離經濟困境。為什麼她不回家？過去她曾吹噓自己，又不能包容家人，所以她排除了這個解決方案。這就是為什麼她一定沒有包容能力，又一定愛吹噓。

但是為什麼她竟會賣春？因為你的戲劇前提迫使你找一個在失去其他支持時會去賣淫的女孩。愛琳就是這樣的女孩。

當然，愛琳可能去當服務生或售貨員來謀生，做了一陣子之後，丟掉了飯碗，因為她本來就不適合這類工作。這甚至是由你這個編劇決定，要怎麼讓她嘗試所有可能方法以避免賣春。但是她一定要失敗：不是因為劇作家要她失敗，**而是因為她就是這種結構的人，無論出現了什麼機會，她都沒辦法善加掌握**。如果她成功掙脫她的命運，劇作家就必須找另一個符合資格的女生來實現原本的戲劇前提。記得這女孩有她自己的標準，你不能用你的標準來評斷她。如果她像你一樣能省思，她就絕對不會讓自己陷入如此災厄。但是她愛慕虛榮、膚淺又愛吹噓。她恥於承認失敗。她來自一個小鎮，大家都會知道發生了什麼事。她將無法面對朋友們，或容忍他們隱而不發的諷刺。

身為劇作家，窮盡所有可能性是你的工作，然後**有邏輯地**呈現她如何淪落到她最想避免的人生境地裡。是你要負責證明她除此之外別無出路。**如果我們因為任何理由，感覺賣春不是愛琳唯**

一的出路，你身為説書人與劇作家的工作就失敗了。

因為所有的衝突源自角色自身背景與環境背景，所以這個方法是辯證式的。內在的矛盾讓她做出了她的行為。

當然編劇可以從劇情或點子開始創作。**但是在那之後，他必須建立一個戲劇前提來讓他的劇情或點子結晶。**這樣一來，劇情或點子能與劇本整合成一個整體，會是不可或缺的一部分。

《紐約時報》前任電影評論員紐鎮特（Frank S. Nugent）針對電影《天造地設》（*Made for Each Other*）曾以非常驚訝的語氣寫了以下的評論：「因為，這事實上就是《天造地設》的故事，而這個故事是每對年輕情侶都會遭遇的故事，只是形式不同。編劇史沃林（Swerling）先生沒說一件新鮮事，沒採取贊成或反對的立場，對人類朦朧不明的命運道路也沒有一點洞見。他單純就是找到一對討人喜歡的年輕男女，讓他們相遇，然後讓人性順其自然發展。對電影編劇來說，這是不尋常的手法。通常他們都把人性丟到一邊，幫角色想出最糟糕的事情去做。有趣的正常人類行為竟會這麼有趣，太驚人了。」

是的，很驚人。只要編劇與製片能允許角色走出自己的命運就可以！

第四章　角色發展

對於人性，我們真正明白的只有一點，就是它會改變。對於人性的特質，我們唯一能斷定的就是改變。仰賴人性不變的體系都會崩壞，相信人性會成長與發展的體系才會成功。

——王爾德（Oscar Wilde），

《社會主義制度下人的靈魂》（*Soul of Man under Socialism*）

無論你是用什麼媒材創作，你必須徹底了解你的角色們。你必須認識的不僅是今天的他們，也要理解他們明天或若干年後的樣貌。

大自然裡的一切都會改變，人類只是其中之一。十年前勇敢的人，現在可能是個懦夫，理由可能有許多種：舉例來說，年齡、身體變差、經濟狀況改變。

你也許認為你認識的某人從未改變，他往後也永不改變。但是這種人從沒存在過。一個人可能看起來多年來保有相同的宗教與政治觀點，但是仔細檢視就會發現，他的信念不是加深就是轉淡。這些信念經歷了許多階段、許多衝突，只要此人繼續活下去，它們就會持續這樣的變化。所以此人終究會改變。

就連石頭也會改變，雖然其變化難以被察覺；地球、太陽系跟宇宙，也會進行緩慢但持續的變化。國家誕生後，經歷了青春

期、成年、變老，然後死亡，不是激烈地崩壞，就是逐漸解體。

那麼為什麼人竟會是大自然中唯一永不改變的呢？荒謬！

只有在一個場域裡，角色會違逆自然法則而保持不變，那就是在糟糕的寫作裡。角色本質若不變，就會讓作品變糟糕。如果短篇小說、長篇小說或劇本裡的角色，在故事的開頭與結尾都是處於同樣的狀態，這部作品一定難看。

角色的立場是透過衝突被揭露；衝突是由決定來啟動；決定是建立在你劇本的戲劇前提之上。角色的決定必然引發對手的另一個決定，這些決定互為因果、環環相扣，因此推動劇本走向最終結局：證明戲劇前提。

沒有一個人可以在經過一連串改變生命態度的衝突後，仍然保持不變。出於需求，他一定要變，並且改變他對生命的態度。

就連屍體也在變化的狀態中，持續解體。當某人跟你爭辯，企圖證明自己沒有改變，他其實正在改變：變老了。

所以我們可以肯定地說，在任何文類裡的任何角色，如果沒經歷基本的改變，他就是個刻畫不好的角色。我們可以進一步說，如果角色不能改變，他所在的任何處境都會是不真實的。

易卜生劇作《玩偶之家》中的娜拉，在故事一開始是丈夫海爾默口中的「糊塗蛋」與「雲雀」，在劇本結局她成為一個成熟的女人。一開始她還很幼稚，但是驚人的覺醒讓她猛然成熟。一開始她困惑，然後震驚，接著想自殺，最後反抗。

亞契（Archer）說：

在所有的當代劇作中，沒有角色比易卜生筆下的娜拉有更

驚人的「發展」歷程。

　　翻閱任何真正偉大的劇作，你會看到這個論點不斷被彰顯。莫里哀的《偽君子》、莎士比亞的《威尼斯商人》（*Merchant of Venice*）、《哈姆雷特》，以及尤里庇狄斯的《米蒂亞》，這些傑作的基礎，都是角色在衝突的影響之下持續進行的變化與發展。

　　《奧賽羅》始於愛，結束於嫉妒、謀殺與自殺。

　　契訶夫的《熊》（*The Bear*）始於仇恨，結束於愛。

　　易卜生的《海妲・蓋柏樂》（*Hedda Gabler*）始於自我中心，結束於自殺。

　　《馬克白》始於企圖心，結束於謀殺。

　　契訶夫的《櫻桃園》（*The Cherry Orchard*）始於不負責任，結束於失去產業。

　　《遠足》（*Excursion*）始於渴望實現夢想，結束於清醒地面對現實。

　　《哈姆雷特》始於懷疑，結束於謀殺。

　　亞瑟・米勒（Arthur Miller）的《推銷員之死》（*Death of a Salesman*）始於妄想，結束於痛苦地察覺真相。

　　席尼・金斯利的《死巷》始於貧窮，結束於犯罪。

　　席尼・霍華德（Sidney Howard）的《銀索》（*The Silver Cord, 1926*）始於獨霸，終於崩壞。

　　喬治・凱利（George Kelly）的《克雷格之妻》（*Craig's Wife*）始於過度謹慎，結束於寂寞。

　　克利福德・奧德茨（Clifford Odets）的《等待老左》（*Waiting*

for Lefty）始於不確定感，結束於信念。

田納西・威廉斯的《朱門巧婦》（*Cat on a Hot Tin Roof*）始於挫折，結束於希望。

尤金・歐尼爾（Eugene O'Neill）的《送冰人來了》（*The Iceman Cometh*）始於希望，結束於絕望。

《職涯》（*Career*）始於絕望，結束於成功與凱旋。

羅蘭・韓絲貝莉（Lorraine Hansberry）的《烈日下的詩篇》（*A Raisin in the Sun*）始於絕望，結束於理解與新價值。

以上這些角色都從一種心靈狀態劇烈地往另一種移動；他們被迫改變、成長、發展，因為劇作家有清晰的戲劇前提，角色們的功能就是要證明它。

當人犯錯的時候，他總是一錯再錯。通常第一個錯誤會引發第二個錯誤，然後引發第三個。在《偽君子》中，奧岡犯下大錯，把塔圖夫帶回他家，還相信他是個聖人。第二個錯誤是把裝著重要文件的小箱子託付給塔圖夫，而這些文件「如果攤在陽光下，就我所知，可能會讓我的朋友失去所有家產，如果他被逮捕的話，可能連腦袋都保不住。」

到目前為止，奧岡相信塔圖夫，但是把這個箱子託付給他之後，奧岡讓一個人的人生陷入危險。奧岡從信任轉為仰慕的發展歷程很明顯，每一句對白都在推動這個過程。

塔圖夫：它已經藏得很隱密。（箱子）對於它你可以放心了，我也很放心。

奧岡：我最好的朋友！你所做的事情讓我不勝感激。我們倆的情誼從此更加緊密。

塔圖夫：我們倆友誼本來就密不可分。

奧岡：如果我們倆的情誼可以更深化的話，我剛所看到的事情，就已達成這個效果。

塔圖夫：兄弟，你的話我不太明白。拜託你解釋清楚。

奧岡：稍早你說，我女兒需要一個可以讓她不誤入歧途的丈夫。

塔圖夫：是的。我無法想像像瓦列荷（M. Valere）這樣喜好世俗享樂的人——

奧岡：我也不敢想下去。近來我開始有個想法，倘若有人可以安全、溫柔地引導她避開人世間的種種陷阱，那人非**你**莫屬，我親愛的朋友。

塔圖夫：（真的嚇了一跳）非**我**莫屬，兄弟？喔，不。不是！

奧岡：什麼？你是否拒絕當我女婿？

塔圖夫：這是我不敢奢想的榮幸。而且——而且——我有理由認為瑪麗安（Mlle Mariane）小姐並不青睞我。

奧岡：這是小事，只要她能獲得你青睞。

塔圖夫：我的雙眼堅定仰望天堂，兄弟，我不在乎會消逝的美貌。

奧岡：兄弟，這真實無誤——但你是否有理由拒絕一個並非不美的新娘？

塔圖夫：（不確定與瑪麗安的婚姻是否對他針對艾爾咪的計謀有幫助）我不會這麼說。許多聖人都娶了美麗的小姐，這不是罪。但我老實說，我擔心我與你女兒結婚可能不會讓奧岡夫

人開心。

奧岡：如果並非如此呢？她只是瑪麗安的繼母，她的同意並非必
　　　要。我或可補充瑪麗安會帶給丈夫豐厚的嫁妝，但我知道這
　　　對你來說無足輕重。

塔圖夫：嫁妝**怎會**重要？

奧岡：但我希望你會重視的是，如果你拒絕娶她，你將讓我大失
　　　所望。

塔圖夫：如果我**那麼**想，兄弟——

奧岡：除此之外，我會感覺你不認為這樣的聯姻匹配得上你。

塔圖夫：匹配不上的是我。（他決定承擔這個風險）但為了不讓
　　　你這樣錯誤地看待我，我將——好的，我會克服自己良心不
　　　安的感受。

奧岡：那麼你同意當我女婿？

塔圖夫：既然你希望如此，我憑什麼身分敢說不？

奧岡：你讓我又高興起來了。（搖喚人鈴）我要請我女兒過來，
　　　告訴她我的安排。

塔圖夫：（走向他右邊的門）同時間我懇請您允許我退下。（在
　　　門口）我斗膽建議，在告訴她這件事的時候，多著重在您身
　　　為父親的願望，而非我那些微不足道的優點。（他走進房門）

奧岡：（自言自語）這般的謙遜風範！

　　　奧岡的第三個錯誤，就是試圖強迫女兒嫁給這個惡棍。他的
第四個錯誤是把所有家產託付給塔圖夫管理。他真心相信塔圖夫
可以守護他的財富，以免被他的家人敗光（他認為如此）。這是

他最大的錯誤，決定了他最終毀滅的命運。但是這個荒謬的決策只是他第一個錯誤自然的發展結果。是的，奧岡顯然是從盲目信任發展到幻想破滅。劇作家透過逐步漸進的角色發展來實現這個變化進程。

當你種下種子，它似乎會沉睡一陣子。其實水分會立即進入種子，軟化種子的外殼，所以種子內在的化學物質，以及它從土壤吸收的元素，可能會讓它發芽。

覆蓋在種子之上的土壤很難突破，但是這個困難，這個與土壤的對抗關係，迫使嫩芽累積力量來打仗。它從何處獲得此額外的力量？種子不會無謂地對抗表土，它會長出細根來從土壤獲取更多養分。因此嫩芽最終穿透堅硬的土壤，勝利迎向陽光。

根據科學，一株薊需要一萬英吋的根，來支持三十到四十吋高的莖。你可以猜到劇作家需要挖掘出多少萬個事實才能支撐一個角色。

用寓言的方式來談，人就像土壤，在他心中我們種下未來引發衝突的種子，也許是企圖心。這個種子在他心中成長，雖然他可能想要壓抑它。但是內部與外部的力量施加愈來愈強的壓力，直到這個衝突種子長得夠強壯，衝破了他頑固的腦袋。他已經做了決定，現在他會依此採取行動。

人內在與他周遭的矛盾會創造決定與衝突。然後它們會強迫他做出新決定，引發新衝突。

在人可以做出一個決定之前，需要許多種的壓力，但是三個主要類別是生理、社會與心理層面。從這三種力量，你可以創造無數種組合。

你如果種下橡實，你會合理地期待橡樹苗冒出來，最後長成橡樹。角色也是一樣。某種角色依照自己成熟的歷程來發展。只有在糟糕的劇本裡，人的改變與其性格會沒有關聯。我們種下橡實的時候，我們期待它長出橡樹是合理的，如果長出來的是蘋果樹，我們（至少）會很震驚。

劇作家呈現的每一個角色裡，必定內在會有其未來發展的種子。在劇本尾聲變成罪犯的男孩，在故事開始時他內在一定有種子，或是犯罪的可能性。

在《玩偶之家》裡，雖然娜拉愛著家人、被動、順從，在她心中有著獨立、反叛與頑固的精神，這是角色可能成長的徵象。

讓我們檢視她的角色。我們知道在劇本結局，她不僅會離開丈夫，也會拋下小孩。在一八七九年，這幾乎是從未聽聞的社會現象。她幾乎（如果有的話）沒有前例可循。**在故事的開端**，她內在一定有某種東西，會發展成故事結局我們看到的獨立精神。讓我們看看那是什麼。

劇本一開場，娜拉登場哼著曲子。一個腳夫跟著進場，拿著一棵耶誕樹與一個籃子。

腳夫：六便士。
娜拉：這是一先令。不用找錢了。

她已經努力存下每一分錢來償還祕密的債務，但她仍然大方。同時她也在吃她不應該吃的馬卡龍甜點。它對她沒有好處，她也向丈夫海爾默承諾自己不再吃甜食。所以她說的第一句對白

讓我們明白她不節儉，她所做的第一個動作顯現她不守承諾。她很孩子氣。

　　海爾默登場：

海爾默：我的敗家甜心又在浪費錢了？

娜拉：對，但托瓦德（Tovald），現在我們或許可以闊綽一點點，對嗎？

　　（海爾默要她謹慎。下次領薪水還要等整整三個月。娜拉像個沒耐性的孩子大叫：「不要！我們在那之前可以先借錢！」）

海爾默：娜拉！（她的糊塗讓他震驚。他討厭「借錢」這個詞）假想我今天借了五十英鎊，妳在耶誕節那週就把它花光了，然後在過新年前一天，一塊石板砸到我頭上讓我死掉，然後……

　　（這就是海爾默。如果意識裡有債務未還，就算到了墳墓裡，他也無法安息。他確實對於資產有執念。如果他發現娜拉偽造文書借錢，你可以想像他的反應嗎？）

娜拉：如果真的發生這樣的事件，我不認為我會在乎我是否有欠錢。（對於金錢事務，她一向被保持在無知狀態，她的反應很驕縱。海爾默雖寬容，但還不致於任由她大發議論。）

海爾默：……依賴借貸與欠債的家庭生活，是沒有自由或美感可

言的。（聽到這句話，娜拉非常沮喪。似乎海爾默將永遠不會理解她。）

這兩個角色被鮮明地刻畫。他們面對彼此，已經產生衝突。目前衝突還沒見血，但流血將不可避免。
（海爾默雖然愛妻子，現在他把責任推給她的父親。）

海爾默：妳這個古怪的小女子。妳跟妳爸爸很像。妳總是找新方法拐騙我的錢，一旦把錢弄到手，它似乎就在妳手裡融化了……但是我還是必須接受妳的本性。這是在妳血液裡流動的天性，娜拉，這種天性是真的可以遺傳的。

（易卜生以大師筆觸，描繪了娜拉的背景。他對她的祖先認識得比她還深。但她愛自己的父親，很快地回答：「喔，我真希望我繼承了父親很多的特質。」）
接下來，她毫無羞恥心地扯謊說自己沒吃馬卡龍，就像小孩覺得長輩設下的禁令必然是不合理的。這個謊言不會造成什麼嚴重傷害，但顯現了娜拉的人格特質。）

娜拉：我不應該有違背你意願的想法。
海爾默：我確信如此；此外，妳也已經承諾過我。

（海爾默的人生與事業，教他把承諾視為神聖。此處一件小事再度顯現海爾默的欠缺想像力，他完全無法察覺娜拉絕非她表

面上看起來的樣子。他無法覺察到她背著他在家裡做了什麼事情。娜拉從他身上拐來的每一分錢，都進了放貸者的口袋來還她欠下的債務。

在劇本一開始，娜拉過著雙重人生。偽造文書借錢在劇本開始之前很早就發生了，娜拉不把這個祕密告訴任何人，認為保密乃是拯救海爾默人生的偉大犧牲，因此讓她內心平靜。）

娜拉：（與求學時期的朋友林德太太講話）他不知道這件事是絕對必要的！我的老天，妳不明白嗎？他絕對不能知道他處在多麼危險的狀況裡。這就像那時醫生告訴我，說他的生命有危險，唯一能救他的方式就是搬到南方去住……我甚至暗示他或許可以去貸款。克麗絲婷，這幾乎讓他發怒。他說我完全不思考後果，身為我的丈夫，不讓我耽溺在衝動裡是他的責任……我心想，很好，我一定要救你，這就是我怎麼會想出脫困方法的緣由。

（易卜生緩緩地開啟主要衝突。娜拉向林德太太告白自己對海爾默所做的事情這場戲，耗費不少寶貴的篇幅。林德太太湊巧此時來訪未免太過巧合，克羅斯塔〔Krogstad〕也同時來訪也很湊巧。但我們不是要討論易卜生編劇上的不足之處。我們的目標是要追尋娜拉角色發展的完整軌跡。讓我們看看還能理解她哪些事情。）

林德太太：妳的意思是永遠不告訴他？（偽造文書）

娜拉：（沉思，半露微笑）會，也許是在多年後的某一天，當我不再跟現在一樣美麗的時候。（這對娜拉的動機多了個有趣的洞見。她期待自己的行為會獲得感謝。）不要笑我！我的意思是，當我丈夫對我不再像現在這樣深情，當我跳舞、打扮、吟詩對他來說已經變得無趣，到了那時候，我還留著這個祕密可以講或許是好事。

（現在我們可以推測出，當海爾默不但沒稱許娜拉，反而譴責她是糟糕的妻子與母親，那時的她會有多麼震驚。然後這將會是她人生的轉捩點。她的童年階段將會悲慘地結束，在震驚中她會首度看到周遭的世界其實充滿敵意。她盡了自己的全力想讓海爾默活下去並快樂，而在她最需要他的時候，他卻跟她翻臉。娜拉有著往一個特定方向發展的所有必要元素。海爾默也依照易卜生賦予他的性格來行動。他在知道偽造文書真相之後，讓我們來聽聽他無奈、憤怒地爆發。）

海爾默：多可怕的覺醒！這八年來，她是我的開心果與驕傲，但她其實是偽善者、騙子，不，比這更糟糕，她是個罪犯！她是世界上最無法言喻的醜惡！可恥！可恥！（〔娜拉無言，定定地看著他。他走到她面前。〕以上是易卜生寫的舞台動作指示。娜拉驚恐地看著海爾默，看著一個陌生人，他忘了她的動機是為了他，只考慮到自己）我應該早就懷疑到這樣的事情會發生。我應該早就預見到這件事，因為妳爸爸是個完全沒原則的人——妳不要講話！

（顯然娜拉的社會背景協助易卜生刻畫她的心智。她的生理構造也有幫助，她知道自己的美貌，提過好幾次。她知道她有很多仰慕者，但在她下定決心離家之前，她根本不在乎他們。）

海爾默：妳爸爸沒原則的作風完全在妳身上顯現。內心沒有宗教信仰，也沒有責任感。

在劇本一開始，在娜拉身上就可以看出上述的角色特質。她遇到的所有事情都是她咎由自取。這些特質都存在於她的角色之中，必然導引了她的行動。娜拉的成長是正向的。我們可以看到她的不負責任轉為焦慮，焦慮轉為恐懼，恐懼轉為絕望。在故事的最高潮，她一開始麻痺，然後慢慢理解自己的地位。她做出最後的、無法取消的決定，這個決定就像花朵綻放一樣合理，也是角色穩定、持續演化的產物。成長即是演化；高潮就是革命。

讓我追溯另一個角色羅密歐的潛在發展種子。我們想要知道他是否具有這些角色特質，引領他走向不可避免的結局。

羅密歐愛著羅瑟琳（Rosaline），他迷亂地走在街上時，遇到了一個親戚班福留（Benvolio）與他搭話。

班福留：早安，堂弟。
羅密歐：現在時辰仍早嗎？
班福留：已經九點了。
羅密歐：唉，我啊！悲傷的時間似乎很漫長。這就是為什麼我父

親走得這麼匆忙？

班福留：沒錯。是什麼悲傷拉長了羅密歐的時間？

羅密歐：我沒有讓時間縮短的東西。

班福留：戀愛？

羅密歐：失去。

班福留：失戀？

羅密歐：失去她的垂青，而我正愛著她。

羅密歐苦澀地抱怨他的戀愛對象「沒有被愛神丘比特的箭射中」。

她太美、太聰明，聰明得太過美麗，
不能讓我死心，而死心之後才能解脫：
她發誓不去愛；在此誓言中
我雖生猶死，現在活著訴說哀愁。

班福留建議他「天下何處無芳草」，但羅密歐無法被慰藉。

失明的人無法忘懷
視界中最後一次目睹的珍寶
……
再會：你無法教會我忘懷。

但是稍後因為一個古怪的巧合，他發現最愛的羅瑟琳將會去

家族死敵凱普萊特家族大宅招待賓客的場合。他決定無視死亡威脅赴會，哪怕只能瞥見一眼戀人也好。在那裡的賓客中，他看見一位淑女如此迷人，他的眼中不再有羅瑟琳，上氣不接下氣地詢問一個侍者：「那位淑女是誰？那邊那位騎士的手牽著的那一位？」

僕人：先生，我不知道。

羅密歐：喔，她教火把燃燒更明亮！

　　　　她彷彿懸掛於夜色之上，

　　　　就像黑人耳上燦爛的珠寶；

　　　　她的美太燦爛而不該為人所用，太珍貴而不屬於人間！

　　　　雪白鴿子處於一群烏鴉中，

　　　　正如那位淑女與其同儕齊聚的景象。

　　　　等這一曲結束，我會看她站在哪裡，

　　　　然後碰觸她的玉手，賜福予我粗糙的手。

　　　　我的心是否還在愛著？一見到她，我就放棄了舊愛！

　　　　因為直到今夜我才看到真正的美。

　　這個決定澆鑄了他角色的模型。

　　羅密歐高傲、衝動。當他發現他的真愛是凱普萊特家的女兒，他毫不猶豫地闖進仇恨堡壘，這裡面的人總是想殺他與他的家人。他沒有耐心，不思考種種矛盾。他對美貌茱麗葉的愛，讓他變得更為緊張兮兮。為了戀人，他甚至願意低聲下氣。為了他所愛的茱麗葉，付出任何代價都可以。

　　如果我們思考他不怕死的行動（甘冒生命危險只為了看羅瑟琳一眼），那麼我們或可推測他能為此生真愛茱麗葉做出什麼樣

的事情。

　　沒有其他類型的男人可以面對這麼大的危險而毫不畏懼。從劇本一開始，可能的發展就已經存在於他的角色之內。

　　有趣的是，在馬金（Maginn）先生的《莎士比亞論文》（Shakespeare Papers）中，他認為羅密歐一生經歷的艱難命運，是因為他「運氣不好」，如果羅密歐心懷其他的熱情或追求，他也會像談戀愛一樣運氣不好。

　　馬金先生忘了一件事，羅密歐就像所有人一樣，是聽從個人性格指示來行動。對，羅密歐的失敗是隱含在他的性格裡，不是因為他「運氣不好」才發生。他無法控制他衝動的個性，驅使他去做其他人可以輕易避免的行為。

　　他的個性與背景，簡而言之，他的角色就是確保成長與證明作者戲劇前提的種子。

　　我們希望讀者記住重要的一點是，羅密歐是依照他個性特色（衝動等等）來打造的角色，這些特色迫使他做出後來的行為（殺人與自殺）。在他開口講的第一句對白裡，就可明顯看到這樣的性格。

　　另一個角色發展的好案例可在尤金‧歐尼爾的《悲悼伊蕾特拉》（Mourning Becomes Electra）找到。拉芬妮雅（Lavinia）是准將艾茲拉‧曼濃（Ezra Mannon）與妻子克莉絲汀（Christine）的女兒，在劇本幾乎是一開始的地方，一個愛她的年輕人暗示其愛意，她這麼說：

拉芬妮雅：（突然間語氣變冷）對於愛我什麼都不懂。我什麼也

不想知道。（強烈地）我痛恨愛！

　　拉芬妮雅是核心角色，在全劇中，她實踐了她的宣言。她母親不當的婚外情，讓她成為後來的樣貌——無情、一心想報復。

　　我們無意阻止任何人寫熱鬧壯觀的場面或模仿百看不厭的薩洛揚（William Saroyan）劇作，他筆下幽微的韻律寫出了生命之美。這些東西可以感人，甚至看起來有美感。我們不會忽略葛楚·史坦（Gertrude Stein），也不會排拒她登上呻吟不斷的文學競技場，理由很簡單，我們非常喜歡她的奇想與風格（雖然我們坦承我們經常不懂她在講什麼）。從衰敗中會冒出活躍的新生命。這些沒有形體的事物以某種方式歸屬於生命。若是沒有紊亂，就永遠不會有和諧。但有些劇作家顯然想寫的是角色，希望把角色建構成結構精良的佳作，結果當他們寫出熱鬧場面或模仿薩洛揚的作品時，他們堅持我們把他們的作品當成舞台劇來看待。無論我們怎麼努力，我們就是做不到，正如同我們不能拿孩童的心智能力與愛因斯坦相比。

　　羅勃·薛伍德（Robert E. Sherwood）的《白癡的樂趣》（*Idiot's Delight*）就是這樣的作品。雖然它拿到普立茲獎，但距離結構精良的劇本還有很遠的距離。

　　哈利·凡（Harry Van）與愛琳（Irene）本應是這個劇本的主角，但我們看不出他們有什麼可能的發展。愛琳是個騙子，哈利是個心地善良、樂觀隨緣的傢伙。只有在結局時我們看到一些成長，但那時劇本就結束了。

　　拉芬妮雅、哈姆雷特、娜拉與羅密歐，即便不是由傑出的劇

團搬演，他們仍是角色，是活生生、有脈動、有動態的人物。他們知道他們要什麼並奮力爭取。但是可憐的哈利與愛琳只是到處漫步，沒有可見的目標要追求。

問：你所謂的「成長」具體來說是什麼意思？

答：比方說，李爾王已經準備要把王國分給他三個女兒。這是愚行，本劇必須向觀眾證明這是蠢事。此劇透過展現因為李爾王自己的錯誤，其行為對自己造成的後果，也展現此過程中他的「成長」或合理發展。首先，**他懷疑**他給予女兒們的權力遭到濫用。然後他猜想權力確實被濫用。然後他確定如此，變得義憤填膺。接著他很生氣，然後轉為盛怒。他被剝奪了所有權力，也被羞辱。他想要自殺。在羞辱與悲痛中，他發瘋然後死去。

　　他種下了種子，後來長出種子終將結出的果實。他從未想到此果實如此苦澀，但這是他的性格所造成，性格也是他犯下第一個錯誤的緣由。然後他付出代價。

問：如果他選擇了正確的人（他的小女兒）來當值得信任的繼承者，那麼他的發展還會相同嗎？

答：當然不會。每個錯誤（以及他所承受的反作用力）都源自先前的錯誤。如果李爾王一開始做出正確的選擇，那麼他就沒有做後續行為的動機。他的第一個愚行是決定把他的權力交給女兒們。他知道這個權力很巨大，也是最高的榮譽，而他從未懷疑女兒們愛他也尊敬他。小女兒寇蒂莉亞（Cordelia）相對上的冷靜使他震驚，因此犯下第二個錯誤。他只看言語

不看行為。從此之後發生的一切都是從這些根長出來的。

問：他的種種錯誤不單純是愚蠢造成的嗎？

答：是，但別忘記所有的愚行（包含你、我的），都是在做完之後才顯得愚蠢。在當下，行為的動機可能是憐憫、慷慨、同情、理解。後來被認為是愚昧的事情，可能一開始被認為是美好的行徑。

「成長」是角色對他涉入之衝突的反應。角色可以透過採取正確行動的方式成長，也可因為做了錯誤行動成長，但他**必須**成長，因為他是真正的角色。

拿一對情侶做例子。他們相愛。讓他們交往一陣子，他們可能會產生戲劇的一些元素。也許他們漸行漸遠，兩人有了衝突；或許他們愛得更深了，衝突來自於**外界**。如果你問：「真愛會因為對立而加深嗎？」或者你說：「即便是深愛也會因為對立而減退。」你的角色們將會有要達成的目標，也有成長的機會，以證明此戲劇前提。證明戲劇前提意謂著角色有成長。

第二節

每個好劇本都是從起始端往終端發展。

讓我們檢視一部老電影，看看這是否為真。

《曼洛克教授》（*Professor Mamlock*）

（他將會從孤立〔起始端〕走向集體行動〔終端〕）

第一階段。孤立。在納粹專制政權下,他覺得無所謂。他是個傑出人物,覺得自己清高不須碰政治。儘管他看到四周的恐怖事件,但他連作夢都沒想過有人會傷害他。

第二階段。納粹的權力伸進他自己的階級,折磨著他的同僚。他開始擔心。但是他還是不相信自己會出事。來拜託他逃離納粹德國的朋友們都被他請離。

第三階段。終於,他感覺到悲慘的命運可能會毀滅他,正如同它毀滅其他人一般。他打電話給朋友們,表示自己是孤立主義者,以此合理化自己的行為。他還沒準備好要棄船逃生。

第四階段。他被恐懼攫取。終於他明白自己先前的立場有多盲目。

第五階段。他想要脫逃,但不知道怎麼做也不知道要去哪。

第六階段。他找不到出路。

第七階段。他加入反納粹的**集體抗爭**。

第八階段。他成為地下組織的一員。

第九階段。**對抗暴政**。

第十階段。集體行動與死亡。

現在讓我們檢視《玩偶之家》的娜拉。

娜拉:從:順從、樂天、天真、信任他人

走向:犬儒、獨立、成人、懷恨、幻滅

海爾默：從：頑固、專橫、肯定自己、實際、精明、屈尊俯就、
循規蹈矩

走向：困惑、缺乏信心、幻滅、依賴、服從、軟弱、寬
容、體貼、不知所措

第三節

由恨到愛

<u>揭開序幕前</u>　　　<u>劇終</u>

1. 不安全感　　　5. 仇恨

2. 羞辱　　　　　6. 造成傷害

3. 厭惡　　　　　7. 滿足

4. 憤怒　　　　　8. 後悔

　　　　　　　　9. 謙卑

　　　　　　　　10. 虛假的慷慨

　　　　　　　　11. 重新評估

　　　　　　　　12. 真正的慷慨

　　　　　　　　13. 犧牲

　　　　　　　　14. 愛

由愛到恨

<u>揭開序幕前</u>　　　<u>劇終</u>

1. 占有欲強的愛　　5. 狐疑

2. 失望　　　　　　6. 測試

3. 懷疑

4. 質疑

7. 傷害

8. 覺察

9. 愁苦

10. 重新評估且無法調適

11. 憤怒

12. 狂怒（對自己）

13. 狂怒（對對方）

14. 恨

第五章　角色的意志力量

在劇本中，一個貧弱的角色無法肩負長期衝突的重擔。他撐不起一部劇本。因此，我們被迫不用這樣的角色來當主角。如果沒有競爭，就稱不上運動；如果沒有衝突，就沒有劇本。沒有對位法（counterpoint），就沒有和聲（harmony）。劇作家需要的，不僅是願意為自己信念而奮鬥的角色。他需要的角色還要有力量與耐力，才能讓他的奮鬥過程走向合乎邏輯的結論。

我們可以用一個軟弱的人開場，而他在故事進行的過程中逐漸獲得力量；我們也可以用一個強大的人開場，在衝突中逐漸衰弱，但即便在衰弱的過程中，他必須有足夠耐力承受這些羞辱。

用歐尼爾的《悲悼伊蕾特拉》來舉例。布蘭特（Brent）正在跟拉芬妮雅講話。他是女僕與至高無上曼濃准將的私生子。對曼濃家來說，他是不被接受的成員，他的母親在遙遠的地方把他撫養長大。但現在他用假名回來，為母親與自己所承受的羞辱進行復仇。他是個上尉，追求拉芬妮雅只為了隱瞞他與她媽媽的婚外情。但拉芬妮雅的僕人提醒她要提高警覺。

（布蘭特試圖要牽她的手，但他才碰到她，她立刻抽手站了起來。）

拉芬妮雅：（冷漠的憤怒）別碰我！你好大的膽子！你這騙子！你——！（然後，當他開始困惑地往後退，她抓住機會採取賽斯〔僕人〕的建議，瞪著他，刻意以諷刺侮辱他）但我想，對於生母是低賤法裔加拿大保姆的人，除了廉價的浪漫謊言竟還期待其他的東西，可謂愚蠢。

布蘭特：（震驚）妳說什麼？（然後，對他母親的侮辱引起的狂怒，讓他拋下所有審慎，猛地站起來顯露出威脅姿態）住口！去你的！小心我會忘記妳是女人。沒有任何曼濃家的人可以侮辱她，只要我還——

拉芬妮雅：（知道真相之後很驚恐）所以這是真的——你是她的兒子！喔！

布蘭特：（努力控制住自己，態度強悍）我是又如何？我很驕傲是她兒子！我唯一的恥辱就是我骯髒的曼濃家血液！所以這就是為什麼妳剛剛無法忍受我碰妳，是嗎？妳的身分高貴，不是僕人之子匹配得上，是嗎？老天爺，以前妳還高興得很——！

這些角色充滿生氣與鬥志，他們可以輕易地把劇本帶向高潮。布蘭特已經計畫其復仇很長的時間，現在眼看就要成功，他卻被揭穿了。此時衝突轉變為危機。我們很想知道當他的假面具被揭穿後，他會怎麼做。不幸的是，歐尼爾在這個劇本中搞砸了，並且扭曲了筆下的角色們——但在劇本分析的篇章我們再深入來探討。

艾爾文・蕭爾（Irwin Shaw）的《埋葬死者》（*Bury the Dead*）中，其中一位戰死士兵的妻子瑪莎（Martha）說：

瑪莎：一棟房子裡應該有個嬰兒。但那應該是間乾淨有冰箱的房子。為什麼我不應該有個寶寶？其他人都有寶寶。他們在撕掉一頁日曆的時候，不須感覺驚恐。他們搭可愛的救護車去漂亮的醫院，躺在綠色的床單上生小孩。神究竟是喜歡他們哪一點，讓他們這麼容易生寶寶？

韋伯斯特：（士兵之一）他們不是跟機械技師結婚。

瑪莎：不！對他們來說，週薪不是十八塊五角。現在——現在更糟了。你那每個月才二十元的撫卹金。你當兵戰死，而我每個月領到二十元。我排隊一整天才能買到一條麵包。我已經忘記奶油的滋味。每週一次，我排隊買一磅腐爛的肉，雨水浸濕我的鞋子。晚上我回家，沒有人可以講話，只能坐著看蟲子，只點著一盞燈，因為政府必須節電。你竟得這樣離開，把我留下面對這一切！晚上我得坐著卻沒人可以講話，戰爭對我來說算什麼？戰爭對你來說又算什麼？讓你得離開又——

韋伯斯特：瑪莎，這就是為什麼我現在站著沒倒下。

瑪莎：那麼你為什麼這麼久才回來？為什麼現在回來？為什麼不是一個月前、一年前、十年前？為什麼那時候你不站起來？為什麼等到你死了之後？你每週只領十八塊五薪水，家裡有蟑螂，對此你完全沒意見，然後等到他們殺了你，你才站起來！你這笨蛋！

韋伯斯特：我以前不明白。

瑪莎：你就是這個德性！等待到一切都太遲！活著的人有許多事
　　　情要站起來面對！好，站起來！現在你該回嘴抗議。你們這
　　　些貧窮、悲慘、週薪十八塊五的混蛋們，現在站起來為自
　　　己、妻子以及沒辦法生養的孩子們發聲！叫他們全都站起
　　　來！去叫他們！去叫他們！（她尖叫，昏倒。）

　　這些角色也都因為奮鬥的能量而躍然紙上；無論他們做什
麼，都會迫使反對他們的力量來衝撞他們。

　　看過這麼多偉大劇作之後，你會發現這些作品內的角色都在
推動故事主題，直到他們被打敗或達成目標為止。即便是契訶夫
那些角色，都因為其極為被動的性格，而讓環境累積的力量很難
打垮他們。

　　有些看起來無關緊要的弱點，可能會是強有力劇作很好的出
發點。

　　來看看《菸草路》（*Tobacco Road*）這個例子。主角吉特・萊
斯特（Jeeter Lester）是個沒骨氣的男人，沒有成功活著或成仁的
力量。貧窮是他迫切的危機，老婆、小孩都在餓肚子，而他卻什
麼都不做。就算是天塌下來他也不管。這個弱小、沒用的人，卻
在等待奇蹟這方面有著驚人的意志力；他頑固地留戀過去，忽視
現在有個必須要解決的新問題。他不停地喟嘆過去他遇到的不公
不義——這是他最愛講的主題，但他卻沒做任何事情去改變這
一切。

　　他這個角色是弱還是強？就我們的思考方式來說，他是我們

多年來在劇場看到最強有力的角色之一。他雖然代表了衰退崩壞，但他仍然有力量。這是個自然的矛盾。萊斯特頑固地維持（或似乎在維持）自己的目前狀態，無視時代的種種變化。要針對自然法則進行相當的對抗，需要大量的意志力，萊斯特就有這樣的意志力，雖然不斷改變的種種條件終究會消滅他，正如同不能適應環境的所有事物都會被消滅一般。萊斯特的心態跟恐龍很相近。

萊斯特代表了一個階級，就是淪入貧窮的小農夫。現代機械、財富聚集在少數人手裡、競爭、徵稅、土地估價，讓他與他的階級無法謀生。因為他沒意識到組織的價值，所以他沒有加入無產農夫的組織。因為他的祖先從沒加入任何組織，所以他過著可憐的孤立生活，對於外面的世界一無所知。他的無知，讓他很頑固。他的傳統反對改變。但在他的弱點這個面向上，他的意志力無比強大，他跟他的階級寧可慢慢衰亡也不要改變。沒錯，萊斯特是強有力的人。

你可以想像出比經典母親更可愛、更脆弱的角色嗎？我們能否忘記她永恆的勤勉、溫柔的照顧、焦慮的告誡？她獻身於一個目標，也就是讓孩子成功，如果必要的話，甚至可以犧牲生命。你的母親不是像這樣嗎？很多母親是如此，因此建立了一個母性傳統。你難道連一次都沒在夢中看到母親的微笑、她憂鬱的沉默、她的諄諄善誘、她的眼淚？你難道從沒在違逆母親願望的時候，感覺自己像個殺人犯？跟全世界罪惡的總和相比，和藹的母親更能把人變成說謊者。

看起來軟弱，總是準備退縮與讓步，但幾乎總是最後的贏

家，這就是母親。你不總是知道你是怎麼被綁住，但你發現你做出了內心其實想推翻的承諾。

母親軟弱嗎？絕非如此！以席尼·霍華德的《銀索》為例，劇中母親搞砸自己骨肉的人生，她不是靠殘酷行徑，而是靠溫柔軟弱的話語跟苦澀的眼淚，以及看起來沒有效用的沉默。到結局，她毀掉除了自己之外所有人的人生。她軟弱嗎？

那麼，誰是與強大的角色相反的軟弱角色？他們就是沒有力量奮鬥的人。

比方說，吉特·萊斯特在面對飢餓時毫無作為。挨餓卻什麼也不做，這至少是很怪誕的狀況。人即便沒有正確的前進方向，仍有耐力。保全自己是自然法則，它讓動物與人去捕獵、偷竊、殺生，只為了取得食物。萊斯特不遵守這個法則。他有他的傳統與祖先留下的房子，他覺得遇到困境就逃離一切是懦夫行徑。他覺得為了屬於他的東西承受所有的痛苦是一種堅強。讓他變成這樣頑固的原因可能只是懶惰，甚至是怯懦，但最後造成的行為是強有力的。

真正軟弱的角色是不會去戰鬥的人，因為壓力還不夠大。

拿哈姆雷特做例子。他個性堅定不移，以鬥犬般的頑強證明自己父親死亡的真相。他有軟弱之處，否則不會需要假裝發瘋。在他的爭鬥過程中，他的多愁善感對他不利，但當他覺得波隆尼爾（Polonius）在監視他的時候，他也能下手殺人。跟萊斯特一樣，哈姆雷特是個完整的角色，是劇本的理想素材。矛盾是戲劇衝突的本質，如果角色可以克服內在的矛盾達到其目標，他就是強有力的角色。

《黑坑》（*Black Pit*）裡的告密者就是軟弱、刻畫不佳角色的好例子。他永遠都無法決定要做什麼。編劇想讓我們看到妥協的危險性，但是觀眾卻對他們應該要鄙視的角色感到同情與憐憫。

這個角色其實從沒當過告密者。他雖不反叛，卻感到羞恥。他知道他正在做一件壞事，卻無法自拔。就另一方面來看，他不是個有階級意識的工人，因為他並未忠於自己所屬的階級，但他也無法採取任何行動。

沒有矛盾就沒有衝突。就此案例來看，矛盾就跟衝突一樣並沒定義好。此角色讓自己被困在網中，卻沒有勇氣掙脫。他的羞恥感並沒深到迫使他下決定（這是他唯一的妥協），他對家庭的愛也不夠大，無法讓他克服所有反對力量，真正地去當個告密者。他左右搖擺不定，這樣的人無法撐起一齣戲。我們現在可以用另一種方式來定義疲弱角色：「一個疲弱的角色，就是不管因為任何理由，無法下決定去行動的人。」

告密者喬（Joe）本質就是如此軟弱，在任何處境下都會猶豫不決？非也。如果他發現自己所處的環境壓力不夠大，找到更清楚定義的戲劇前提是作者的責任。在更大的壓力下，喬會有更為劇烈的反應。他的妻子將在沒有產婆的協助下生產，這還不足以引發喬的反應。這種情況在他的世界裡是日常事件，大多數的產婦也安全活下來。

但是**在正確的情境下**，任何角色都會反擊，這是因為作者還沒找到那個心理時刻，那時角色不僅準備好，更是積極要應戰。衝突攻擊點（point of attack）的計算錯誤了。或者我們可以這麼說：一個決定必須有熟成的餘地。作者可能遇到角色正處於**轉型**

期，他還沒準備好要行動。許多角色失敗的原因，是作者強迫他採取他還沒準備好要做的行動，無論這行動他要花一小時、一年或二十年才能準備好。

我們在《紐約時報》社論版發現這段文字。

謀殺與瘋狂

研究過超過五百樁命案之後，大都會壽險公司在其公報中，對於殺人動機表示有些訝異。一個發怒的丈夫活活打死妻子，只因為**晚餐**還沒準備好；一個人僅為二十五分錢的小事殺了朋友；一家餐廳老闆因為**三明治**起的爭論而開槍打死顧客；一個年輕人殺了母親，只因為她斥責他**酗酒**；一個酒館常客因為與人爭辯誰先**投幣**進自動演奏鋼琴，拿刀砍死了對方。

這些人都瘋了嗎？是什麼讓他們起心動念為了一點小錢或小恩怨就奪人性命？正常人不會犯下這樣的滔天大罪，也許他們真的瘋了。

只有一個方法可以找出答案，那就是在一個表面上殘酷、令人震驚的命案中，檢視殺人犯生理、社會與心理的構造。

我們的案例五十歲。他因為一個笑話而拿刀刺死了一個人。大家都認為他是個邪惡、反社會的怪物。讓我們來看看他是什麼樣的人。

這位殺人犯的過去顯示，他有耐心、沒有傷害性、照顧家

庭、是傑出的父親、受尊重的公民、被肯定的好鄰居。他在一家公司當會計三十年。他的雇主認為他誠實、有責任感、沒有侵略性。當他因為殺人被逮捕時，他們都很震驚。

他犯罪的地基是在三十二年前結婚的時候開始構築。那時他十八歲，雖然妻子跟他的性格完全相反，他還是愛上了她。她愛慕虛榮、不可靠、喜歡打情罵俏、不真誠。對於她的種種不當行為，他必須閉上眼睛，因為他真心相信有一天她會變得更好。雖然他偶爾會威脅她，但他從未採取什麼果決的行動來阻止她令人羞恥的行為，都只是口頭威脅而已。

一個劇作家看到這個階段的他，會認為他太軟弱、沒有侵略性，不足以成為戲劇裡的角色。他深深感到羞辱，但他卻無能為力。沒有線索告訴我們這個男人將會變成什麼樣子。

許多年過去了。他的妻子給了他三個美好的孩子，他希望年紀大了之後，她終於會改變。她確實變了，她變得更謹慎，似乎真的想安定下來，當個好妻子與好母親。

然後某一天她消失了，沒再回家。一開始，這個可憐的男人幾乎發狂，但是他平靜下來，除了工作之外，也負擔起原本妻子做的家務。他的犧牲沒獲得孩子們的感謝。他們沒善待他，一有機會就離開他。

表面上，這個男人一直堅毅地承受一切。也許他是個懦夫，欠缺抵抗或反叛的能量。也許他有超人的能量與勇氣，可以承受惡劣待遇與不公平。

家曾是他的驕傲，現在他卻失去了它。他內心深處極為震動，努力想要保住家庭，但他辦不到，沮喪到極點，但還沒到會

採取激烈行動的程度。他還是那個怯懦的膽小鬼，但他已經改變了，感覺苦悶與不安。他在尋找答案，卻找不到，他迷失了方向，孑然一身。他沒反叛，而是遺世獨立。

目前為止，他對劇作家來說還沒什麼用處，他仍沒做出決定。

現在唯一能讓他保持神智正常的只有他的工作，但近來工作也不安定。然後最後一根稻草壓垮了他。他拚命工作三十年的職位，被一個更年輕的人給占走。他因此進入無法想像的盛怒狀態，因為他終於來到引爆點。當一個人開了個無害的玩笑（也許是關於不景氣），這男人就殺了他。在沒有明顯原因的狀況下，他殺了一個從未傷害他的人。

如果你觀察得夠認真，你會發現看起來沒有動機的犯罪背後，總是有一長串的處境連結起來導向犯罪。這些「處境」可以在犯罪者的生理、社會與心理構造中找到。

這跟我們在談的錯誤計算有關係。作者必須認知到，在心理發展的高點抓住角色是多麼重要的關鍵，在我們談到「攻擊點」的時候，我們會更完整地討論這個主題。現在我們先這麼說就足夠：只要周遭的條件足夠強大，每個人都能做出任何事情。

哈姆雷特在劇本結局，已經跟開場時的他完全不同。事實上，他在每一頁都有改變，合乎邏輯，走在穩定的發展路線上。每分鐘、每小時、每一天、每月、每年，我們都在改變。問題是找出劇作家處理角色的最佳時刻。我們認為哈姆雷特的弱點是，在獲得充分證據之前，他延遲採取一個行動（有時這會造成致命結果）。但是他鋼鐵般的決心，對於目標的努力投入，這兩者都

很強大。他做出了一個決定。吉特・萊斯特也做了一個留下來的決定，無論這個決定是不是有意識的。事實上，萊斯特的意志是無意識的（或者說是潛意識的），但哈姆雷特要證明國王殺死自己父親的決心是有意識的。哈姆雷特是依據自己意識到的戲劇前提來行動，但萊斯特留下來是因為他不知道還能做什麼。

劇作家可以運用這兩種類型的角色。這時創造力至為關鍵。當作者把契訶夫式的角色放進劇力萬鈞的劇本，或者是反過來的狀況，麻煩就產生了。在角色完全準備好之前，你不能強迫角色做決定。如果你嘗試這麼做，你會發現角色的行動膚淺無謂，它將不會反映出真實的角色。

所以如同各位所見，其實沒有疲弱角色這種東西。問題是：你是否在角色準備好面對衝突的特定時刻抓住了他？

第六章　劇情或角色，何者優先？

野草是什麼？一種優點尚未被發現的植物。

——美國作家愛默生（Ralph Waldo Emerson）

儘管我們經常引用亞里斯多德的話，儘管佛洛依德對人類三大層面之一做了研究，角色仍沒像科學家分析原子或宇宙線（cosmic ray）那般被徹底解析。

威廉‧亞契在他的《編劇技藝手冊》（*Playmaking, a Manual of Craftsmanship*）中寫道：

> ……理論上的建議，無法讓人創造角色或給予創造角色的指引。

我們相當同意「理論上的建議」對任何人來說都沒有用，但具體的建議呢？看起來不會動的物體確實比較好檢視，但是人類活躍、持續變動的性格也必須被分析，透過建議，可以讓這個分析任務更有條理、更單純。

> 給角色塑造特定的方向，就像設下規則告訴人如何長到六呎高。你要嘛就是會塑造角色，要嘛就是不會。

亞契如是說。這是個泛化且不科學的論調。它聽起來很熟悉。基本上它就像給顯微鏡發明人雷文霍克（Leeuwenhoek）的答案，或像給伽利略的答案，伽利略因為說地球會動而幾乎被當成異端燒死。富爾頓（Fulton）的蒸汽船被人訕笑。群眾大喊：「它不會動！」當他們看到蒸汽船在動的時候，他們大叫：「它停不下來！」

但今天，宇宙線已經被用來拍攝與測量宇宙線。

「你要嘛就是會塑造角色，要嘛就是不會。」亞契先生說，他這樣就是承認某個人具有刻畫角色的能力，穿透無法被穿透的內心，但是另一人就沒有此能力。但如果某個人可以辦得到，如果我們知道他是如何辦到，我們難道無法從他身上學習嗎？某個人是透過觀察來塑造角色，他有幸具有看見他人忽視事物的天賦。這是因為沒那麼幸運的人看不到顯而易見的事物嗎？也許。我們仔細讀糟糕劇本的時候，作者忽視劇中角色的程度讓人吃驚；我們仔細讀好劇本的時候，劇作家呈現出來的巨量資訊讓我們訝異。那麼為什麼我們不能建議天賦較差的編劇訓練自己的雙眼去觀察，訓練自己的心智去理解？為什麼我們不能建議培養觀察力？

如果「沒天賦」的編劇有想像力、辨別力、寫作能力，他可以有意識地學習「有天賦」編劇靠本能就知道的事情，然後變成更好的編劇。

甚至是有能力長到六呎高的天才，經常都無法達標，這是怎麼回事？為什麼這個曾經知道怎麼刻畫角色的人現在卻出糗了？或許是因為他單純只靠自己的本能？為什麼這些本能不是每次都

能發揮效果？有天分的人要嘛就有天生本領，要嘛就沒有。

我們相信你會同意，任何天才都寫過爛劇本，因為他們仰賴本能天賦，這頂多只是安打或揮棒落空的狀況。我們不應該光靠直覺、感受、心血來潮來執行重要的事務，我們應該要**憑藉知識來行動**。

亞契先生對角色的定義如下：

……針對編劇的實際用途，角色或可定義為**智識性、情感性**與精神性習慣的**複合體**。

這定義看起來實在不夠充分，所以我們查閱《韋氏國際辭典》。或許亞契先生的字句中有比表象更深的含意：

複合體：由兩個以上的部分所組成；合成體；並不單純。
智識性：只能透過智力來理解；因此具有心理性質；只有受過啟發或是具有精神性洞見的人可以認知。
情感：一種激動、擾動、波動的狀態，可以是生理的或社會的。

現在我們懂了。角色同時間如此單純又如此複雜。確實此定義幫助不大，但還是有點新意。

光是知道角色由「智識性、情感性與精神性習慣的複合體」所構成還不夠。我們必須精準明白這個「智識性複合體」的意涵為何。我們已經發現每個人類都有三個面向：生理的、社會的、

心理的。如果我們進一步分解這三個面向，我們就能認識這生理、社會與心理構造中含有微小的基因，那是建立與促使我們行動的要素，是我們所有行為的動機來源。

造船的人熟知自己使用的材料，知道它多能夠對抗時間的考驗，能承載多少重量。如果他想要避免災難的話，他必須知道這些事情。

編劇應該要熟知自己創作的素材，也就是角色們。他應該清楚他們能承載多少重量，能夠把編劇建構的劇本支撐得多好。

關於角色有許多相互矛盾的概念，在我們試圖探討此主題之前，先檢視這一些概念，或許是個好點子。

約翰・霍華・羅森在他的書《編劇理論與技巧》（ *The Theory and Technique of Playwriting* ）寫道：

> 故事是一種處於轉變過程的東西，奇怪的是大家很難這樣理解故事。所有的編劇教科書都搞不懂這一點，對所有編劇來說，不懂這一點會阻礙創作。

確實是阻礙，因為他們是從屋頂開始往下蓋房子，而不是先從戲劇前提開始，然後呈現角色與環境的關係。在導論中，羅森這麼說：

> 劇本不是多項孤立元素的大雜燴：對白、角色塑造等等。它是有生命的，所有這些元素都被融合在一起。

這是真的，但在下一頁他寫道：

　　我們可以學習劇本的形式，也就是其外在樣貌（outward-ness），但是我們無法掌握其內在氣質（inwardness），也就是靈魂。

　　如果我們無法理解一個基本原則的話，我們永遠掌握不到劇本的靈魂：所謂的「內在氣質」，看來無法被預期的靈魂，其實就是角色。

　　羅森的基本錯誤就是把辯證法倒過來用。他接受亞里斯多德基本的錯誤論點，「角色次於行動。」因此他的思路就開始有問題了。當他把因果關係弄反，對他來說，堅持談「社會框架」是無謂的。

　　我們的論點是，角色是世界上最有趣的現象。每個角色都代表了各自的世界，你對這個人認識愈深，你就愈感興趣。我們立刻想到的是喬治‧凱利的《克雷格之妻》。它不是結構精良的劇本，但它有意識地努力營造角色。凱利透過克雷格妻子的眼睛給我們看一個世界，這個世界無趣而單調，卻是真實的世界。

　　英國劇作家蕭伯納說，他不受法則管束，而是遵照靈感指引。無論是否有靈感啟發，任何人建構角色，就是走在正確的方向上，也運用了正確的法則，無論他是不是有意識地這麼做。最重要的不是編劇說什麼，而是他怎麼做。每一部偉大的文學作品都是源自於角色，哪怕作者一開始先是規畫行動。角色一旦被創造之後，就處於優先地位，行動必須重新調整以符合角色。

假設我們正在建造房子。我們從錯誤的角落開始蓋，然後房子崩塌了。我們重新來一次，從上面開始蓋，房子又塌了。所以又嘗試了第三跟第四次。但最後我們讓房子站起來了，完全不知道我們的方法有何改變，才讓我們這次能成功。現在我們是否可以給人建造房子的建議而不會良心不安？我們可否誠實地說：房子必須崩塌四次才能站起來？

偉大的劇作之所以出現在我們面前，是因為作者對創作有無窮盡的耐心。也許他們是從錯誤的方向開始創作，但他們一時時地奮鬥調整回來，終於把角色變成作品的基底，雖然他們可能沒客觀地意識到，角色是唯一能當基底的要素。

羅森說：

> 要思考情境當然很難，這有賴於作者的「靈感」。

如果我們知道角色所體現的不僅是其環境，也包含了他的遺傳、喜惡，甚至他出生城鎮的天氣，我們要思考角色的處境就不會困難。**情境就內建在角色之中。**

喬治‧貝克引用法國文學家小仲馬的話：

> 在編劇創造的每個情境裡，他應該自問三個問題：**我應該會怎麼做？其他人**會怎麼做？應該要怎麼做**才對**？

問每個人這個情境裡應該要怎麼做，卻不去問創造這個情境

的那個角色，這樣不是很奇怪嗎？角色所在的立場，更能提出好答案。

約翰·蓋斯沃西（John Galsworthy）似乎已經掌握了這個簡單的真相，因為他聲稱是角色創造了劇情，而不是反過來。十八世紀德國劇作家萊辛（Gotthold Ephraim Lessing）無論對此主題有何論點，他的戲劇是建構在角色之上。與莎士比亞同時代的英國劇作家班·強森（Ben Johnson）也是，事實上，為了要讓他的角色輪廓更鮮明，他犧牲了許多戲劇技巧。契訶夫沒有故事要講，沒有處境要談，但他的劇本很受歡迎，未來也會繼續受歡迎，因為他允許筆下的角色揭露自己以及他們所活著的年代。

恩格斯在《反杜林論》（*Anti-Dühring*）中說：

> 在每一刻，每個有機體都是一樣也是不一樣；在每一刻，它吸收了外面來的物質，並排放出其他物質；每一刻它身體的細胞都在死去，新的細胞也在形成；事實上，在一個或長或短的期間內，它身體的物質被移除，並被其他的原子所取代，所以每個有機體總是其自身，但又是與自身不同。
>
> 因此角色有能力可以因為內在或外在的刺激完全扭轉自己。就像每個有機體一樣，角色持續改變。

如果這是真的，而我們認為這真切無誤，那麼我們要怎麼發明一個情境或一個故事（靜態的東西），然後強加在持續改變的角色身上？

從「角色次於行動」這個前提開始，教科書作者搞不清楚這

件事是不可避免的。貝克引用薩杜（Sardou）的話，薩杜針對劇作該如何被呈現有如下的回答：

> 問題是不變的。問題看起來是一種等式，從中可以找到某些未知的質地。在我找到問題的答案之前，我的心就沒辦法平靜下來。

也許薩杜跟貝克已經發現了答案，但他們還沒把答案交給年輕的編劇。

角色與環境密切交織，讓我們以為這兩者是一體。這兩者互相反應，如果其中一個很糟糕，就會影響另一個，就像身體某部分有疾病，就會讓全身都不舒服。

> 劇情是首要考量，也是悲劇的靈魂。角色的重要性次之。

亞里斯多德在《詩學》（*Poetics*）中寫道：

> 角色的重要性次於行動。因此事件與劇情是悲劇的目的……沒有行動就沒有悲劇；角色或許可以沒有……戲劇讓我們產生興趣，主要原因不是它對人性的刻畫，而是戲劇中的情境；角色在其中的感受僅是吸引我們的次要原因。

為了尋找角色與劇情孰更重要的答案，我們查閱了許多書籍，我們的結論是，關於這個主題，百分之九十九的文章都很籠

統，幾乎無法理解。

讓我們思考一下亞契在《編劇技藝手冊》中的論點：

> 就算沒有可被稱為角色的劇本仍可存在，但若沒有某種行動，劇本就無法存在。

但若干頁後：

> 行動應該為了角色而存在：倘若反過來角色是為行動而存在，這部劇本或許是有創意的玩具，卻很少會成為重要的藝術品。

找出真正的答案並非學術問題。這個答案將會對編劇技藝的未來留下深刻的影響，因為這個答案跟亞里斯多德所律定的答案**不同**。

為了證明我們的論點，我們將用最老套的劇情來做案例，也就是平庸、老掉牙的三角關係搞笑短劇。

一個丈夫要出門旅行兩天，但他忘了某樣東西回家拿。他發現老婆躺在另一個人的懷抱裡。我們假設這個丈夫身高五呎三吋，而這個情人是個巨人。整個情境關鍵是丈夫，他會怎麼做？如果他不受作者的干擾，他會依照自己的角色來行動，他的生理、社會與心理構造會告訴他要怎麼做。

如果他是個懦夫，他可能會道歉，請對方原諒他的打擾，然後逃走，內心感謝妻子的情人沒有給他苦頭吃，還放了他一馬。

但或許丈夫矮小的身材使他自大，並迫使他有侵略性，他會在暴怒中衝向巨人，完全沒想到自己可能會是輸家。

也許他是犬儒主義者，於是嘲諷對方；也許他無所謂，於是大笑；也許是無數種反應，視他是什麼樣角色而定。

一個懦夫可能創造一場鬧劇，而一個勇敢的人可能創造一齣悲劇。

拿哈姆雷特當例子，讓這位憂思不斷的丹麥人（而不是羅密歐）愛上了茱麗葉。這樣會發生什麼事？他可能會花太多時間沉思這件事，喃喃自語美麗的獨白，刻畫靈魂的不朽與愛的永恆，說愛就像鳳凰一樣，每個春天都會重生。他可能會跟朋友與父親商量這檔事，以與凱普萊特家族和解，正當雙方在協商的期間，茱麗葉完全沒想到哈姆雷特愛上她，於是平安地嫁給帕里斯伯爵。然後哈姆雷特可以陷入更深的憂思，並詛咒自己的命運。

羅密歐因為莽撞而惹出麻煩，哈姆雷特內省自身問題的機制。哈姆雷特猶豫，羅密歐行動。

顯然他們的衝突源自角色，而非反過來。

如果你強迫角色進入一個不屬於他的情境，你就會像希臘神話中的普洛克路斯忒斯（Procrustes），旅客來到他開設的黑心旅館，若是身材比床更長，他就把他們的腿砍斷以符合床的長度。

劇情或角色哪個比較重要？我們把敏感、憂思重重的哈姆雷特換成喜好享樂的王子，他活著的目的就是享受貴族身分帶來的特權。他會為父親之死復仇嗎？不太可能。他會把這齣悲劇變成喜劇。

娜拉對金錢沒有概念，假造簽名借錢，讓我們把她換成一個

成熟的女性，對財務有認識，為人誠實，所以不會因為愛丈夫而誤入歧途。這個新娜拉不會假造文件，海爾默也會在生病那時就過世了。

太陽（與它的種種活動）創造了雨。如果角色真的重要性次於劇情，那麼我們何不用月亮來取代太陽就好。結果我們會得到相同的劇情嗎？我們在此強調：**不會！**

然而，有些事會發生。月亮會目睹地球緩慢地衰亡，太陽創造的欣欣向榮生命將會結束。而我們只不過替換了一個角色。這當然改變了我們的戲劇前提，對劇本的結果造成巨大的改變。用太陽帶來生命，用月亮帶來死亡。

我們的推論不會有錯：角色創造劇情，不是反過來。

要理解亞里斯多德為什麼這樣看待角色並不難。索福克里斯（Sophocles）寫《伊底帕斯王》（*Oedipus Rex*），艾斯奇勒斯（Aeschylus）寫《阿伽門農》（*Agamemnon*），尤里庇狄斯寫《米蒂亞》的時候，命運本應是戲劇中最吃重的角色。眾神說話，凡人依據祂們的話語而生或死。「事件的結構」是由眾神律定，角色只是做出預先為他們安排好的行動。但儘管觀眾相信這一點，亞里斯多德也以此做為他理論的基礎，**在這些劇本裡卻非如此**。在所有重要的希臘劇本中，都是角色創造行動。劇作家把**命運**替換成今日我們所知的**戲劇前提**。然而，結果是一樣的。

如果伊底帕斯是其他類型的男人，悲劇可能就不會降臨到他頭上。倘若他不是性格易怒，他就不會在路上殺了個陌生人。如果他不是個性頑固，他就不會硬要把誰殺了拉伊俄斯（Laius）的事情查個水落石出。他以罕見的堅持，挖出了最小的細節，即便

當眾人都開始懷疑他有嫌疑的時候，他因為誠實，所以繼續追查下去。倘若他並不誠實，他就不會以弄瞎自己的方式懲罰自己犯下的罪過。

歌隊：喔，犯下可怕罪行的人，你如何能夠如此盲目？
　　　什麼惡魔誘導了你？
伊底帕斯：阿波羅，朋友們，
　　　是阿波羅讓這些罪過來到世間；
　　　但是犯下罪行的手是我的，不是他人。

　　如果眾神下令伊底帕斯要接受處罰，他又何必毀壞雙眼？眾神一定會實現他們的承諾。但我們知道他懲罰自己是因為他自己世間少有的性格。他說：

　　視覺已經無法再帶來樂趣，
　　我怎能再去看？

　　一個惡棍不會有那樣的感受。他或許同樣被放逐且讓預言實現，但是不同的角色將會毀掉《伊底帕斯王》這部戲劇傑作。
　　亞里斯多德在他的時代對此有誤解，現今的學者們則接受他對角色的判斷，因此也誤解了。在亞里斯多德的時代，角色就已經是重要元素，無論過去或未來，沒有好的角色就不可能寫出好的劇本。
　　因為米蒂亞的陰謀，她的弟弟被殺死。為了丈夫傑森

（Jason），她犧牲了自己的弟弟，但傑森後來卻甩了她，娶了克雷昂國王（King Creon）的女兒。她可怕的行徑也讓她自己得到了報應。什麼樣的男人會想娶這樣的女人？那就是像傑森那樣的男人，一個無情的背叛者。但是傑森與米蒂亞是任何劇作家可能會羨慕的創作素材。他們不需要宙斯的任何幫助，可以自己頂天立地。他們是刻畫良好的立體角色。他們持續在成長，這是精采寫作最重要的法則之一。

流傳至今的希臘劇作誇耀著許多特殊的角色，否定了亞里斯多德學派的論點。如果角色次於行動，阿伽門農就不一定得死在妻子克呂泰涅斯特拉（Clytemnestra）的手上。

以《伊底帕斯王》為例，在行動開始之前，底比斯（Thebes）國王拉伊俄斯就知道「那則神諭，他的皇后約卡絲妲（Jocasta）為他生的孩子，將會殺死父親並迎娶母親。」所以當兒子誕生時，嬰兒的腿就被刺穿，丟在西賽隆山（Mount Cithaeron）等死。但是一個牧羊人發現了這個嬰兒並照顧他，然後把他交給另一個牧羊人，此人將嬰兒交給主人科林斯國王（King of Corinth）。伊底帕斯後來知道這則預言，他逃離家鄉以免實現德爾斐（Delphic）神殿的神諭。在流浪的過程中，他在不知道對方是誰的狀況下殺死了生父拉伊俄斯，然後進入了底比斯國。

但是伊底帕斯怎麼知道神諭呢？在一場宴會上，一個酒醉的人告訴他：「你不是你父親真正的兒子。」他內心困擾，試圖查出更多真相。

在賓客離開之前，我祕密前往德爾斐神殿，

阿波羅叫我回去，拒絕告訴我我來尋求的答案。

為什麼阿波羅不告訴伊底帕斯他想知道的事？

但祂已預言了其他哀痛的事情，

痛苦、哀悼、悲痛，種種危險的徵兆告訴我，

我竟然會玷汙我母親的床鋪，

生養噁心難以入目的後代。

看起來阿波羅刻意隱瞞伊底帕斯生父的真正身分。為什麼？**因為「命運」是戲劇前提，驅策角色走到不可避免的結局**，索福克里斯需要這股驅動力。但是我們且接受阿波羅希望讓伊底帕斯逃離底比斯，到了結局可以實現神諭。我們也先不問為什麼兩個無辜的人要承受如此悲慘的命運。讓我們去看本劇的開場，觀察伊底帕斯角色發展的歷程。

他已經是個成熟的戰士，隱姓埋名旅行，他正直且高貴，為了逃避命運而浪跡天涯。當他接近命案發生地點三叉路口時，他的心情並不輕鬆。他說：

我遇到一個前導隨扈，還有一人坐在小馬拖著的馬車上，

就像故事裡所說的一樣，

馬車前座的男人與那個老人

威脅要粗魯地把我推到道路之外。

所以他們對他很粗魯，並且使用武力，就在那個時候：

> 我攻擊他，那老人看到了，
> 老人看著我走過，然後從馬車上拿起雙頭尖頭棒，
> 全力往我頭上襲擊。

伊底帕斯到此才出手。

> ……我那好杖一擊
> 就足以把他從馬車座椅上打飛
> 躺到地上。

這個事件顯示對拉伊俄斯與其隨扈的攻擊是有理由的。他們粗魯無禮，伊底帕斯心情很差，而且他個性易怒，他是依據自己的角色來行動。阿波羅在此當然是次要的。你可以說伊底帕斯仍然是踏著**命運**的腳步，他只是在證明**戲劇前提**。

一旦來到底比斯，伊底帕斯解答了人面獅身獸（Sphinx）的謎題，在這之前，已經有數以千計的人失敗。人面獅身獸會問進出此城的人：什麼東西在早上用四隻腳走路，中午用兩隻腳，到了傍晚用三隻腳？伊底帕斯回答「人類」，證明了他是最聰明的人。人面獅身獸羞愧地離開，底比斯人很高興終於擺脫了怪獸，選舉伊底帕斯當國王。

所以我們知道伊底帕斯勇敢、衝動、聰明，透過進一步的證據，索福克里斯告訴我們，底比斯在他的統治下繁榮壯大。發生

在伊底帕斯身上的事情，都是因其角色而發生。

如果你先忘掉眾神在戲劇裡有一席之地的遠古信念，純粹閱讀劇本的內容，你會明白我們的斷言是正確的。角色創造劇情。

莫里哀建立奧岡已經被塔圖夫騙得團團轉的時候，劇情就會自動開展。奧岡代表狂熱的宗教信徒。一個改變信仰的狂熱信徒會否定自己從前相信的一切，這是很合理的現象。

莫里哀需要一個人，此人無法包容任何世俗的事情。奧岡因為信教，變成了此人。這樣的狀況下，這個男人的家人應該要耽溺於所有無害的人生享樂裡。奧岡必須把這些世俗活動視為有罪。這樣的人將會盡力改變那些受他影響或被他掌管的人的生活方式。他會嘗試改變他們。他們會討厭他的作風。

這樣的決心會導致衝突，正如作者有清晰的戲劇前提，故事會從這個角色發展出來。

當作者有清晰的戲劇前提，要找到可以承擔此前提的角色實在是輕而易舉。當我們接受「大愛甚至超越死亡」這個戲劇前提，我們必然會想到一對情人對抗傳統、父母的反對以及死亡。什麼樣的人有能力可以做到這一切？當然不是哈姆雷特或數學教授。他必須年輕、驕傲、衝動。他是羅密歐。羅密歐適合被賦與的角色，就像《偽君子》裡的奧岡。他們的角色都創造了衝突。沒有角色的劇情只是個權宜的空殼，就像穆罕默德的棺木懸在天與地之間。

在漫長認真的研究後，如果我們宣稱結論是蜂蜜對人有益，但蜜蜂之重要性僅為次要，因此蜜蜂次於蜂蜜，讀者會怎麼看待我們？如果我們竟然說香氣比花朵更重要，鳥語比鳥兒更重要，

你會怎麼想？

　　我們想要修改本章開頭時引用的愛默生名言。為了我們的目的，它應該改寫成：

　　　　角色是什麼？一種優點尚未被發現的戲劇要素。

第七章　建構自身劇本情節的角色

　　愛默生說：「膚淺的人相信運氣。」易卜生的劇作成功，全無運氣成分。他研究、規畫、努力創作。讓我們嘗試望進他的書房，看他的工作樣貌。讓我們嘗試分析《玩偶之家》裡的娜拉與海爾默，看他們怎麼根據戲劇前提與角色原理，走出自己的故事情節。

　　無庸置疑，易卜生那時代的男女不平等讓他不平（此劇寫於一八七九年）。他像個十字軍一般，想要證明「婚姻中的性別不平等會讓人不幸福」。

　　一開始，易卜生知道他需要兩個角色來證明他的前提，一對夫婦。但不是任何夫妻都可以，他必須找一個體現當時所有男人自私特質的丈夫，以及一個象徵所有女性順從特質的妻子。他在找一個自我中心的男人與犧牲自我的女人。

　　他選擇了海爾默與娜拉，但他們還只是掛著「自私」與「不自私」標籤的兩個名字。下一個步驟自然是充實這兩個角色的內涵。在建構角色的過程中，作者必須非常小心，因為稍後在衝突中，角色將得自己決定要做什麼以及不做什麼。因為易卜生有清晰的戲劇前提，他也亟於想證明它，所以他的角色們必須是不必作者幫忙就能獨自撐場的角色。

　　海爾默成為銀行經理。他一定得是非常勤奮、有道德原則的

人，才能在重要組織裡晉升最高職等。他充滿責任感，暗示了他是個鐵面無情、嚴守秩序的主管。無庸置疑，他要求下屬準時與認真工作。他對自己的社會地位過於驕傲；他知道自己職位的重要性，也竭盡全力來保護它。受人尊敬是他最大的目標，為了得到敬重，他準備好犧牲一切，甚至是愛。簡而言之，海爾默是個下屬痛恨、長官欣賞的男人。只有在家裡，他才顯現人性，轉向另一個極端。他對家人的愛無邊無際，被人痛恨與畏懼的人通常都是像他這樣，比一般的人更為需要愛。

他大約三十八歲，中等身高，性格堅定。他的說話方式，即便在家裡也是彬彬有禮、嚴肅、不停勸誡。他讓人感覺來自中產階級背景，家世清白但不富裕。他不斷想到自己摯愛的銀行，似乎顯示他這個青年的企圖心，正是在這樣的組織裡擔任這樣的職務。他對自己極為滿意，對於未來沒有任何疑慮。

他沒有不良習慣，不菸不酒，只在特殊場合上喝一、兩杯。我們看到的他，是一個自我中心、有高道德原則的男人，他也要求其他人遵守這些道德原則。

以上這些都可以在劇本裡看到，而上面段落還只是簡略的角色研究，易卜生對海爾默一定瞭若指掌。他也一定知道，女主角必須對抗男主角所代表的所有理想。

所以他刻畫了娜拉。她是個孩子，花錢奢侈、不負責任，像孩子般地說謊與欺騙。她是隻雲雀，跳著舞、唱著歌、無憂無慮，但是她真心愛著自己的丈夫與孩子們。她對丈夫的愛如此之深，以至於做出她作夢也想不到會為別人做的事情，這一點是她角色的核心。

娜拉心思敏捷，但她對於社會卻所知甚少。因為她對海爾默的愛與欽慕，她願意當個洋娃娃妻子，於是她儘管聰明，心智的發展卻遲滯。她是個受寵的女兒，嫁給丈夫是為了獲得更多的寵愛。

　　她二十八或三十歲，有魅力與吸引力。她的背景不像海爾默那麼潔白無瑕，因為她的父親也是個隨興行事的人。他有些奇怪的點子，劇本中暗示他們家族有醜聞不能示人。或許娜拉唯一自私的地方是，她想要看到大家都跟自己一樣幸福。

　　這裡站著兩個將會創造衝突的角色。但如何創造？沒有任何線索顯示他們之間會發展出三角關係。一對如此相愛的夫妻可能會產生什麼衝突？如果我們有任何懷疑，我們可以回頭看角色研究與戲劇前提。在那裡我們可以找到線索。我們一看就找到一個。因為娜拉代表了無私、愛，她為了家人（最好是為了丈夫）會做出某種事情，而後被丈夫誤解。但會是哪種行為？如果我們又想不到，可以再讀角色研究，它一定會指出答案。海爾默代表了**備受尊敬**。很好。娜拉的行為應該損害或威脅他的社會地位。但因為她無私，這個行徑必須是為了**他**所做，而他的反應也必須顯現，與自己備受尊敬的地位相較，他的愛其實有多空洞。

　　什麼樣的行為可以讓這個男人如此震動，讓他在地位被威脅時忘記一切？只有一個他從**自身經驗**知道是最可恥、最丟臉的行為才可以，那就是跟金錢有關的事情。

　　偷竊？有此可能，但娜拉不是小偷，身邊也沒有有錢人。但是她的行為一定跟獲取金錢有關係。她必須迫切需要那筆錢，這個數字是她湊不到的，但是金額也不大，所以她不必大費周章就

能得手。

在我們繼續分析之前，我們必須明白她弄錢的動機，而其方法在某種層面上惹惱（這還是溫和的說法哩！）了丈夫。或許他欠了債——不對，不對。海爾默絕對不會欠下自己無法處理的債務。或許她需要一些家庭用品？不對，這不是海爾默最關心的重點。疾病？絕佳點子。海爾默生病了，娜拉需要錢來照顧他。

娜拉的思考歷程很容易理解。她對財務所知甚少。為了海爾默，她需要錢，但海爾默**寧死不願借錢**。她無法跟朋友借錢，免得被海爾默發現自己的行徑，因此覺得受辱。如同我們先前所見，她沒辦法偷竊。唯一一條路就是找專業放貸人士。然而她知道自己是女人，光是她的簽名還不夠。為了避免她全力迴避的種種問題，她不能找朋友來幫她背書。找陌生人？她一旦接觸陌生男人來做這件事，就很可能得面對對方提出不道德的提議。她太愛丈夫，連思考這樣的事情都不願意。只剩下一個人會幫她，也就是她父親。但是他病得很重，瀕臨死亡。如果身體健康的話，他會幫她籌錢，但是這樣就沒戲唱了。角色們必須透過衝突來證明戲劇前提；因此娜拉的父親必須往生。

父親之死讓娜拉哀痛，但也給了她一個點子。她會偽造父親的簽名。她發現這個唯一的方法之後，喜上眉梢。這個點子太完美，讓她充滿喜悅。她不僅有辦法借到錢，還能不讓海爾默知道錢是怎麼來的。她會告訴丈夫錢是父親留給她的，他就沒辦法拒絕用這筆錢。這也是他的錢。

她執行了這個方法，拿到錢，快樂無比。

但這個計謀有個問題。借貸者認識這家人，他跟海爾默在同

一家銀行工作。他打從一開始就知道簽名是偽造的，但是這個偽造的簽名對他來說勝過最棒的擔保品。如果娜拉還不出錢，海爾默必定會還錢。這就是為什麼海爾默是海爾默。當他的備受敬重遭遇風險，社會地位被考量進去，他什麼都願意做。借貸者萬無一失。

如果你細細閱讀娜拉與海爾默的角色速寫，你就會明白是他們的角色讓這個故事變得可能。

問：誰迫使娜拉做出她的所作所為？為什麼她不能超越種種考量，以合法的方式借錢？

答：戲劇前提迫使她只能選一個方向，也就是證明它的方向。你會說（我們也會同意）人有權利選擇一百種不同的方式來達成他的目的。但當你有清楚的戲劇前提想要證明的時候，那就**並非**如此。在縝密檢視與刪去選項之後，你必須找到**唯一**可以引領你走向目標（證明戲劇前提）的方法。易卜生選擇了那一條路，把角色刻畫成自然會如此行動，以證明他的戲劇前提。

問：我不明白為什麼建構衝突只有一種方法。我不相信娜拉除了偽造父親簽名之外，別無其他手段。

答：那你會要她怎麼做？

問：我不知道，但一定有一些其他方法。

答：如果你拒絕思考，辯論就此終結。

問：好吧，為什麼偷竊會不如偽造文書有可信度？

答：我們已經指出她身邊沒有有錢人，但讓我們假裝她有。她要

從誰身上偷錢？當然不是偷海爾默的錢，因為他沒有錢。親戚？好，但當他們發現娜拉偷錢時會不會揭發她？他們若是揭發她，必然會讓家族蒙羞，於是他們很可能保持緘默。她會去偷鄰居或陌生人的錢嗎？對她的角色來說，這是全然陌生的概念。但假設她這麼做了，只會把事情變得更複雜。

問：這不就是你要的嗎？衝突？

答：只有證明戲劇前提的衝突才是我們要的。

問：偷竊不能證明嗎？

答：不行。她偽造父親簽名時，她只讓丈夫跟自己陷入險境。偷竊會讓她傷害無辜的人，而且他們與故事沒有關聯。此外，如果她去偷，她就改變了戲劇前提。害怕罪行被發現與不可避免的羞恥，將會掩蓋了原本的前提。這齣戲將會變成譴責偷竊，而非為女性平權而發聲。

但你會問，如果娜拉偷錢且沒被逮到？這會證明她是個好竊賊，而不是一個可以伸張女權的女人。如果她被抓到？接下來海爾默會努力奮鬥不懈把她救出監獄，然後再跟她斷絕關係。他備受敬重的地位會迫使他這麼做，因此證明了與原本前提完全相反的事情。不行，我的朋友。**你一邊有戲劇前提，另一邊有完美的角色研究。在這兩者的限制中有一條直路，你必須沿著它走，不可以偏離到旁邊的小路去。**

問：看起來你不可以偏離戲劇前提。

答：似乎如此。**戲劇前提是個暴君，它只給你一條路走，有絕對證據的路。**

問：為什麼娜拉不出賣肉體？

答：這是否會證明她背負全家的重擔與責任？證明她與男性一樣平等？證明玩偶之家不應該存在？會嗎？

問：我怎麼知道？

答：如果你不知道，辯論就此結束。

第八章　核心角色

　　核心角色就是主角（protagonist）。根據《韋氏字典》，主角是「在任何運動或訴求中擔任領導的人」。

　　任何反對主角的人，就是反對者或反派人物（antagonist）。

　　若是沒有核心角色就沒有劇本。核心角色是創造衝突、推進戲劇的人。核心角色知道他要什麼。若是沒有他，故事就會難以發展……事實上，故事也不會成立。

　　在《奧賽羅》裡，伊阿古（核心角色）是採取行動的人。他被奧賽羅輕視，因此種下爭端與嫉妒的種子。他啟動了戲劇衝突。

　　在《玩偶之家》中，克羅斯塔堅持要恢復家族的名聲，幾乎迫使娜拉自殺。他是核心角色。

　　《偽君子》裡，奧岡強迫家庭接受塔圖夫，因此開啟了衝突。

　　核心角色不可以僅是渴望某個事物。他必須極度渴求它，所以為了達到目標，他會去摧毀或被摧毀。

　　你或許會說：「假使奧賽羅給了伊阿古他如此渴望的職位呢？」

　　如果是這樣，這齣戲就不會存在。

　　如果是好的核心角色，那麼他生命中必定有最想要的事物，

例如復仇、榮譽、野心等等。

好的核心角色**必須有極為重要的事物做為賭注**。

不是每個人都可以當核心角色。

恐懼比慾望更強的人，沒有巨大、讓人不顧一切之熱情的人，或是有耐性且不反抗的人，都無法成為核心角色。

順帶一提，耐性有兩種：正面與負面。

哈姆雷特沒有耐性去**忍耐**（負面），但他確實有耐性去**堅持**（正面）。《菸草路》中，萊斯特的耐性讓你驚嘆人類的忍耐極限到哪裡。烈士無畏刑求的耐性是強大的力量，我們可以用在戲劇或任何類型的寫作上。

正面的耐性是大無畏、無懼死亡的。負面的耐性是沒有韌性、沒有承受苦難的內心力量。

核心角色必須積極進取、毫不妥協，甚至鐵面無情。

即便萊斯特看起來是個「負面」角色，他還是跟「積極出擊」的伊阿古一樣挑弄事端。兩者都是核心角色。

我們在此也可以釐清所謂「負面」與「正面」角色到底是什麼意思。

每個人都理解積極進取的角色是什麼，但我們必須解釋「負面」角色。為了（無論是真實或幻想的）理想忍受飢餓、凌虐、身心痛苦，這是荷馬史詩一般的力量。負面力量的積極性在於它激發出對抗行動。哈姆雷特堅持要探聽線索，萊斯特堅持要留在自己的土地上，頑固得讓人發狂，最後真的死於飢餓，這些行動都確實激發了對抗行動。所以負面力量如果能持久的話，就會變成正面力量。

對任何形式的寫作來說，這兩種力量都有幫助。

再強調一次，無論是「負面」或「正面」，核心角色都必須積極進取、毫不妥協，甚至鐵面無情。

核心角色是驅動力，不是因為他決定要成為驅動力。他變成現在的樣子，只是純粹因為某種內在或外在的需求迫使他行動；對他來說，有某種事物成為賭注，榮譽、健康、金錢、保護、復仇或是強大的熱情。

《伊底帕斯王》裡的伊底帕斯，堅持要找出殺害國王的犯人。他是核心角色，他之所以積極出擊的動機是，阿波羅威脅說如果他不找出凶手，就要把瘟疫帶到他的王國做為懲罰。他治下人民的福祉驅策他成為核心角色。

《埋葬死者》裡的六個士兵拒絕被埋葬，他們並非為了自己，而是為了勞動大眾所承受的不公不義。他們為了人類而拒絕入土。

《玩偶之家》中的克羅斯塔為了孩子亟於恢復自己家族的名聲，作風殘酷無情。

哈姆雷特查出殺父凶手是誰，不是為了合理化自己的行為，而是為了讓犯罪者接受正義制裁。

如我們所見，核心角色絕不是因為**自己想當**而成為核心角色。他其實是被內在與外在環境所迫而成為現在的模樣。

核心角色的發展不能像其他角色那樣有大跨度。舉例來說，其他角色可以從恨到愛或從愛到恨，但是核心角色卻不能如此，因為**當劇本開始的時候，核心角色已經起了疑心或是籌畫要殺人**。比起從絕對相信到發現出軌，從疑心到發現出軌是一條短得

多的路徑。因此,如果一般角色由愛到恨要走十步,核心角色只要走最後的四、三、二步,甚至只走最後一步。

開場時,哈姆雷特已經確信(父親鬼魂告訴他自己被謀殺),結局時他動手殺人。《悲悼伊蕾特拉》開場時是仇恨、籌畫復仇,結局是淒涼。

《馬克白》開場是渴望登上王位,結局是凶殺與死亡。

盲目遵從轉變為公開反叛,壓迫者的**憤怒**轉變為對手下工人的**報復**,相較之下,前者遠比後者的轉變幅度更大。但是這兩者都有轉變。

羅密歐與茱麗葉體驗到恨、愛、希望、絕望與死亡,但是他們的父母是核心角色,他們只體驗到恨與後悔。

我們說貧窮助長犯罪,我們不是在攻擊抽象的概念,而是在批判造成貧窮的種種社會力量。這些力量殘酷無情,**一個人**代表了這樣的殘酷。在劇本中,我們攻擊這個男人,透過他,我們攻擊了造就他的種種社會力量。代表這些力量的角色**不能放鬆**,那些力量支撐起他。如果他變得軟弱,你就知道選他來擔綱角色不太理想,需找另一個代表人物來忠誠地服侍他身後的種種力量。

核心角色的情感強度可以跟對手一樣高,但是他的發展跨度比較狹窄。

問:關於角色成長,有些事情仍讓我困惑。比方說在電影《錦繡山河》(*Juarez*)裡,每個角色都經歷了轉變:麥西米連(Maximilian)從躊躇走向決心;卡洛塔(Carlotta)從愛走向瘋狂;迪亞茲(Diaz)從深信其理想轉為猶豫。只有華瑞

茲（Juarez）沒有發展，但是他不露感情，信念堅定不移，讓他成為重要的人物。哪裡出了錯？為什麼他沒有發展？

答：其實他一直都有發展，但不像其他人那麼明顯。他是核心角色，他的力量、決心與領導能力導致了戲劇衝突。我們後面再回來看看，為什麼他中心的位置讓他的發展比較不明顯。首先讓我們說明他確實有成長。他警告麥西米連，然後實現了他的威脅。這是發展。當他發現他的部隊無法對抗法國人，他**改變戰術**，解散部隊。這是發展。我們看到他的轉變。我們聽到牧羊男孩講述他的狗團結起來對抗野狼時，我們知道華瑞茲為什麼改變了心意。我們看到華瑞茲如何處理叛變，並在敵營面對敵人。他走過行刑槍隊的場景，讓我們看到他在真實衝突中的樣貌，也讓我們確認了他極其勇敢。

他對麥西米連的冷酷無情，證明了他對人民的愛有多深。透過對他角色持續的鋪陳，我們明白他的動機誠正且無私。

在麥西米連的棺木旁，他喃喃說「原諒我」，揭露了一個難以被察覺的轉變。他的愛被確定地揭露，我們現在知道他的冷酷並非針對麥西米連，而是針對帝國主義。

問：那麼他是從**抵抗發展成更強的抵抗**，不是從**恨轉為寬恕**，我懂了。為什麼華瑞茲的改變不需要跟麥西米連一樣大？

答：華瑞茲是核心角色。記住，核心角色的發展遠比其他角色少，理由很簡單，因為**在故事開始之前**，他就已經下了決定。是他**迫使其他人成長**。華瑞茲的力量是群眾的力量，他們願意為了自由戰死。

他並不孤單。他戰鬥的理由並非他想要戰鬥。迫於需要，一個愛好自由的人努力摧毀壓迫者，寧死也不屈服接受奴役。

如果核心角色並非由於內在或外在的必要性去戰鬥，動機只是一己的衝動，那麼劇本將面臨的危險是──他隨時都可能不再是驅動力，因此背離了戲劇前提，也背離了這部劇本。

問：想要寫作、表演、歌唱或繪畫的人呢？你會說他們內心想表達自我的欲望是一種衝動嗎？

答：其中百分之九十九可能是衝動。

問：為什麼是百分之九十九？

答：因為百分之九十九的人通常在達到任何成果之前就放棄了。他們沒有毅力、耐力、生理或心理的力量。雖然有些人具有身心的力量，但是內在創作的衝動卻不夠強。

問：像冷、熱、水這類元素是否可能當核心角色？

答：不可能。當人類還在原始狀態的黑暗中漫步前進時，這些元素本來是地球上絕對的統治者。它是永恆的現況，一種數十億年來不被質疑、不被挑戰的狀態。單細胞動物類（protozoa）、藻屬（pleurococcus）、細菌、變形蟲，都沒做任何事情來對現存的秩序做反應。人則會反應。人開啟了衝突。在存在這場大戲中，人變成核心角色。他不僅掌控了種種自然元素，也不斷發明出新藥，即將征服疾病。

人針對自然的積極掌控，並不是因為一時的衝動。這是出自於緊迫的需求，然後透過智慧來實現。需求與智慧讓人

分裂原子，創造出可怕的毀滅力量原子能。但如果人要存活下去，原子能的可怕將迫使人將它用在提升人類而非毀滅的用途上。他這麼做的原因並非內心高貴，而是因為緊迫的「**需求**」會強迫他再度出手。

再強調一次：核心角色是因為純粹的需求被迫成為核心角色，而不是因為他自己的意志。

第九章　反派人物

　　任何反對核心角色的人，必然成為其對手或反派人物。反派人物拖住不顧一切往前衝的主角。為了對抗反派人物，不顧一切的主角用出所有的力量、所有的計謀、所有的創造力。

　　如果反派人物有任何好理由無法長期抗戰，你也許該另找一個可以這麼做的角色。

　　任何劇作裡的反派人物必然跟核心角色一樣強，隨著時間經過，也會跟核心角色一樣不顧一切。只有交戰雙方都一樣強的狀況，這場戰鬥才會有趣。《玩偶之家》中的海爾默是對抗克羅斯塔的反派人物。主角與反派人物一定要是彼此的危險敵人。兩人都同樣不顧一切。《銀索》中的母親，在他兒子們帶回家的女人之中找到勁敵。《奧賽羅》裡的伊阿古，是個狠心、工於心計的主角。奧賽羅是反派人物。他的權威與權力很大，讓伊阿古不能公開下手，但是巨大危險仍是他自找的，不，就連他的生命也陷入險境。這樣奧賽羅就是個勁敵。《哈姆雷特》也是同樣的案例。

　　讓我再重複一次：反派人物必須跟主角一樣強。衝突雙方角色的意志必須對撞。

　　如果一個野蠻的大塊頭對付一個小傢伙，我們就會討厭他。這樣不對等的對抗，我們也不會屏息觀看其結果。我們事先就知道結果了。

小說、劇本或是任何類型的寫作，其實就是一場危機從開始到結束，發展到其必然的下場。

第十章　角色排列組合

　　當你準備好要為劇本選擇角色，謹慎地正確排列組合你的角色。如果所有的角色是同一種類型（比方說，如果所有人都是惡霸），這就會像一個只有鼓的交響樂團。

　　《李爾王》中，寇蒂莉亞溫柔、有愛心、忠誠，而她的兩個姊姊高納里爾（Goneril）與里根（Regan）是冷酷、沒良心，運用計謀來欺騙。國王自己則是急躁、莽撞、容易被不理性的衝動給控制。

　　好的角色排列組合是任何劇本衝突得以升高的理由之一。

　　在一齣戲裡，可能選用兩個騙子、兩個妓女、兩個小偷，但是他們必須在性情、哲學觀與講話方式上有所差異。一個小偷可能體貼，另一個則是無情；一個可能怯懦，另一個則是無懼；一個可能尊重女性，另一個可能蔑視女人。如果兩個的性情相同，人生觀也一樣，這樣就沒有衝突，於是就沒有戲劇。

　　易卜生為《玩偶之家》選擇娜拉與海爾默時，他不可避免地得選一對夫妻，因為戲劇前提處理的是婚姻生活。這個選擇過程對任何人來說都是顯而易見。

　　當編劇選擇同樣類型的角色，嘗試在他們之間製造衝突時，就會開始遇到難題。

　　我們想到了馬爾茲的《黑坑》，喬與艾歐拉（Iola）非常相

像。他們都有愛心也體貼。他們有同樣的理想、欲望與恐懼。無怪乎喬做出致命決定，卻幾乎沒造成衝突。

娜拉與海爾默也彼此相愛。但海爾默**有掌控權**，娜拉則是**乖乖聽話**；海爾默縝密**精準與誠實**，娜拉像孩子般**說謊與欺瞞**。海爾默為每件自己所做的事負責，娜拉則毫不謹慎。**娜拉與海爾默完全相反；他們被完美地排列組合在一起。**

假設海爾默娶的是林德太太。她心智成熟，知曉海爾默的世界與標準。她跟海爾默可能拌嘴，但絕不會像性格迴異的娜拉與海爾默那樣起衝突。林德太太那樣的女人不太會偽造文書，但如果她這麼做，她會意識到這個行為有多嚴重。

正如林德太太與娜拉不同，克羅斯塔也與海爾默不一樣。而藍克醫師（Dr. Rank）則跟他們所有人不同。這些形成對比的角色一起發揮效果，形成良好的排列組合。

角色排列組合需要對立的一群角色，他們被清晰設定且毫不妥協，透過衝突，從一端移往另一端。我們說「毫不妥協」，我們想到的是哈姆雷特，他像頭獵犬般追逐他的目標（揪出殺父凶手）。我們想到海爾默，好公民的嚴格原則導致這齣戲劇發生。我們想到《偽君子》裡的奧岡，因為自己的宗教狂熱，他把自己的財產留給一個惡人，並自願放手讓惡人追求他年輕的妻子。

你在看一齣戲的時候，嘗試發現這些力量是如何排列。這些力量可能是群體也可能是個人，法西斯主義對抗民主，自由對抗奴役，宗教對抗無神論。不是所有對抗無神論的信徒都是同一個面貌。角色之間的差異，可以大到像天堂與地獄。

舞台劇《八點鐘晚宴》[2]（*Dinner at Eight*）中，凱蒂（Kitty）與派克（Packard）的角色排列組合就很好。雖然在很多方面上，凱蒂跟派克很接近，但是一個世界分隔了兩人。他們都想要進入上流社會，但是派克希望登上政治的頂峰。凱蒂討厭政治與華府。她百無聊賴，他沒一刻可以放鬆。她躺在床上等著情人，他四處趕場處理工作。在這樣的角色之間，有無數衝突的可能性。

每個大動態（movement）都是由一些小動態組成。我們假設某個劇本的大動態是由愛轉恨。這其中有哪些小動態？由**包容**轉為**不包容**是其一，其中還可以分解出從**無所謂**轉為**不悅**。你為劇本選擇什麼樣的動態，將會影響你角色的排列組合。為了由**愛**到**恨**這種動態所設計的角色排列組合，將會比從**無所謂**轉為**不悅**這種動態來得激烈得多。契訶夫的角色符合他為自己劇作所選擇的動態。

比如說，凱蒂與派克絕無法當《櫻桃園》的角色，《櫻桃園》的角色則不可能進入《李爾王》的世界。在你劇本中動態所允許的範圍內，你的角色應該盡量形成對比。運用比較小的變動也可以寫出好劇本，但即便是小變動，衝突仍必須鮮明，就像契訶夫的劇作所展現的一樣。

某人說「今天是雨天」，我們其實不知道他指的是哪種雨。可以是：

---

2 也曾兩度改編成電影。

毛毛雨（雨滴很小）

雨（穩定降雨）

豪雨（大量降雨）

暴雨（除了降雨，大氣也不穩定）

　　類似的道理，某人可能會評論「某某人是壞人」。我們完全
不知道他所謂的「壞」是什麼意思。說他是：

不可靠

不可信

騙子

竊賊

敲詐者

強暴犯

殺人犯？

　　我們必須清楚知道每個角色屬於什麼類別。身為作者，你必
須知道每個角色確切的狀態，因為你必須將他與對抗他的角色做
排列組合。不同的動態需要不同的角色排列組合。但是一定要有
排列組合──**設定清晰、強烈、毫不妥協的角色們處於適合此劇
變動的衝突之中。**
　　舉例來說，如果動態是：

從

不在乎

到

無聊

到

失去耐性

到

惹惱

到

討厭

到

憤怒

　　你的角色們不該是黑白分明。他們或許是淺灰對上深灰，**但他們應該要被完善地排列組合。**

　　如果你的角色被正確地排列組合，就像《玩偶之家》、《偽君子》、《哈姆雷特》裡的那些角色，他們的對白也必然會形成對比。比方說，如果你的某個角色是處女，另一個是花花公子，他們的對話就會反映出他們各自的本質。第一個沒有性經驗，她的想法就會很天真。相反地，花花公子有豐富的經驗，這會反映在他說的所有對白裡。這兩人每次碰面，都必然會顯露一人的見多識廣，與另一人的無知。如果你忠於你的立體角色綱要，你的角色在對白與行為舉止上也會忠於他們的角色設定，你無需害怕寫不出對比。如果你讓一個英語教授面對一個講話老犯文法錯誤

的人，你無需刻意下功夫，就能製造出你需要的所有反差效果。如果這兩個角色剛好處於衝突中，嘗試要證明劇本的戲劇前提，因為他們的對白形成對比，這個戲劇衝突就會更多采多姿、更引人入勝。**對比必須存在於角色內在。**

衝突是透過角色發展來維持。天真的處女可能變得更有智慧。她可能與不再確信自己能力的浪漫情聖結婚，並讓他有所啟發。教授的說話方式可能變得不再謹守文法，而另外一人則變成一個口若懸河的人。回想一下蕭伯納劇本《賣花女》（*Pygmalion*）中，伊萊莎（Eliza）有了如何的成長。竊賊可能會洗心革面，正直的人可能會變成賊。多情種子可能學會忠實，忠實的妻子可能會招蜂引蝶。透過組織工會，一盤散沙的工人會變得強大。當然以上都是概述。對任何角色來說，發展的可能性無窮無盡，但是角色一定要有發展。若是沒有發展，無論你在劇本開場有什麼對比，都會失去作用。角色若沒有成長，顯示劇本欠缺衝突；欠缺衝突顯示你的角色排列組合並不好。

第十一章　對立統合性

　　就算預設一個劇本有良好的角色排列組合，我們如何確保反派人物不會中途求和，然後退出衝突？這個問題的答案可以在「對立統合性」（Unity of Opposites）這個詞中找到。「對立統合性」並非意指衝突中任何對立的力量或意志。錯誤應用這種統合性，會導致角色無法將衝突帶到結局。為了避免這種災難，我們第一個保險是定義這個詞，什麼是對立統合性？

　　如果人群中有個男人被陌生人推了一把，雙方互相辱罵之後，他打了陌生人，這場打鬥算是對立統合性之結果嗎？

　　表面上是，但本質上不是。這兩個男人有打架的欲望。他們的自尊心受傷，想要以肢體的方式報復，**但是他們兩者的差異並不夠深刻，所以只要有人受傷或死亡就可以平息衝突。**這類的反派人物可能會在劇本中段就放棄。他們可能講起道理、說明、道歉，然後握手言和。**在真正的對立統合性中，妥協是不可能的。**

　　在我們把這條規則應用到人類身上之前，我們必須再去自然界找例子。有人可以想像致命病菌跟人體白血球之間達成妥協嗎？它們將會戰鬥到最後，因為對立雙方的構成，讓它們必須摧毀彼此才能活下去。病菌不能說：「喔，好，這個白血球對我來說太強了。我再另找地方生存。」白血球也不能放過病菌，除非自己已經犧牲了。它們是對立的雙方，被統合起來毀滅彼此。

現在讓我們把同樣的法則應用到劇場。娜拉與海爾默被許多事物統合起來：愛、家庭、小孩、法律、社會、欲望。但是他們是對立雙方。對這兩個角色來說，這樣的統合性必須被打破，或是其中一人必須徹底向對方臣服，喪失了自己個人的特殊性。

就像病菌與白血球一般，這個統合性可以被打破，劇本結束在其中一個角色某種主導特質之「死」，例如娜拉的溫馴服從。當然，戲劇裡的死亡不見得一定是人的死亡。要切斷娜拉與海爾默之間的統合性很痛苦，一點也不輕鬆。統合得愈緊密，要打破就愈困難。儘管在此統合性之中，角色已經有了質的變化，統合性仍然會影響角色。在《白癡的樂趣》中，角色們沒有被任何東西統合在一起。如果一個角色不滿意，他可以離開。

另一方面，在《旅程的終點》（*Journey's End*）裡，士兵們強大的統合性被建立起來，不容存疑。我們相信他們必須待在壕溝裡，也許死在那裡，雖然他們希望自己遠離戰場千萬里之外。某些人喝酒壯膽，讓他們能夠執行被交付的任務。讓我們分析他們的處境。這些人所處的社會裡，某些矛盾最後造成戰爭。這些人不想打仗，沒有保衛國家的興趣，但是他們被派來殺戮，因為他們得服從決策者以戰爭解決經濟問題的欲望。此外，這些年輕人從小就被教導，為國捐軀是英雄行徑。他們掙扎在矛盾的情感之中：如果逃離戰場活下去，意味著被烙上懦夫的印記而被鄙視；如果留下來，會獲得嘉獎與死亡。在這兩種欲望間存在著戲劇。這部劇作是對立統合性的好案例。

在自然界，沒有什麼會「被摧毀」或「死亡」。它只是被轉化成另一種樣貌、物質或元素。娜拉對海爾默的愛轉化為解放與

求知欲。他的自滿被轉化為對自我與個人與社會關係之真相的追尋。失落的平衡，嘗試為自身找到新的平衡。

以開膛手傑克為例。此人無差別殺人，從未被警方逮捕，因為他的動機混沌不明。他似乎跟受害者沒有任何關係，沒有連結。他的行為跟憎惡、憤怒、嫉妒、復仇沒有關係。他與他的受害者代表了沒有統合性的對立。動機消失了。相同的欠缺動機解釋了為什麼有這麼多糟糕的犯罪劇本。為了金錢偷竊或謀殺，好在某個女人面前炫富，這絕對稱不上什麼真正的動機。這很膚淺。我們看不到犯罪之後那股無法抗拒的力量。犯罪者是遭到其背景阻礙的人，因為欠缺更正常的行動，才讓犯罪變得必要。**如果我們有機會看到一個殺人犯是迫於需求、環境、內在與外在的矛盾而犯罪，我們就目睹了對立統合性在發揮作用**。適切的動機能建立對立雙方之間的統合性。

皮條客要求妓女交出更多錢。她應該給他嗎？她必須給。她熱愛的丈夫病了。如果她拒絕皮條客，他可能會說出她的祕密。

你侮辱你的朋友。他生氣離開，永遠不回頭。但如果他借了你一萬美元，他可以那麼輕鬆離開不回頭嗎？

你的女兒愛上了你厭惡的男人。她可以離開你家嗎？當然可以，但如果她期待你支持她未來丈夫做生意的話，她會離家嗎？

你跟你岳父是事業夥伴。你不喜歡老人家做生意的方法。你可以拆夥嗎？我們看不到不能拆夥的理由。唯一的問題是，岳父手上有你偽造的一張支票，他只要高興就可以把你送進監獄裡。

你跟繼父同住。你討厭他，但仍堅持住在他的房子裡。為什

麼？你驚恐地懷疑他殺死你父親，你留在這要證明他是凶手。

你把財產分給你的孩子們，你唯一要求的回報是在他們寬敞的房子裡有個房間可住。後來他們變得討人厭，甚至還侮辱人。你沒剩下任何資產可以養活自己，你可以打包離開他們嗎？

（最後兩個例子可能看來很熟悉。也應該如此，因為這又是《哈姆雷特》跟《李爾王》。）

法西斯主義與民主主義你死我活的鬥爭，是完美的對立統合性。一方得被摧毀，另一方才能存活。以下還有一些例子：

> 科學—迷信
> 宗教—無神論
> 資本主義—共產主義

我們可以無限地列下去，在這些對立統合性當中，角色們彼此緊密牽動，因此要妥協是不可能的。當然，角色們必須要用這樣的材料打造，讓他們會走到極限。對立雙方之間的統合性必須強到，只有在一方或兩者在結局都精疲力盡、被打垮或徹底毀滅，雙方的死結才能打開。

如果李爾王的女兒們都理解他的災厄，那樣就不會有戲劇了。如果海爾默可以明白娜拉偽造文書的動機其實是為了他，《玩偶之家》就永遠不會被寫出來了。如果發動戰爭的政府可以估測士兵深不見底的恐懼，或許會讓他們回家並停止戰爭，但他們能做到這樣的事情嗎？當然不行。李爾王的女兒們冷酷無情，因為這是她們的本性，也因為她們已經決意要追求某個目標。政府進行戰爭，是因為種種內在矛盾迫使他們走上毀滅之路。

在以下的短劇故事大綱裡，故事逐步建立了對立統合性：

爽朗的冬天傍晚，你下班回家。一隻小狗跟著你，你說：「乖狗狗。」因為你們之間沒有連結，你繼續往前走，忘了這條狗。在門口，你看到牠還在那裡。我們可以說牠想被你收養，但你不想要牠，於是說：「走開，狗狗，走開。」

你上樓，跟妻子吃了晚餐，閱讀、聽收音機，然後上床睡覺。隔天早上，你驚訝地發現狗兒還在那裡，搖著尾巴，滿心期待地等著你。

「毅力真強！」你說，對牠心生憐憫。你去搭地鐵，狗兒跟在你後面。在入口處你甩掉了牠，幾分鐘後你就忘了牠，但是傍晚回家時，你正要進屋的時候，你再度遇到了牠。顯然牠在等你，像個失散已久的朋友般跟你打招呼。牠凍僵了，也很飢餓，但牠很開心，希望你可以收容牠。如果你有心的話，你會收養牠。你不想要養狗，但是這隻不會講話的動物讓人受不了的堅持，慢慢讓你卸下心防。牠想要你，牠愛你，牠似乎寧可死在你家門口階梯，也不要放棄你。

你帶牠上樓。因為牠的頑強，建立了你們倆的對立統合性。

但你太太氣炸了。她絕對不要養狗。你為自己的行為辯護，卻毫無效果。她心意堅定。她說：「這條狗或是我，你選吧。」所以你讓步了。餵養了你的狗朋友之後，你告訴你老婆：「妳帶牠出去，我不忍心。」她迅速地把狗帶出去，但後來當她想起自己把狗兒趕到寒風裡，感覺有點傷感。

她開始有些擔憂。被迫冷面無情讓她生氣，但終究她從沒想要養狗，現在她也不想養。

這個晚上毀了。你以陌生、有敵意的眼神看著你的妻子，彷彿這是你第一次看到她的本色。

　　次日早上你又遇到那條狗，但現在你真的很生氣。牠造成你跟你妻子關係中第一條真正的裂痕。你試圖把這隻可惡的畜生趕跑，但是牠拒絕離開。牠再次陪著你走到地鐵站，但現在你確定傍晚回來時還會遇到牠。

　　你整天都想著那條狗跟你太太。你心想，牠現在應該快凍死了。你決定要處理這件事，等不及想回家。

　　當你到家的時候，狗兒不在那裡。你沒進家門，你開始去找牠，但沒發現牠的蹤跡。你非常失望。你想再把牠帶回家，不管妻子的反對。如果她因為這條狗而要離開你，那就讓她走吧，反正她從沒愛過你。

　　你走上階梯，內心苦澀，然後你遇到此生最怪異的景象。你看到那隻小流浪犬坐在你最好的扶手椅上，牠洗過了澡，毛也被梳理過。你太太跪在牠前面，把牠當成小寶寶跟牠講話。

　　在這個例子裡，狗是核心角色。牠的堅決改變了兩個人類。失去了一個均衡，然後又找到另一個。即便你太太沒把狗帶回家，你們原本的夫妻關係也同樣會被打破。

　　只有在一個以上的角色之特點或主導特質被徹底改變之後，真正的對立統合性才能被解除。在真正的對立統合性中，妥協是不可能的。

　　你找到你的戲劇前提之後，你最好立刻尋找角色之間是否有對立統合性，如果有必要的話則做測試。如果他們之間並沒有這種強烈、無法被切斷的羈絆，你的衝突將永遠不會抵達高潮。

第三部

衝突

第一章　行動的源起

風在吹動是行動，哪怕只是一陣微風。

雨是行動也是名詞，動詞跟名詞是同樣的[1]。

我們的穴居原始人祖先宰殺了他可能要吃的生物，這當然是行動。

人走路是行動，鳥的飛行，房屋燃燒，閱讀書本，每種生命的展現形式都是「行動」。

那麼我們是否能把行動當成獨立的現象來處理？

讓我們看看**風**這個例子。我們稱之為風的東西，是我們周遭看不見的浩瀚大氣收縮與擴張的結果。冷與熱創造了這種被稱為風的動態。多種促成行動的因素導致這個結果。停滯、單獨存在的風是不可能的。

雨是太陽與其他因素造成的產物。沒有它們就不會有雨。

原始人殺生。殺戮是一種行動，但是背後的原因是某人所在的處境迫使他殺戮：為了食物、自衛或榮耀。殺戮雖然是行動，但它只是種種重要因素造成的結果。

太陽底下沒有任何行動同時是源頭又是結果。一切都是另一項事物導致的結果；**行動無法自己發動**。

---

1 譯註：在英文中都是rain。

讓我們進一步審視行動的源起。

我們知道動態（motion）等同於行動（action）。動態從哪裡來？我們聽說動態是物質，物質是能量，但因為能量通常被認為是動態，我們又回到了原點。

讓我們來看一個具體的例子：原生動物（protozoon）。這個單細胞生物是活的，牠會吃東西，以吸收的方式來消化，牠會動。牠執行維生必要的活動，牠顯然是特定原生動物的後代。

原生動物的行動是先天就會還是後天習得？我們發現原生動物的化學組成包含氧、氫、硫、鐵、鈣。這些都是複雜的元素，**它們的組成都具有高度活性**。那麼，彷彿原生動物是從多位父母繼承了「行動」與其他特性。

我們的研究最好就此打住，以免扯到太陽系去了。我們無法在純粹、孤立的形式中找到行動，雖然在其他的狀態下總是會導致行動。我可以安心下這個結論，行動並不比導致行動的因素更重要。

第二章　因果關係

　　在本章中，我們將把衝突分為四大類：第一是「停滯」（static），第二是「突跳」（jumping），第三是「緩升」（slowly rising），第四是「預示」（foreshadowing）。我們將檢視這些不同的衝突，以理解為什麼某種衝突是停滯，無論你做什麼都還是維持原狀，為什麼第二種突跳衝突，不受現實與常識制約，為什麼第三種緩升，編劇看起來不費力氣，衝突就會自然而然興起，以及為什麼倘若沒有預示型衝突，戲劇就不會存在。

　　但首先讓我們追尋衝突的軌跡，看看它怎麼產生。

　　假設你是個溫和、沒有侵略性的青年。你從來沒傷害過任何人，你未來也沒打算違法亂紀。你單身，在一場你本來沒打算去的派對上，你遇到一個讓你有好感的女生。你喜歡她的微笑、她的音調、她的洋裝。她的品味跟你恰好相同。簡言之，這似乎是深刻愛情的開端。

　　你戒慎恐懼地邀請她跟你去看表演，她答應了。這沒什麼問題，沒什麼不尋常，但這可能是你人生的轉捩點。

　　你在家裡看著你的服裝，你穿著你在宴會場合會穿的那一千零一套西裝。在你批判的目光下，這套西裝完全不符合你的需求。理由之一是，你覺得它已經退流行了；理由之二是，它看起來廉價寒酸。她又不是瞎子，一定會注意到。

你決定你必須穿新西裝。但怎麼辦到？你沒有錢。你賺的錢都交給母親，她照顧著你跟兩個年幼妹妹。你的爸爸已經過世，你的薪水必須負擔全家的開銷、妹妹們的鞋子、媽媽看醫生的費用。房租也該交了……不行，你沒辦法買西裝。

　　你第一次感覺到老。你想起你剛滿二十五歲，距離你兩個妹妹能夠工作還有好多年。計畫帶女生去看戲有什麼用？真的去看戲了又有什麼用？反正不會有結果。所以你放棄了她。

　　這讓你在家裡很不開心，在工作上無精打采。你或許對自己的處境憂心，你變得沮喪。你無法停止想念那個女生，無法不想她一定是怎麼看你，無法不想你是否敢找她，無法不想你再也見不到她了。在辦公室裡，你心不在焉，在你還沒意識到這個問題的時候，你就失業了。你的脾氣並未因此改善。你瘋狂地去找工作，一無所獲。你申請救濟金，經歷了痛苦、漫長、羞辱的經驗，你拿到了。你感覺像被榨乾的檸檬一樣無用。你獲得救濟金之後，你發現金額太少，無法好好過日子，只夠讓你不會餓死。

　　如各位所見，這個衝突，以及幾乎所有的衝突，都可以追溯到個人的環境與社會處境。

　　現在的問題是，你是什麼樣的人？你有多大的決心？你有多大的耐力？你可以承受多少苦難？你對未來的希望為何？你是否有遠見？你是否有想像力？你是否有能力為自己規畫長期的計畫？你是否足以將你的規劃執行下去？

　　如果你有足夠的刺激，你就會做出決定。這個決定將會啟動種種對抗它的力量，預示了將會對抗你的反作用。你可能永遠都不會意識到這個歷程，但是編劇必須注意到。當你邀請這個女生

去戲院時，那時你絕不會知道你已經啟動了一長串的事件，最後導致你非得現在採取行動不可。如果你夠堅強，衝突就產生了，也許像邀請異性這樣的日常事件，可能導致一場漫長演進歷程後的結果。

　　如果那青年下了決定，但欠缺堅持到底的力量，或者假若他是個懦夫，這部戲就會停滯，步調很慢，而且沒有高低起伏。作者最好不要寫這樣的角色。他還不夠成熟，還不足以支撐起長時間的衝突。如果編劇有創作視野，或許可以在特定的心理時刻（衝突攻擊點）刻畫這個角色，雖然這時這個弱者或懦夫還無法面對戰鬥，卻可以較為接近他的對手。在「衝突攻擊點」那章會有更深入的討論。

　　如果此青年看到自己寒酸的西裝時，決定要搶銀行或是搶劫路人，這就產生了突跳型衝突。一個沒有侵略性的年輕人會這麼快下這樣的結論，完全不合邏輯。必須得有更有壓力的事件，一件比一件更緊迫、更痛苦，這樣才能迫使他採取這致命的行動。在挫折與沮喪的時刻，真實生活中的人可能會做出乎意料的事情，但是在戲劇裡這是絕不會發生的。我們在戲劇裡想要看到自然的連續事件，以及角色一步步的發展。我們想要看到，角色自身與其環境散發出來的力量，如何一片片地撕毀正經與高道德標準的表象。

　　被安排對壘的兩股堅定力量，首先預示了將興起的衝突。我們是臨場創造出這個角色，但我們在此想強調一點：重大衝突中的所有小衝突，都會結晶化為劇本的戲劇前提。這些小衝突我們

稱為「轉折」（transition），引領角色從一個心境走向下一個，直到他被迫做出決定。（請見〈轉折〉一章）透過這些轉折（或稱之為小衝突），角色將會以緩慢、均衡的節奏發展。

在另外一章，我們已經討論過「幸福」這個字的複雜性。將任何一小部分拿掉，你會看到整個「幸福」的結構失去一致性，開始進行激烈的變化，在這個結構重整的過程中，這個變化可能把「幸福」變成「不幸福」。這個法則統攝極小的細胞、人類與太陽系。

一九三八年十二月三十日，在維吉尼亞州里其蒙（Richmond）市舉辦的美國科學發展協會年會上，米力斯拉夫・狄美瑞（Milislaw Demerec）博士宣讀了一篇關於**遺傳**的論文。他寫道：

基因系統內的平衡如此敏感，光是幾千個基因中的一個就可以擾亂整個系統，甚至讓它無法運作，導致生物無法存活。此外，在研究紀錄中有許多基因間互動的案例，**一個基因的變化可以影響另一個似乎沒關聯基因的運作**。考慮到所有證據，基因的活動似乎顯然是被三個內在因素所決定：（一）基因本身的化學組成，（二）此基因所在的基因系統之基因結構，（三）此基因在基因系統中的位置。這三個內在因素與環境中的種種外在因素，決定了有機體的表型（phenotype，可遺傳的種種特質之總和）。

因此，基因應該被認為是一個組織緊密系統中的一個單元，而染色體則是這個系統中更高一階的單元。所以，基因

並非有固定性質的個別單元，它們是更大系統中的組成單元，它們的性質有部分是被系統決定，這一點不能被否定。

正如同基因是個單元，但也是組織緊密的基因系統中的一部分，人類也是個單元，但也是組織緊密的人類社會中的一部分。社會無論發生了什麼改變，都會影響他，無論他出了什麼事情，都會影響社會。

你在周遭都可以發現衝突。觀察你的家人、朋友、親戚、熟人、生意夥伴，看看你是否可以發現以下特質之一：眷戀、愛罵人、自大、貪婪、精準、古怪、無恥、吹噓、好手藝、困惑、狡猾、自負、輕蔑、聰明、笨拙、好奇、懦弱、殘酷、尊嚴、不誠實、放縱、嫉妒、積極、自我中心、奢華、善變、忠實、節儉、開懷、饒舌、紳士風度、慷慨、誠實、猶豫、歇斯底里、漫不經心、壞脾氣、理想主義、衝動、懶惰、無能、厚臉皮、仁慈、忠心、思緒清晰、陰鬱、惡意、神祕主義、謙虛、頑固、拘謹、溫和、耐心、裝模作樣、激情、靜不下來、臣服、諷刺、單純、懷疑主義、野蠻、嚴肅、懷疑、堅忍、神祕兮兮、敏感、勢利眼、背叛、溫柔、邋遢、多才多藝、有仇必報、粗野、狂熱。

以上這些（以及其他數千種）特質之一，都可以是衝突萌發的土壤。讓一個懷疑論者對上好戰的信徒，你就有了衝突。

冷與熱創造衝突：打雷與閃電。讓對立的雙方面對面，衝突就不可避免。讓以下這些形容詞都代表一個人，想像他們遭遇時可能會有什麼衝突：

節儉—奢侈

道德—不道德

骯髒—潔淨

樂觀—悲觀

溫和—魯莽

忠實—善變

聰明—愚笨

平靜—激烈

開朗—陰鬱

健康—疑病症

幽默—沒幽默感

敏感—鈍感

精緻—粗俗

天真—世故

勇敢—懦弱

我們的原始人祖先找食物的時候，他對抗明確的敵人：一頭可以當食物的大野獸，這是衝突。他用生命打破均衡，這場爭鬥至死方休。這是不斷升高的衝突：衝突、危機、解決。

美式足球比賽也象徵衝突。兩隊勢均力敵——兩個強大的團體面對面。（請見〈角色排列組合〉一章）但既然要進球才能勝利，這場爭鬥就會激烈且贏得辛苦。

拳擊是衝突。所有的競爭性運動項目都是衝突。酒館裡打架是衝突。在眾人或列國間爭搶第一是衝突。每種生命展現的形

式，由生到死，都是衝突。

衝突有比較複雜的形式，但是它們都是基於單純的基礎上發展，那就是攻擊與反擊。**當雙方勢均力敵的時候，我們會看到真正的、不斷上升的衝突。**看一個強壯、功夫好的人，對抗一個病懨懨、笨拙的人，這一點都不刺激。當兩人勢均力敵時，無論是在擂台上或舞台上，兩者都被迫全力以赴。雙方都將展露自己對行軍打仗懂多少；在緊急時刻他心智如何運作；他能夠採取哪種防禦；他實際上有多強；當他陷入險境時，他有多少本領可以用來防禦。攻擊、反擊；這就是衝突。

如果我們嘗試把衝突當成獨立的現象來檢視，我們就陷入被帶進死胡同的危險。沒有任何存在的事物與其環境沒有接觸，或與其所在的社會秩序沒有關聯。沒有什麼是僅為了自身而活；一切都與其他事物相輔相成。

衝突的嫩芽可以在任何地方的任何事情中找到。被問到人生的企圖心為何的時候，不是每個人都知道答案。但他會有答案，無論是多麼微小的企圖心，也許只是那一天、那週、那個月的企圖心。從這小小的、似乎無關緊要的企圖心，或許會發展出不斷升高的衝突。衝突可能變得愈來愈嚴重，造成危機，最後來到高潮，那個人被迫做出將劇烈改變人生的決定。

大自然有一套精密的體系可以散播多元植物的種子。如果每顆種子都有機會在被散播那年發芽，人類會被植物淹沒而絕種，植物也會滅絕。

每個人都有某種企圖心，視其性格而定。如果一百個人有類似的企圖心，很有可能只有一個人會有天時地利人和，容許他達

成自己的目標。因此我們得回頭看性格，那是為什麼有人堅持、有人卻放棄的理由。

無庸置疑，衝突源自於角色。**主角這個立體角色的意志力，將會決定衝突的激烈程度。**

種子可能在任何時間點落下，但它不見得會發芽。企圖心可能在任何地方出現，但是它是否能發芽，取決於有企圖心的人之生理、社會與心理條件。

如果每個人的企圖心都同樣旺盛，那麼人類也將因此滅亡。

表面上，良好的衝突由兩種對立的力量所構成。但在深處，這兩個力量都是時序中許多複雜情境的產物，它們創造出絕佳的戲劇張力，讓衝突最後會大爆發。

• • •

讓我們來看另一個產生衝突的案例。

《銅腳踝》（*Brass Ankle*）這部一九三○年代的舞台劇，是衝突如何誕生的好例子。

賴利（Larry，丈夫）：（震驚）醫生，露絲（Ruth）跟我不要留
　　下這個孩子。你絕不會以為我們家會養一個黑鬼吧。
溫萊特（Wainwright）醫師：那當然是你跟露絲的事情。畢竟他
　　是你的兒子。
賴利：我的兒子——黑鬼！

賴利是一個小鎮裡的意見領袖，他正爭取要把黑人跟白人分

隔開來。他相信光是一滴黑人的血，就會讓人不適合跟白人有連結。而現在，他的白人妻子生下了一個黑人。這是他個人的悲劇。如果鎮上聽說這件事，他就會終生成為笑柄。這是一場嚴重的衝突。賴利會被迫做出決定：承認這是他的孩子，或是拒絕當孩子的父親。但是在這一刻，我們對將要發生的事情不感興趣，我們想要追溯這場衝突的源起。我們想要知道衝突是怎麼產生的。作者說：

> 賴利大約三十歲，高大、挺拔、英俊，金髮，臉色紅潤。他快又緊張的手勢顯示出他緊繃與情緒化的本質。

我們可以說他在婚前很懶惰。許多女人寵壞了他，或許他有許多段情史。但有個叫露絲的女生，她是約翰・查頓（John Chaldon）的孫女，她是深色皮膚的大美人，也是個淑女，跟鎮上其他女生不一樣。她從沒注意過賴利，但他堅定地追求她，想方設法，最後終於讓她傾心嫁給他。

到目前為止，是否有線索顯示衝突將會出現？有不少，但如果故事發生在紐約的話，這些線索都沒意義。別忘記地點的重要性，我們稍後將明白為什麼。

我們再注意賴利的生理構造：英俊。他被寵壞了，對女人很有一套。要不然他不會娶到露絲，這場悲劇也不會發生。

現在來看環境，這個事件的特定時代。南北戰爭已經是兩個世代前的事。被解放的黑人住在城鎮裡，黑白混血兒也是，一部分黑人看起來像白人。有不少受到尊敬的好家庭看起來是白人，

但是鎮上醫師卻知道他們是黑人。因為他負責接生，他知道誰是誰。他知道雖然露絲被認為是白人，卻有黑人血統。她八歲的女兒看起來是白人。第二個孩子是罕見的返祖（throwback）案例。

在接下來的衝突中，露絲是美貌淑女這件事也是重要因素。

賴利：我總是發誓要娶淑女。那時我沒賺什麼錢。

在另外一處：

賴利：……一切都是妳的功勞。我在娶妳之前，沒什麼企圖心。

因為露絲的影響，賴利現在是成功店鋪的老闆。

他們的生理特質讓兩人互相吸引。環境造就了賴利過去的樣貌：懶惰、傲慢、被寵壞；環境也讓露絲成為高尚、輕聲細語的淑女。對他來說，她是個理想；對她來說，他是個孩子。她的莊嚴吸引了他，因為他欠缺尊嚴；他的老大不在乎姿態吸引了她，因為她欠缺自在。他的深愛讓她確信她可以讓他變成男子漢。

再來看環境：小鎮，年輕人很少。如果女生多一些的話，賴利或許不會娶露絲。但是女生不多，所以他對妻子無比滿意。他的企圖心愈來愈強，鎮民希望他成為這個茁壯社區的首任鎮長。

艾格妮絲（鄰居）：李（她丈夫）説你已經將傑克森家小孩的案子準備好交給督學。你知道，我推這個案子出了不少力。如果不是我一直盯著我老公，他才不會麻煩自己。我説，如果

他期待我幫他生小孩，他就得明白。孩子去上學，不需要坐在我們都知道有黑人血統的人旁邊。

賴利：（語氣疲憊）對，艾格妮絲，我們知道妳出了不少力。

這段對話顯示出這個城鎮的反黑人情結，它迫使賴利也採取反黑人立場。這段對白也顯現他是意見領袖，我們知道**為了對露絲的愛**，他希望維持領導者的地位。所以他跟大家一起奔走呼籲，建構、加強將出現的衝突，讓它愈演愈烈，最後他卻被衝突給打垮。

所以衝突似乎就是源自角色，如果我們想要知道衝突的結構，我們必須首先認識角色。但既然角色是被環境所影響，我們必須也理解環境。看起來衝突或許是從單一原因自然而然產生，但這並非真相。許多複雜的原因方能造就單一衝突。

第三章　停滯

　　在劇本中無法下決定的角色，造就了停滯的衝突，或者我們更應該責怪選擇角色的編劇。**一個人若什麼都不要，或不知道自己要什麼，你就無法期待不斷升高的衝突。**

　　停滯意謂不動，不運用任何力量。既然我們打算要仔細分析是什麼讓戲劇行動變得停滯，在此我們必須立刻指出，即便是最停滯的衝突，也有某種形式的動態。大自然中沒有什麼是絕對靜止的。一個不會動的物件，充滿裸眼看不見的動態；一齣戲裡死氣沉沉的場景也有動態，但它如此之慢，彷彿靜止。

　　如果對白沒有讓衝突進一步升高，即便是最富機鋒的對白也無法推動劇本。只有衝突可以產生更多衝突，第一個衝突來自有意識拚命想達成目標的意志，而這個目標由劇本的戲劇前提決定。

　　一部戲只能有一個主要前提，但每個角色有他自己的前提，且與他人的前提碰撞。潮流與暗流會來回交錯，但是所有流動的情節必須推動生命線，也就是這部戲的主要戲劇前提。

　　比方說，如果一個女人認為自己的人生索然無味，痛哭流涕，在房間裡來回踱步，什麼也不做，她就是個停滯的角色。編劇可以把最令人難忘的對白放進她嘴裡，但她仍沒有動能，而且停滯。悲痛不足以創造衝突；我們需要可以有意識針對問題採取行動的**意志**。

以下是停滯型衝突的好例子：

他：你愛我嗎？

她：喔，我不知道。

他：妳不能下定決心嗎？

她：我會的。

他：什麼時候？

她：喔……很快。

他：我可以幫忙嗎？

她：這樣就不公平了，不是嗎？

他：在愛情裡，一切都是公平的，尤其是倘若我可以說服妳，我
　　是妳想要的男人。

她：你要怎麼說服我？

他：首先，我會親吻妳——

她：喔，但在我們訂婚之前，我不會讓你親我。

他：如果妳不讓我親妳，妳到底要怎麼發現妳是否愛我？

她：如果我喜歡你陪著我……

他：妳喜歡我陪你嗎？

她：喔，我還不知道。

他：這樣就有結論了。

她：怎麼說？

他：妳說——

她：過一段時間，我可能就會開始喜歡你陪我。

他：這需要多少時間？

她：我怎麼會知道？

我們可以持續寫下去，這兩個角色還是不會有具體的改變。他們是有衝突沒錯，但那是停滯的衝突。兩個角色停留在同樣的層次上。我們可以研判這種停滯是由不好的角色排列組合所造成。兩人都是同一種類型，兩人都沒有深度的信念。即便是追求女性的男人也欠缺驅動力，他欠缺深層信念帶來的決心，讓他相信她是他唯一想要的伴侶。他們可以連年累月持續這種狀態。他們或許分手，或是男人最終迫使她下決定，天知道是哪年哪月。就他們目前的狀態來看，他們不是構成劇本的好選擇。

若是沒有攻擊與反擊，就不會有不斷上升的衝突。

她從「不確定」這端開始，最後她還是不確定。他從「希望」這端開始，最後他的心境還是一樣。

如果一個角色從「有美德」開始走向「作惡多端」，讓我們看看她這中間必須走過什麼階段：

一、有美德（守貞、純潔）
二、受挫（美德讓她遭遇挫折）
三、不正確（有瑕疵、不得體的行為）
四、不適當（她變得不守社會規範，幾乎不正派）
五、胡作非為（無法被控制）
六、不道德（放蕩）
七、作惡多端（墮落、邪惡）

如果一個角色在第一或第二個階段停留太久，遲遲沒邁向下個階段，這齣戲就會變得停滯。當劇本欠缺戲劇前提這個驅動力的時候，這樣的停滯通常會發生。

薛伍德的《白癡的樂趣》是有趣的停滯型劇作。雖然這部戲的道德教訓值得高度讚賞，作者也是實至名歸的知名劇作家，它仍然是劇本別這麼寫的經典案例。（劇情概要請見第三七九頁）

本劇的戲劇前提是：軍火製造商是否引發麻煩與戰爭？作者的答案是「對」。

戲劇前提很不幸地相當膚淺。本劇確實有方向，但作者選擇被隔離的少數團體做為和平的死對頭，他因此否定了真相。我們是否可以說之所以下雨都是因為太陽？當然不行。若是沒有海洋或其他因素，雨就不會存在。如果世界上經濟穩定、民眾滿足，就沒有軍火商可以製造麻煩。軍備製造是軍國主義、國內與國外市場不夠大、失業等等因素造成的後果。雖然薛伍德在出版成書的劇本後記中提及人民，但可悲的是在《白癡的樂趣》中他忽略了人。

他的劇本裡沒有人，沒有真正具有重要性的人。我們看到韋伯（Weber）先生這個邪惡的軍火商，他說如果沒有買家的話，他就不能賣軍火。這一點沒錯。重點是，為什麼他們要買軍火？薛伍德對此沒有著墨。既然他戲劇前提的概念很膚淺，他的角色們必然變成平板的彩色照片。

他的兩個主要角色是哈利與愛琳。哈利**從麻木不仁走向誠摯與無懼死亡**。愛琳從低道德標準開始，結局她跟哈利來到同樣高

尚的道德標準。

如果這兩個極端之間有八個階段，那麼他們兩人一開始在第一階段，停留了兩幕半，然後跳過中間那第二、三、四、五、六階段，彷彿這些階段都不存在，然後在劇本最後一部分，才開始從第七走向第八階段。

角色沒有特定的動機，在場景內外隨意漫遊。他們進場，自我介紹，然後退場，因為作者希望介紹另一個角色。他們為了某個刻意的理由再度登場，告訴觀眾他們的想法與感覺，然後再度溜出去，好讓下一批角色可以進場。

我們希望劇評家都能同意我們的一個觀點，劇本應該要有衝突。《白癡的樂趣》只在極少的場景中有衝突。角色們沒涉入衝突，只是告訴我們關於他們自己的事情，這與戲劇的所有標準背道而馳。哈利開朗、本性善良，愛琳的背景多采多姿，他們沒被更好地運用真是可惜。以下是一些典型的摘錄：

我們在蒙地加布里葉飯店的雞尾酒吧。戰爭隨時可能爆發。邊界已經封閉，飯店的客人無法離開。我們翻到劇本的第六頁讀到：

唐（Don）：那裡也很不錯。

切利（Cherry）：但我聽說現在那裡也變得太擁擠了。我——我太太跟我希望這裡會清淨一些。

唐：嗯，現在看來，這裡還挺清淨的。（沒有衝突）

現在我們翻到第三十二頁。人們仍是毫無目標地進進出出。

齊勒希（Quillery）進場，坐下。五個軍官進來，用義大利話交談。哈利進來，跟醫生交談但沒有重點。醫生離開，哈利跟齊勒希講話。過了一會兒，醫生稱呼哈利為「同志」，但看不出來理由為何。當齊勒希登場時，作者說他是「非常激進的社會主義者，但仍是個法國人。」觀眾看到的是他很瘋狂，只在極少的理性時刻才正常。為什麼他得瘋狂？看起來是因為他是激進的社會主義者，而激進的社會主義者都很瘋狂。後來他因為嘲弄法西斯主義者而被殺，但現在他跟哈利在聊豬隻、香菸與戰爭。這都是空洞的交談，然後這個社會主義者說：「記住，現在不是一九一四年。從那時候開始，我們就聽到一些新聲音，極為響亮的聲音。我只需要提及其中一個聲音就好，列寧。」因為此激進社會主義者是瘋子，也被其他角色當成瘋子對待，觀眾可能相信他們聽到了另一個激進社會主義者（與瘋子是同義詞）的名字。然後齊勒希跟哈利談到了革命、無謂的理想主義，哈利不明白這一切是什麼意思。但那只是要讓觀眾看到，這些激進社會主義者有多瘋狂。

現在我們來到第四十四頁。角色們仍然來來去去。醫生悲嘆著厄運把他留在這裡。他們飲酒、談話。戰爭可能爆發，但是就連停滯型衝突的跡象也看不到。除了我們已經提及的瘋子之外，也沒有真正角色出現的跡象。

我們翻到第六十六頁，當然到了劇本這個階段，我們一定會看到某些行動。

韋伯：愛琳，妳要喝一杯嗎？

愛琳：不了，謝謝。

韋伯：羅契卻羅（Locicero）上尉，你呢？

隊長：謝謝。當普西（Dumptsy），白蘭地蘇打。

當普西：是，先生。

貝貝（Bebe）：（大喊）艾德娜！我們要來喝一杯！（艾德娜這時
　　進場。）

韋伯：我要喝香艾酒。

當普西：好，先生。（他走進酒吧。）

醫生：一切都太不可思議。

哈利：儘管如此，醫生，我仍然是個樂觀主義者。（他看著愛琳）
　　讓懷疑壓倒一切一整夜，黎明將會再度來臨，帶來真相之
　　光！（他轉向雪莉〔Shirley〕）來吧，親愛的，我們來跳
　　舞。（他們跳舞。）

（落幕。）

　　我們揉著眼睛，但這就是第一幕的尾聲。若是有任何編劇膽
敢把這樣的劇本交給劇場經理，他可能有被人揪著耳朵轟出去的
風險。如果觀眾可以克服這樣無可救藥的劇本，他們也必定跟哈
利一樣是個樂觀主義者。

　　薛伍德一定看過或讀過《旅程的終點》，這部戲中前線壕溝
裡的士兵焦慮地等待衝鋒，瀕臨崩潰。《白癡的樂趣》裡的角色
們也在等待戰爭，但情況不同。《旅程的終點》裡有角色，我們
熟知的有血有肉的人。他們拚命不要失去勇氣。我們感受到也知
道，全面衝鋒號隨時會響起，他們別無選擇，只能面對，然後死

去。在《白癡的樂趣》中，角色們沒有面對立即的危險。

無庸置疑，薛伍德在寫此劇的時候立意良好，但是光是秉持善念還不夠。

《白癡的樂趣》最好的戲劇性時刻是在第二幕。它值得我們瀏覽一下。齊勒希從一個機械技工那邊知道（他可能知道的是錯誤訊息），義大利已經轟炸了巴黎。他發狂大吼。

齊勒希：上帝詛咒你們這些劊子手！

中校與士兵們：（跳起來）劊子手！

哈利：朋友，聽我說……

雪莉：哈利！不要捲入這個爛攤子！

齊勒希：你看，我們團結在一起！法國、英國、美國！同盟國！

哈利：閉嘴，法國！沒事的，上尉。我們可以處理這個狀況。

齊勒希：他們不敢對抗英國與法國的力量！自由的民主國家對抗
　　　　法西斯獨裁政權！

哈利：看在老天爺份上，你們不要再晃動了！

齊勒希：英國與法國正在為了人類的希望而戰！

哈利：一分鐘前，英國還是穿著禮服的屠夫。現在我們是盟友！

齊勒希：我們團結在一起。我們團結在一起，永遠！（轉向軍官
　　　　們。）

作者讓這個可憐的角色轉向義大利軍官們。他擔心他們不會發動攻擊，如果是這樣，這場精采的戲劇性場景將會崩潰。所以這個可憐的傻瓜轉身面對軍官們。

齊勒希：上帝詛咒你們。上帝詛咒那些派你們執行死亡任務的惡
　　　　徒們。
上尉：法國佬，如果你不閉上你的嘴，我們將被迫逮捕你。

　　這是走向衝突的第一步。當然，對抗一個精神失常的人並不
公平，但這還是比什麼都沒有好。

哈利：上尉，沒事的。齊勒希先生支持和平。他將會回到法國阻
　　　止戰爭。
齊勒希：（對哈利）你沒有權力代替我發言。我有能力説出我的
　　　　感受，我要説的是：「法西斯主義垮台！法西斯主義垮台！」

　　在此之後，當然，他們開槍打他。其他人繼續跳舞，假裝他
們並沒留下太深刻的印象。但他們並無法騙過我們。
　　在某個時間點，愛琳對阿齊爾（Achille）發表了**精采的演
説**，但是在那之前與之後，什麼都沒有。
　　另一個比較不明顯的停滯型衝突例子，可以在諾爾・考沃德
（Noel Coward）的《愛情無計》（*Design for Living*）找到。
　　吉姐（Gilda）在兩個愛人間游移，最後嫁給了他們的一個
友人。以上三個男人都是朋友。這兩個愛人回頭來搶吉姐，她的
丈夫自然盛怒攻心。現在，第三幕的尾聲，這四個人聚在一起。

吉姐：（淡淡地）現在呢！
李奧（Leo）：**確實**，現在呢！

吉妲：接下來會怎麼樣？

奧圖（Otto）：又是社交姿態。老天！老天啊，老天！

吉妲：你們知道你們兩個看起來像是穿著睡衣被嘲弄的人！

厄尼斯特（Ernest，丈夫）：我不相信我這輩子有這麼被強烈惹
　　惱過。

李奧：厄尼斯特，這對你來說很討厭。我確實明白。我很抱歉。

奧圖：對，我們兩個都很抱歉。

厄尼斯特：我想你們的狂妄讓人無法容忍。我不知道要說什麼。
　　我不知道要做什麼。我非常非常憤怒。吉妲，看在老天份
　　上，叫他們離開！

吉妲：他們不肯。就算我講到臉色發黑，他們也不肯！

李奧：沒錯。

奧圖：除非帶著妳走，我們不會離開。

吉妲：（微笑）你們兩個真是可愛。

　　在角色身上沒看到發展，因此衝突是停滯的。如果某個角色
因為任何理由失去真實感，他就無法創造出上升型衝突。

　　如果我們希望刻畫一個無趣的人，並不需要因此讓觀眾感到
無聊。為了呈現膚淺的人格，我們也不需要變得膚淺。我們必須
知道角色的動機為何，即便連他自己都不知道。即便為了表現活
在真空裡的角色，作者也不可以在真空裡寫作。沒有任何詭辯可
以駁倒這個事實。

吉妲：（淡淡地）現在呢！

「現在呢」意謂「現在會發生什麼事？」僅此而已。這句話之中沒有挑釁，沒有會導致反擊的攻擊。即便是對膚淺的吉姐，這句對白也太沒效用，也因此獲得正確的回答：「確實，現在呢！」

如果吉姐的話語有讓人無法察覺的動態，李奧的回應裡則是完全停滯。它不僅無法應對她提出的小小挑戰，還讓挑戰留在原地。完全看不到動態。

下一句對白是諷刺，但是那三次「老天」不僅並非挑戰，而且還承認發話者無力改變現狀。如果你懷疑這一點，可看下一句對白：「你們兩個看起來像是穿著睡衣被嘲弄的人。」顯然奧圖的諷刺沒被注意到。吉姐無動於衷，劇本拒絕前進。

在這個地方，作者至少可以展現吉姐性格的另一個面向。我們或許可以看到吉姐愛情生活與輕率態度背後的動機。但是我們除了一句累贅的對白之外，什麼也沒看到，「角色們」只是作者用來說話的人偶。

厄尼斯特：我不相信我這輩子有這麼被強烈惹惱過。

任何會說這種台詞的人都是無害的。他可以哀號，但他對劇本的成敗沒有一點貢獻。他的驚嘆並沒讓處境變嚴重。他的話裡沒有威脅或行動。什麼是疲弱的角色？就是一個因為任何理由無法做決定的角色。

李奧：厄尼斯特，這對你來說很討厭。我確實明白。我很抱歉。

這句台詞裡有點東西——無情的跡象。李奧不在乎厄尼斯特。但衝突就到此為止。然後奧圖跳進來告訴厄尼斯特他也很抱歉。如果這會讓人覺得好笑的話，那是因為在生活中，這樣的態度是很殘酷、沒有同情心。有這種幽默感又仍是個英雄的角色並不存在，這樣的角色也無法創造衝突。

　　厄尼斯特的下一段話則說明了實況。這個反派人物承認自己不能承受任何對抗，他必須請目標（吉姐）代替他打仗。吉姐、奧圖與李奧有他們想要的東西，卻連一個試圖阻止他們的人都沒有。對一個搞笑橋段來說這或許好笑，但這卻不是一齣戲必須有的衝突。

　　如果你重讀整段摘錄，你會發現最後一句對白結束時，劇本仍停留在第一句對白的位置。劇本幾乎沒有進展，尤其你還得記住這一幕光是這樣就進行了好幾頁。

　　在杜波斯·海沃德（Du Bose Heyward）的劇本《銅腳踝》裡，幾乎整個第一幕都用來鋪陳故事背景。但是第二與第三幕彌補了糟糕第一幕的不足。在《愛情無計》中，一開始的情境裡有衝突的理由，但是因為角色們的膚淺，衝突從未實現，結果成為停滯型衝突。

第四章　突跳

　　突跳型衝突的主要危險之一，是作者相信衝突會流暢地上升。他討厭說他劇本衝突突跳的劇評。編劇可以找尋哪些危險訊號？他如何知道他採取了錯誤的方向？以下是一些指引：

　　誠實的人不會一夜之間就變成竊賊；竊賊也不會在同樣的時間內變得正直。神智清楚的女人不會在沒有先前動機的情況下，在傾刻之間離開丈夫。沒有搶匪會考慮是否作案的同時去犯案。若是沒有心理預備，人不會做出實際的暴烈行動。沒有合理的理由，沉船事件不會發生。這艘船某些重要部件可能不見了；船長可能過勞、沒經驗或病了。即便是船撞冰山的事件，裡面還是有人為疏失的成分。大家可以閱讀海耶曼（Herman Heijermans）的劇作《好希望》（*The Good Hope*），看看一艘船如何沉沒，人間悲劇如何來到新高點。

　　如果你想要避免突跳型或停滯型衝突，你可能要預先知道你筆下角色必須走的路。

　　以下是一些例子，角色可能的走向是：

　　酗酒走向清醒

　　清醒走向酗酒

　　害羞走向厚臉皮

厚臉皮走向害羞

單純走向做作

做作走向單純

忠實走向不忠實，等等。

如果你知道你的角色必須從一端走向另一端，你就處於一個有利的位置，可以看到他們以穩定的速率成長。 你不會四處摸索，相反地，你的角色會有目的地，他們在這條路徑上的每一吋都會奮戰以抵達目的地。

如果你的角色是從「忠實」開始，然後大步一跳抵達「不忠實」，中間的步驟都被省略，這就會是突跳型衝突，你的劇本可看性就會降低。

以下是一個突跳型衝突：

他：妳愛我嗎？

她：喔，我不知道。

他：不要像個呆瓜悶不吭聲。下定決心，好嗎？

她：你以為你很聰明嗎？

他：如果我會愛上妳這樣的女子，我就不算太聰明。

她：我很快就會賞你一巴掌。（她走開。）

在這個案例中，他從「喜歡」出發，抵達「嘲諷」，其中沒有任何轉折。她從「不確定」出發，然後突跳到「憤怒」。

這男人的角色一開始就顯得虛假，因為如果他愛她，他就不

會在問她是否愛他的同時，又說她像個呆瓜。如果他一開始認為她是呆瓜，他就不會希望她愛他。

這對男女都是同一類型的人，衝動、容易激動。這類角色的轉折速度如閃電般快速。你還來不及察覺，這場戲就結束了。沒錯，你可以延長這場戲，但因為他們是飛躍般前進，他們很快就會惹惱彼此。在莫那爾（Ferenc Molnar）的劇本裡，李利奧姆（Liliom）跟這場戲裡的「他」是同樣類型的人。但與利利恩對戲的茱麗（Julie）則完全相反，她順從、有耐心與愛心。

角色們的排列組合若是糟糕，經常會創造停滯或突跳型衝突；雖然**若是沒有適切的轉折**，排列組合良好的角色也會突跳（經常如此）。

如果你想要創造突跳型衝突，你只需要強迫角色採取他們完全陌生的行動。讓他們不經思考就行動，你就會成功創造突跳型衝突，但是對你的劇本來說卻是敗筆。

比方說，假設你的戲劇前提是：「一個名聲有汙點的人，透過犧牲自我來挽回聲譽。」起點就是一個有汙點的人。目標是讓這個人獲得榮譽、洗淨汙名，也許備受禮讚。在這兩個端點之間，有著仍然空蕩的空間。他要怎麼充實這個空間，取決於這個角色。如果作者選擇了相信戲劇前提，也願意為戲劇前提而戰的角色，他就走上了正確的路。下一步就是盡可能詳盡地研究他們。這個研究將會顯示（也是再度確認）角色們是否真的能夠落實戲劇前提期待他們做出的行動。

如果「名聲有汙點的人」像好萊塢電影裡那樣從火災裡救出老婦人，然後立刻獲得救贖，這樣是不足夠的。必須有一連串合

邏輯的事件導致他的犧牲。

在冬天與夏天之間，有秋天與春天。在名譽與不名譽之間，有些循序漸進的階段，每一階段都必須走過。

《玩偶之家》中的娜拉想要離開海爾默與孩子們的時候，她讓我們知道為什麼。除此之外，我們被說服去相信，這是她唯一能採取的行動。在真實生活中，她或許口風很緊，可能一言不發，只是摔門離開。如果她在舞台上這麼做，這就會是突跳性衝突。我們將無法理解她，雖然她的動機可能無懈可擊。

觀眾必須完全理解狀況，在突跳型衝突中，我們對戲僅有膚淺的理解。**真正的角色必須有機會揭露自我，我們也必須有機會觀察角色內心發生的重大改變。**

以下我們刪節《玩偶之家》第三幕的最後一部分，雖然基本要素都保留，但這段戲卻失去效果。這是全劇的大結局。海爾默才剛告訴娜拉，他不允許她養育孩子們。但是門鈴響起，一封信送到，裡面有張紙條跟那份偽造的借據。海爾默大喊他獲救了。

娜拉：那我呢？

海爾默：妳當然也獲救了。我們都得救了，妳跟我。娜拉，我已
　　　　經原諒妳了。

娜拉：謝謝你的原諒。（她走出去。）

海爾默：不要走──（往房內看）妳在裡面做什麼？

娜拉：（從房內）脫掉我華麗的洋裝。

海爾默：好，妳去忙。嘗試讓妳自己冷靜下來，讓心情可以再度
　　　　輕鬆，我的小雲雀被嚇壞了。

娜拉：（穿著日常衣物登場）現在我已經換好衣服了。

海爾默：為什麼？已經這麼晚了。

娜拉：因為我已經不能再繼續留在你身邊了。

海爾默：娜拉！娜拉！妳失去理智了！我不允許！我禁止妳這麼做！

娜拉：禁止我做任何事情都沒有用了。

海爾默：妳已經不再愛我了。

娜拉：對。

海爾默：娜拉！妳怎麼可以這麼說！

娜拉：這句話讓我很痛苦，但我非得說出來不可。

海爾默：我懂了。我懂了。我們之間已經裂開了鴻溝，這無庸置疑。但是娜拉，填滿鴻溝是不可能的嗎？

娜拉：就現在的我而言，我不再是你的妻子。（她拿起大衣、帽子跟一個小包包。）

海爾默：娜拉，不要現在走！等到明天再走。

娜拉：（穿上大衣）我無法在陌生男人的房間度過今夜。

海爾默：一切都結束了！一切都結束了！娜拉，妳永遠不會再想起我嗎？

娜拉：我知道我會經常想起你跟孩子們跟這棟房子。再見。（她穿過玄關出去。）

海爾默：（坐在門邊的椅子上，把臉埋在雙手裡）娜拉！娜拉！（環顧四周並起身）空蕩蕩。她走了。（樓下傳來關門的聲響。）

劇終。

這裡我們看到的是最糟糕的一種複合衝突。它並不停滯，也不是一直突跳。它是突跳型與上升型衝突的組合，它可能很容易讓年輕的編劇困惑。因此我們將更仔細地檢視它。

娜拉宣布她要離開，這是上升型衝突。海爾默禁止她，但她還是一樣離去。這沒問題。但在其他地方有突跳型衝突。第一個是娜拉對海爾默寬恕她的反應。她謝謝他，然後離開了房間，越過了鴻溝去做這樣的行為。她是真心表達自己的感謝，還是在細膩地諷刺？娜拉不太擅長諷刺？她清楚意識到自己遭到的不公平待遇，所以也不太可能會以此開玩笑，無論是以挖苦或其他的方式。但對她而言，這似乎不像感恩的時刻。當她離開房間時，我們仍在猜想。

等她回到房間，宣布她不能再留在海爾默身邊時，這實在太突然了。在這一步之前，沒有任何準備。

但是最大的突跳，是海爾默對娜拉不再愛他的反應：

我懂了。我懂了。我們之間已經裂開了鴻溝。

像海爾默這樣的角色竟能有如此理解，且沒事先提出激烈反駁，這幾乎令人無法置信。如果你閱讀本章結尾的劇本原始版本，你就會明白我們的意思。

在（我們的版本）這場戲的尾聲，娜拉離家，但這不是由她問題造成的決定。這是突跳，一個衝動。我們對她的行動沒有感受到絕對的必要性。或許這會是她明天將後悔（並撤回）的突然衝動。像她這樣離開海爾默（依照我們的版本），娜拉無論有什

麼理由，都不能說服我們。這是突跳型衝突不可避免的結果。

　　每當衝突遲緩、不穩定上升、停頓或突跳時，回顧你的戲劇前提。它被清晰設定嗎？是否有效？修正這裡的任何錯誤，然後再回到你筆下的角色。也許你的主角太弱，無法背負全劇的重擔（角色排列組合不佳）。**也許你筆下的一些角色沒有持續成長**。別忘記，無法下定決心的停滯型角色，直接導致劇本的停滯。也別忘記，他停滯的原因可能是因為他不是立體角色。就戲劇前提的層面來看，真正的上升型衝突源自立體的角色。對觀眾來說，這類角色的所有行動都能被理解，也具有戲劇性。

　　如果你的戲劇前提是「嫉妒不僅會自我毀滅，還會摧毀它所愛的對象」，那麼你就知道，或應該知道，你劇本裡的每一行，你的角色們採取的每一個行動，必須推動這個前提。確實任何情境都有許多解決方法，**你的角色們只被允許選擇那些可以協助證明戲劇前提的方法**。在你決定戲劇前提的那一刻起，你跟你的角色們就成為其奴隸。每個角色必須強烈感受到，戲劇前提要求他們採取的行動是**唯一可能的行動**。此外，編劇必須深信其戲劇前提的絕對真實性，否則筆下的角色們將會疲弱地重複他沒被融會貫通且膚淺的信念。記住，劇本不是在模仿人生，劇本是人生的精要。你必須濃縮所有重要與必須的事物。在《玩偶之家》的最後一部分，各位將會看到在娜拉離開丈夫之前，每個可能性都已經耗盡。即便你不同意她最後的決定，你還是能理解。對娜拉來說，她的離開是絕對必要的。

　　當角色們在繞圈圈，**沒做任何決定**，這部戲無庸置疑會很無

趣。但如果他們正在經歷成長的歷程，那就沒什麼好害怕的。

　　核心角色的責任是透過衝突而成長。你要確保核心角色堅持不懈，不能也不會妥協。哈姆雷特、克羅斯塔、拉芬妮雅、海姐‧蓋柏樂、馬克白、《群鬼》裡的曼德斯（Manders）、《黃熱病》（*Yellow Jack*）裡的那些醫生，這些都是絕不妥協的核心力量。如果你的劇本突跳或是變得停滯，你要想辦法穩固地建立對立統合性。重點是角色間的連結不能斷裂，除非是透過某項特質或某種性格的轉變，或者是被死亡切斷連結。

　　讓我們再次回頭看娜拉。她一步步地接近次要的戲劇高潮。她在這個基礎上繼續發展，來到另一個高潮，並且更為強烈。她繼續往更大的高潮走，她持續不斷地戰鬥，在抵達最終目標之前不停過關斬將，這最終目標就在戲劇前提之中。

　　現在或許你應該自己去讀劇本原文了。粗體字的部分是用在本書說明突跳型衝突的範例。

《玩偶之家》

第三幕

女僕：（衣衫不整，來到門口）有一封給夫人的信。

海爾默：給我。（拿信，關門）是他寫的信沒錯。這不能交給妳，我自己看。

娜拉：好，你看。

海爾默：（站在燈旁）我幾乎沒有勇氣讀信。它可能會毀了我們兩個。不行，我必須知道內容。（撕開信封，眼睛掃描了幾

行字，看到內附的一張紙，開心地喊叫）娜拉！（她質疑地看著他）娜拉！不，我必須再讀一次——沒錯，這是真的！**我獲救了！娜拉，我獲救了！**

娜拉：**那我呢？**

海爾默：**妳當然也獲救了。我們都得救了，妳跟我。**看，他把借據寄還給妳。他說他後悔也懺悔，這是會讓他的人生幸福的轉變——別管他說什麼了！娜拉，我們得救了！沒人可以傷害妳了。喔，娜拉，娜拉！不，首先我必須毀掉這些可恨的東西。（看了借據一眼）不，不，我無法看著它。這一切對我來說將只不過是一場惡夢。（把借據與信一起撕掉，然後丟進火爐，看著它們燃燒）這樣就好了，現在它們已經不再存在了。他說從耶誕夜開始，妳就——娜拉，這三天來妳一定很不好受。

娜拉：這三天我打了艱苦的一仗。

海爾默：妳也承受了苦痛，感覺無路可走——不，我們不該再回想這些恐怖的事情。我們只應該歡呼，不斷地說：「一切都結束了！一切都結束了！」聽我說，娜拉。妳似乎沒意識到一切都結束了。妳怎麼了？面容如此僵硬！我可憐的小娜拉，我相當明白，妳不覺得妳可以相信我已經原諒了妳。但這是真的，娜拉，我發誓；我已經原諒妳所有的事情。我知道妳做了什麼事，妳是出於對我的愛才這麼做。

娜拉：確實。

海爾默：妳已經以妻子應該愛丈夫的方式愛我。只是妳沒有足夠的知識去判斷該用什麼方式。但因為妳不理解如何負責任地

行動，妳就認為我會比較不愛惜妳？不，不，妳只要依賴著我就好，我會給妳建議與指引。如果這般女性的無助沒讓妳在我眼中變得加倍吸引人，那我就不是個男人。我一開始以為一切將會讓我無法承受，在那驚愕的時刻我所說的狠話，妳千萬不要再想。**娜拉，我已經原諒妳了。**我對妳發誓，我已經原諒妳了。

娜拉：**謝謝你的原諒。**（她走出去。）

海爾默：**不要走——**（往房內看）**妳在裡面做什麼？**

娜拉：（從房內）**脫掉我華麗的洋裝。**

海爾默：（站在敞開的門口）**好，妳去忙。嘗試讓妳自己冷靜下來，讓心情可以再度輕鬆，我的小雲雀被嚇壞了。**好好休息，妳可以感覺安全，我有寬廣的翅膀可以讓妳遮蔽。（在門口踱步）娜拉，我們的家多麼溫暖舒適。這裡是妳的避風港，在這裡我會保護妳，就像我曾經在鷹爪下把被獵捕的鴿子救出來。我會讓妳那可憐跳動的心臟平靜下來。娜拉，相信我，慢慢會平靜下來。明天早上妳會以相當不同的眼光來看這件事，很快所有的事情就會像從前一樣。很快妳就不需要我向妳保證我已經原諒妳；妳將會自己確信如此。妳是否以為我甚至想過要跟妳離婚或是譴責妳？娜拉，妳不知道一個真男人的心像什麼樣子。對一個男人來說，知道自己已經原諒了妻子，全心全意徹底地原諒，是甜美又令人滿足到無法形容的事。彷彿這讓妻子更加倍是自己的女人；可以說他已經給了她新生命，而以某種方式，她已經同時變成他的妻子與小孩。所以我驚恐無助的親愛的，在這件事之後，妳也

會是如此。娜拉，妳不要焦慮任何事情，只要對我坦承與開放，我將會成為妳的意志與良知──怎麼了？妳不上床睡覺？妳已經換好衣服了？

娜拉：（穿著日常衣物登場）是的，托瓦德，**現在我已經換好衣服了。**

海爾默：**為什麼？已經這麼晚了。**

娜拉：今夜我不睡覺。

海爾默：但是我親愛的娜拉──

娜拉：（看著手錶）現在還不會很晚。托瓦德，坐下來。你跟我有很多話對彼此説。（她在桌子的一邊坐下。）

海爾默：娜拉，這是怎麼回事？妳的臉這麼冰冷僵硬？

娜拉：坐下。這需要一些時間，我有很多話要跟你談。

海爾默：（在桌子另一邊坐下）娜拉，妳讓我緊張起來了！我搞不懂妳。

娜拉：就是這麼回事。在今夜之前，你不理解我，我也從未理解過你。不，你不可以打斷我。你必須聆聽我要説的話。托瓦德，現在我們要把事情講清楚。

海爾默：妳這話是什麼意思？

娜拉：（沉默片刻後）我們像這樣坐在這裡，你不覺得有什麼奇怪的地方嗎？

海爾默：哪裡奇怪？

娜拉：我們已經結婚八年了。你有想過這是我們兩人，丈夫與妻子，頭一次有嚴肅的對話嗎？

海爾默：妳講的嚴肅是什麼意思？

娜拉：在這整整八年裡——比這更久，從我們剛認識開始，我們從未針對任何嚴肅主題交流過隻字片語。

海爾默：但是親愛的娜拉，這對妳會有任何好處嗎？

娜拉：就是這樣，你從未理解過我。托瓦德，我被嚴重誤解了，首先是爸爸誤解我，然後是你。

海爾默：什麼！我們兩個誤解妳，在這個世界上有誰會比我們更愛妳？

娜拉：（搖頭）你從未愛過我。你只是以為跟我談戀愛很開心。

海爾默：娜拉，妳在跟我說什麼？

娜拉：這完全是真的，托瓦德。我以前在家裡，爸爸把他對一切的意見都告訴我，所以我的意見跟他相同；如果我有不同意見，我會隱瞞不說，因為他不會喜歡我有異議。他稱我是他的娃娃，他跟我玩的方式，就像我以前跟我的玩偶玩一樣。然後我來跟你住——

海爾默：妳怎麼是用這樣的方式描述我們的婚姻？

娜拉：（無動於衷）我的意思是，我單純是從爸爸的手中被移轉到你手中。你依照你自己的品味安排一切，所以我的品味跟你一樣，或者我是假裝跟你一樣，我其實不太確定是前者還是後者，我想有時候是前者，有時候是後者。我回想起來，我覺得彷彿我是住在這裡的貧窮女人，僅能勉強溫飽。托瓦德，我的存在僅是為你變把戲。但這就是你要的。你跟爸爸對我犯下了重罪。我的人生一無是處都是你們的錯。

海爾默：妳怎麼這麼不理性又忘恩負義。娜拉！妳在這裡從沒快樂過？

娜拉：我從沒快樂過。我以前以為我快樂，但其實從未如此。

海爾默：不——不快樂！

娜拉：不快樂，只是愉悅。你一向對我非常好。但是我們的家只不過是遊戲室。我一直是你的玩偶妻子，正如同我是爸爸的玩偶孩子，在這裡孩子們則是我的玩偶。當你跟我玩的時候，我以為很開心，就像我跟孩子們玩的時候，他們覺得很開心。托瓦德，我們的婚姻就是這個樣子。

海爾默：妳說的有些是真的，雖然妳的觀點誇張且扭曲。但是未來會不一樣。遊戲時間會結束，上課時間會開始。

娜拉：誰要上課？我還是孩子們？

海爾默：我親愛的娜拉，妳跟孩子們都要上課。

娜拉：唉，托瓦德，你沒有資格教育我變成一個適合你的妻子。

海爾默：妳竟然這麼說！

娜拉：而我——我怎適合把孩子們養育成人？

海爾默：娜拉！

娜拉：你沒多久之前不是才說過，你不敢信任我可以養大孩子？

海爾默：那是我的氣話！妳為什麼要放在心上？

娜拉：確實，你說的完全正確。我不適合擔任這個任務。首先我必須執行另一個任務。我必須嘗試教育自己，你不是可以幫助我的人。我必須為自己做這件事。這就是為什麼我現在要離開你。

海爾默：（跳起來）妳說什麼？

娜拉：如果我要認識自我以及關於我的一切，我必須相當獨立。**因為這個理由，我已經不能再繼續留在你身邊了。**

海爾默：娜拉！娜拉！

娜拉：我立刻要離開這裡。我確信克麗絲婷今晚可以收留我——

海爾默：**妳失去理智了！我不允許！我禁止妳這麼做！**

娜拉：**禁止我做任何事情都沒有用了。**我會帶走屬於我的東西。
　　　無論現在或以後，我都不會拿你的任何東西。

海爾默：妳是在發什麼瘋！

娜拉：明天我會回家——我是指回娘家。我在那裡比較容易找些
　　　事情做。

海爾默：妳這個盲目又愚蠢的女人！

娜拉：托瓦德，我必須努力長些智慧。

海爾默：妳要拋棄妳的家、妳的丈夫、妳的孩子！妳不想想其他
　　　人會怎麼說嗎！

娜拉：我完全無法考慮這一點。我只知道這對我來說是必要的。

海爾默：令人震驚。妳就這樣無視你最神聖的職責。

娜拉：你認為我最神聖的職責是什麼？

海爾默：我還需要告訴妳這個？難道不是對妳的丈夫與孩子負責
　　　任嗎？

娜拉：我有其他同樣神聖的職責。

海爾默：妳沒有。妳還可能有哪些職責？

娜拉：對我自己的職責。

海爾默：最重要的是，妳是妻子與母親。

娜拉：我再也不相信如此了。我相信最重要的是，我是個理性的
　　　人類，就跟你一樣，或者無論如何，我必須努力成為一個理
　　　性的人。托瓦德，我很清楚，大多數的人會認為你說的話沒

錯，這類的觀點也可以在書裡看到。但是我不再接受大多數人所說或書裡所寫的東西。我必須為自己思考事情，去理解事情。

海爾默：妳不明白妳在自己家裡的地位嗎？在這方面妳沒有可靠的指引嗎？妳沒有宗教信仰嗎？

娜拉：托瓦德，恐怕我並不確切知道宗教是什麼。

海爾默：妳說什麼？

娜拉：我信教的時候，除了牧師所說的之外，什麼都不知道。他告訴我宗教是這樣跟那樣。等我遠離這一切獨處的時候，我也會思考這件事。我會明白牧師所說的是否為真，或者無論如何，對我來說是否為真。

海爾默：像妳這年紀的女生，這是前所未聞的！但如果宗教無法引領妳走上正途，讓我嘗試喚醒妳的良知。我想妳有些道德感吧？或者——回答我——我是否該認為妳沒有道德感？

娜拉：托瓦德，我向你保證，這並不是容易回答的問題。我其實並不知道。這件事完全讓我困惑了。我只知道你跟我看這件事的觀點相當不同。我也在學習的是，法律跟我認知的很不一樣，但我發覺我無法說服自己法律是正確的。根據法律，一個女人沒有權利放過瀕死的老父，或是拯救丈夫的生命。這讓我無法置信。

海爾默：妳講話像個小孩子。妳不理解妳所身處的世界裡的種種處境。

娜拉：我是不理解。但現在我要嘗試。我要看看我是否能弄清楚誰是對的，是這個世界還是我。

海爾默：娜拉，妳病了，妳在胡言亂語。我幾乎認為妳失去理智了。

娜拉：我從沒感覺自己的心智像今晚這樣清楚與明確。

海爾默：妳就以這樣清楚明確的心智拋棄妳的丈夫與孩子？

娜拉：是的。

海爾默：那麼這只有一個可能的解釋。

娜拉：是什麼？

海爾默：**妳已經不再愛我了。**

娜拉：**對**，正是如此。

海爾默：**娜拉！妳怎麼可以這麼說！**

娜拉：**這句話讓我很痛苦**，托瓦德，因為你一直對我很好，**但我非得說出來不可。**我不再愛你了。

海爾默：（回復鎮靜）這也是清楚明確的信念嗎？

娜拉：對，絕對地清楚明確。這就是我不會再留在這裡的理由。

海爾默：妳可以告訴我，我做了什麼事而失去妳的愛？

娜拉：我確實可以。是在今晚，當那件美好的事情沒發生的時候，我明白你不是我曾經以為的那樣。

海爾默：說明清楚一些——我不懂妳在講什麼。

娜拉：我已經如此有耐性地等了八年，天曉得，我很清楚美好的事情不會每天發生。然後我遇到這場可怕的不幸事件，然後我確信這件美好的事最後將會發生。當克羅斯塔的信放在外面，我從未想像過你竟會接受這個人的條件。我那時絕對相信你會跟他說：把這份文件公開給全世界。等到公開之後——

海爾默：對，然後呢——我讓我的妻子面對羞恥與不名譽？

娜拉：等到公開之後，我絕對相信你會挺身而出，承擔一切，然後説：我才是有罪的人。

海爾默：娜拉——

娜拉：你的意思是我絕不會接受你這樣犧牲自己？我當然不會。但是跟你的保證相較，我的保證有什麼價值？這是我盼望又害怕的美好事物，為了避免這件事讓我想要自殺。

海爾默：娜拉，我會很樂意日以繼夜為妳付出——為了妳承擔憂愁與匱乏。但沒有人會為了所愛的人犧牲自己的榮譽。

娜拉：成千上萬的女人都做過這樣的事。

海爾默：喔，妳的想法與話語就像個漫不經心的小孩。

娜拉：也許。但你的想法與話語不像個我想嫁的男人。你的恐懼一旦過去——讓我感到威脅的不是恐懼，而是可能會發生在你身上的事情——當整件事情過去，就你看來，彷彿什麼都沒發生過。一切就像從前一樣，我是你的小雲雀，你的玩偶，未來你會加倍溫柔地照顧我，因為我如此脆弱。（站起來）托瓦德，那時我明白這八年來，我一直跟一個陌生人住在這裡，為他生了三個小孩——喔，光是想到這點我就受不了！我會把自己撕成碎片！

海爾默：（悲傷）**我懂了。我懂了。我們之間已經裂開了鴻溝，這無庸置疑。但是娜拉，填滿鴻溝是不可能的嗎？**

娜拉：**就現在的我而言，我不再是你的妻子。**

海爾默：我有能力改頭換面。

娜拉：或許——如果你的玩偶被拿走的話。

海爾默：但是要分離——與妳分離！不，不，娜拉，我無法理解

那個概念。

娜拉：（走向右邊準備離場）這讓我更確定必須如此。（她回來拿起原本放在桌邊椅子上的大衣、帽子跟一個小包包。）

海爾默：**娜拉，不要現在走！等到明天再走。**

娜拉：（穿上大衣）**我無法在陌生男人的房間度過今夜。**

海爾默：我們不能像兄弟姊妹般住在這裡嗎？

娜拉：（戴上帽子）你很清楚這無法長久。（圍上披肩）再見，托瓦德。我不會再看到孩子們。我知道你可以比我把他們照顧得更好。就我現在的狀態，我對孩子們沒有用處。

海爾默：但是某一天，娜拉——某一天？

娜拉：我怎麼知道？我不知道我會變成怎樣。

海爾默：但無論妳變得如何，妳都是我的妻子。

娜拉：托瓦德，聽我說。我聽說過當妻子拋棄夫家時，正如我現在的行為，丈夫在法律上就免除了對她所有的義務。無論如何，我讓你免除你所有的義務。你不要感覺對我有任何一點羈絆，我也會如此。我們雙方都有徹底的自由。我把婚戒還給你。你也把婚戒還給我。

海爾默：婚戒也要還？

娜拉：要還。

海爾默：給妳。

娜拉：好的。現在一切都結束了。我已經把鑰匙放在這裡。女僕們對所有家務很清楚——比我還清楚。明天我離開克麗絲婷家之後，她會來打包我從娘家帶來的東西。我會把東西送回我家。

海爾默：一切都結束了！一切都結束了！娜拉，妳永遠不會再想起我嗎？

娜拉：**我知道我會經常想起你跟孩子們跟這棟房子。**

海爾默：娜拉，我可以寫信給妳嗎？

娜拉：不，永遠別寫信。你不可以這麼做。

海爾默：但至少讓我寄──

娜拉：什麼都別寄──什麼都別寄──

海爾默：如果妳有需要的時候，讓我幫妳。

娜拉：不必。我不能接受陌生人任何東西。

海爾默：娜拉，對妳來說，我永遠都只會是陌生人嗎？

娜拉：（拿起包包）托瓦德，最美好的事情本來是會發生的。

海爾默：告訴我那是什麼！

娜拉：你跟我都會大幅改變──喔，托瓦德，我不再相信美好的事情會發生。

海爾默：但是我相信。告訴我，我們大幅改變，然後呢？

娜拉：然後我們一起過的生活將會是真正的婚姻。再見。（她穿過玄關出去。）

海爾默：（坐在門邊的椅子上，把臉埋在雙手裡）**娜拉！娜拉！**（環顧四周並起身）**空蕩蕩。她走了。**（他內心閃過希望）最美好的事情──？（樓下傳來關門的聲響。）

劇終。

現在重讀一次呈現突跳型衝突的刪節版本。看看刪去轉折可以如何將上升型衝突變成突跳型，這一點值得研究。

第五章　上升型衝突

　　上升型衝突是由以下因素造成：清晰的戲劇前提，立體角色們被良好地排列組合，這些角色之間被建立起強有力的統合性。

　　「膨脹的自我中心行徑會自我毀滅」，這是易卜生的《海姐‧蓋柏樂》的戲劇前提。結局，海姐自殺，因為她不知不覺地困在自己編織的網裡。

　　在劇本開場時，泰斯曼（Tesman）與妻子海姐昨夜才結束蜜月返家。泰斯曼小姐是他的姑姑，原本與他同住，一大早就來看他們是否一切安好。她跟她臥床的姊姊用她們微薄的年金去貸款，為新婚夫婦買了這棟房子。她把泰斯曼當成自己的兒子，他覺得姑姑對他來說既是父親又是母親。

泰斯曼：哇，妳花了不少錢買的女帽真是漂亮！（手上拿著女
　　　　帽，從各個角度欣賞。）

泰斯曼小姐：我是為了海姐買的。

泰斯曼：為了海姐買的？嗯？

泰斯曼小姐：對，這樣一來，如果我們剛好一起出門，海姐就不
　　　　必因我而覺得羞恥。（泰斯曼把女帽放下，海姐終於進場。
　　　　她很煩躁。泰斯曼小姐給泰斯曼一個包裹。）

泰斯曼：這太讓人吃驚了！茱莉亞姑姑，妳真的幫我把它留下

來？海妲，這真是太感動人了！

海妲：那是什麼？

泰斯曼：我以前穿的晨間拖鞋！

海妲：是，我記得我們在海外的時候，你經常提到它。

泰斯曼：對，我好想念它。（走向她）海妲，妳現在可以親眼目睹了！

海妲：（走向火爐）謝謝，但我並不在乎它。

泰斯曼：（跟著她）妳只要想想，莉娜姑姑儘管病情嚴重，還是為我在拖鞋上刺繡。喔，妳無法想像這雙拖鞋上留有多少記憶。

海妲：（在桌邊）我可沒什麼相關記憶。

泰斯曼小姐：喬治，海妲當然不會有什麼記憶。

泰斯曼：對，但現在她也是我們家的人，我以為——

海妲：（插話）泰斯曼，我們永遠都跟這個女傭處不來。（這個女傭實際上將泰斯曼撫養長大。）

泰斯曼小姐：跟貝爾塔（Bertha）處不來？

泰斯曼：親愛的，妳為什麼會這麼想？

海妲：（手一指）你們看那邊！她把自己的女帽留在椅子上。

泰斯曼：（驚訝，讓拖鞋跌落地板）為什麼，海妲——

海妲：只要想像一下，如果任何人進屋看到這頂女帽。

泰斯曼：但是海妲，那是茱莉亞姑姑的帽子！

海妲：是嗎！

泰斯曼小姐：（拿起女帽）確實是我的。海妲夫人，更重要的是，它並不舊。

海妲：泰斯曼小姐，我其實並沒有仔細看。

泰斯曼小姐：（試戴女帽）讓我告訴你們，這是我第一次戴它，破天荒第一次。

泰斯曼：它也是很精緻的女帽──真漂亮。

泰斯曼小姐：喔，它沒這麼了不起。喬治。（環顧她四周）我的洋傘？喔，在這。（拿起來）這也是我的──（喃喃自語）──不是貝爾塔的。

泰斯曼：新女帽跟新洋傘！海妲，妳想想！

海妲：確實很漂亮。

泰斯曼：可不是嗎？但是姑姑，妳走之前好好看看海妲。妳看她有多漂亮！

泰斯曼小姐：喔，我親愛的孩子，這哪是新鮮事。海妲一直都很漂亮。（她走到另一邊。）

泰斯曼：（跟著她）對，但妳有注意到她的狀態多麼美好嗎？她在這趟旅程中變得多麼豐腴？

海妲：（從房間這一端喊）喔，你安靜下來！

　　劇本開始才這幾頁，三個厚實且立體的角色就出現在我們面前。我們理解他們，他們有呼吸、有生氣，但是在《白癡的樂趣》中，編劇卻需要兩幕半的篇幅，才能在劇本最後一場戲裡，讓兩個主要角色一起對抗與他們敵對的世界。

　　為什麼《海妲・蓋柏樂》裡的衝突會上升？首先是有對立統合性；接著是角色們都是有堅定信念的立體人物。海妲蔑視泰斯曼與他所代表的一切。她為達目的不擇手段。她是為了方便而嫁

給他，利用他來獲得更高的社會地位。她能夠腐化他這樣純粹又誠正的靈魂嗎？

若是沒有清楚定義的戲劇前提，沒有劇作家可以將這些如此不同的人物組合在一起。

絕不妥協的角色們進行死鬥，可以創造戲劇張力。戲劇前提應該揭露目標，角色們應該被驅策前往這個目標，正如同希臘戲劇中的命運那樣驅動角色。

在《偽君子》中，核心角色奧岡推動衝突發生，所以是他造成上升型衝突。他毫不妥協。從一開始他就宣稱：

> 他（塔圖夫）讓我的靈魂不受世俗羈絆，教導我把心思放在死後的世界。現在，就算我看到母親、妻子或孩子死亡，我頂多只感受到一陣心痛。

任何作出這類陳述的人都會創造衝突，他也確實辦到了。

正如海爾默對誠正不阿與公民自尊的信念促成了他的戲劇故事，奧岡瘋狂的篤信為他自己帶來了所有的不幸。我們想要強調「瘋狂的篤信」這一點。《奧賽羅》中的伊阿古**不達目的絕不停手**。哈姆雷特**鬥犬般的頑強**驅使他走到苦澀的結局。伊底帕斯找到弒君者的**深層慾望**，為他帶來了悲劇。這類有鋼鐵意志的角色，由觀眾清楚理解、定義清晰的戲劇前提所驅動，不由自主地把戲劇推升到最高潮。

兩股堅定、毫不妥協的力量相互對抗，將會產生強大的上升型衝突。

不要讓任何人告訴你，只有某種類型的衝突才具有戲劇性或劇場價值。只要你有立體角色跟清晰的戲劇前提，任何類型都行。透過衝突，這些角色將會揭露自己，產生戲劇價值、懸疑以及所有在戲場術語中被稱為「戲劇化」的特質。

在《群鬼》中，曼德斯對阿爾文太太（Mrs. Alving）的反感一開始還算溫和，但慢慢發展成上升型衝突。

曼德斯：啊！這就是妳閱讀的結果。閱讀結出了漂亮的果實——
　　　如此令人厭惡、顛覆、自由思考的文學！

（可憐的曼德斯。他的譴責多麼自以為是。他感覺自己已經一鎚定音，阿爾文太太將會被擊垮。他的譴責就是攻擊。現在我們看到反擊，這造成了衝突。如果被譴責的人接受的話，光是譴責無法發展成衝突。但阿爾文太太拒絕被譴責，立刻還擊。）

阿爾文太太：我的朋友，你這一點不正確。正是你讓我開始思
　　　考，為此我需要給你最大的感謝。

（無怪乎曼德斯驚愕地大叫「我！」反擊必須比攻擊更強，以免衝突變得停滯。所以阿爾文太太承認這個狀況，但把過錯推到指控她的人身上。）

阿爾文太太：對！你迫使我順從你稱為我的責任的事物，迫使我
　　　接受我的義務，你讚揚那些我靈魂厭惡並反抗的事物，説它

們既正確又正義。因此我才以批判的方式檢視你的教誨。我只是想拆解出他們之中的一點，但我一開始拆解它們，整塊紡織品就變成碎片，然後我發覺這只是塊機器生產的布。

（她逼迫他採取守勢。片刻之間他變得支支吾吾。攻擊，反擊。）

曼德斯：（帶著感情輕聲說）經歷了此生最艱苦的掙扎之後，我只完成了這樣的事？

（在某個關鍵時刻，阿爾文太太曾經願意獻身於他。他提醒她，他拒絕她是一種犧牲。這個輕柔的問題是個挑戰，阿爾文太太挺身面對。）

阿爾文太太：你可以說這是你此生最可恥的潰敗。

每一個字都推動衝突。

如果我稱某人是竊賊，這僅不過是衝突的預備要素而已。就像懷孕需要男性與女性，衝突需要某件事跟挑戰。被指控是賊的人可能回答「是誰在講話」，然後拒絕被冒犯，所以這場潛在的衝突就流產了。但如果他以牙還牙說**你**才是賊，那麼這就有衝突的可能了。

戲劇不是人生的影像，而是人生的本質。我們必須濃縮。在

人生中，我們年復一年吵架，從未決定要把造成爭端的因素排除。在戲劇中，這一點必須被濃縮到最基本的狀態，不需要累贅的對白，就讓觀眾有已經爭吵多年的幻象。

值得注意的一點是，在《偽君子》中，製造上升型衝突的方法與《玩偶之家》不同。在易卜生的劇作裡，衝突意謂著角色之間實際的戰鬥，在《偽君子》中，莫里哀以團體對抗團體開場，奧岡堅持要自毀長城並不能被視為衝突。然而，這還是創造了不斷上升的戲劇張力。讓我們來觀察他。

奧岡：這是以正統形式撰寫的贈與狀，我依此將我所有的產業移
　　　轉給你。

　　　（這句陳述當然不是攻擊。）

塔圖夫：（退縮）給**我**？喔，兄弟，兄弟，你怎麼會想到這件
　　　事呢？

　　　（這也不是反擊。）

奧岡：說老實話，是你的故事讓我有了這個念頭。
塔圖夫：我的故事？
奧岡：對，關於你在里昂的朋友，我是說里莫吉（Limoges）。
　　　你應該沒忘記吧？
塔圖夫：現在我想起來了。但兄弟，我可沒想到那會讓你有這個

想法，我若是早知道，在跟你說這件事之前就會割掉自己的舌頭。

奧岡：但你沒——你的意思不是要拒絕吧？

塔圖夫：不行，我怎能接受這麼沉重的責任。

奧岡：為什麼不行？其他人都可以。

塔圖夫：啊，兄弟，他是個聖人，而我只是沒有價值的凡人。

奧岡：我不認識有誰比你更像聖人。我最完全相信的就是你。

塔圖夫：如果我接受了你的託付，小人們會說我利用你的單純，卑鄙地占了你的便宜。

奧岡：我的朋友，大家知道我的為人，不會這麼說。我並非容易被欺騙的人。

塔圖夫：他們怎麼說**我**無所謂，兄弟，重要的是怎麼講你。

奧岡：我的朋友，那麼你就別擔憂了，因為看到他們講不出話來會讓我開心。你要想想這份贈與狀會給你怎麼樣做善事的力量。透過它，你可以改革我這個不守規矩的家庭，革除這個家的散漫與奢侈，這兩點已經折磨你溫柔的靈魂好久了。

塔圖夫：它確實可以給我很好的機會。

奧岡：哈！你承認這一點。那麼接受贈與狀不是你的責任嗎？為了他們跟我？

塔圖夫：我從沒用這角度看這件事。或許事情真的是如你所說。

奧岡：正是如此。兄弟，他們的救贖就在你的手中。你可以任由他們徹底毀滅嗎？

塔圖夫：親愛的朋友，你的辯證已經說服了我。我猶豫不決是錯誤的。

奧岡：所以你接受我的託付？

塔圖夫：正如天下萬事一般，這件事之中也貫徹了神的意志。我
　　　　接受。（他把贈與狀放進胸口。）

　　截至目前為止沒有衝突，但是我們知道贈與狀不僅會毀了奧
岡這個笨蛋，也會毀了他可愛又正常的家庭。我們將屏息看著塔
圖夫如何運用剛到手的權力。這場戲其實是衝突前的預備，預示
了衝突。

　　在此我們面對的是不同的上升型衝突，與我們之前解說的不
一樣。哪一種方法比較好？答案是：只要能協助衝突上升的都是
好方法。莫里哀創造上升型衝突的方法，是把全家人團結在一起
打敗塔圖夫（團體對抗團體）。塔圖夫對接受奧岡的餽贈猶豫不
決，是偽善且薄弱的。這其實根本不是衝突。**但奧岡提議把財產
移轉給塔圖夫，這構成了戲劇張力，也預示了他與奧岡家人將有
一場死鬥。**

　　暫且回到《群鬼》。曼德斯說：

　　　啊！這就是妳閱讀的結果。閱讀結出了漂亮的果實──如
　　此令人厭惡、顛覆、自由思考的文學！

　　如果阿爾文太太回答「真的嗎？」或「這干你何事？」或
「你對書籍懂什麼？」或這類的言語，既可以反駁曼德斯，又不
會攻擊到他，衝突將會立刻停滯。但她回答：

我的朋友，你這一點不正確。

　　她首先說出一般性的否定，用「我的朋友」補上反諷。下一句話則是炸彈，對敵人領土發動攻擊。這是正面重擊，幾乎讓人癱瘓。

　　正是你讓我開始思考，為此我需要給你最大的感謝。

　　曼德斯所說的「我！」等同於拳擊場裡的「哎呀！」或甚至「犯規！」
　　阿爾文太太趁勢追擊，接連攻擊不幸的曼德斯，最後出了一記差點命中目標的下勾拳。如果阿爾文太太成功毀滅她的對手，這齣戲就結束了。但是曼德斯也不是陰險的鬥士。他支支吾吾時，他虛晃輕輕出拳，好恢復元氣，然後凶猛地反擊。這是上升型衝突。

阿爾文太太：你可以説這是你此生最可恥的潰敗。

　　（這一擊削過曼德斯的下巴。）

曼德斯：（虛晃出拳）海倫，這是我此生最大的勝利。我戰勝了
　　　　我自己。
阿爾文太太：（疲倦但有鬥志）這對我們兩個來説都是個錯誤。
曼德斯：（看到破綻猛攻）錯誤？當妳來到我身邊，恍惚地大

喊:「我在這裡。占有我。」我不應該把妳當成人妻,懇請妳回到妳的丈夫身邊?這是錯誤的?

衝突仍然持續升高,揭露角色最深層的感受;是這些力量讓他們做出那些行為,讓他們採取現在的立場,讓他們前往現在的方向。每個角色的人生都有定義清晰的前提。他們知道他們要什麼,並且為之奮鬥。

尤金·歐尼爾的《悲悼伊蕾特拉》是上升型衝突的絕佳例子。唯一的問題是,這些角色雖參與了死鬥,卻沒深層的動機。

如果你讀了本書尾聲的劇情概要,你會發現一股強力、無法抗拒的力量驅動著角色走向他們無法避免的結局:拉芬妮雅要為父親復仇,克莉絲汀要從丈夫的束縛中解放。

衝突是一波未平一波又起,一波比一波更高漲,最後來到驚人的高潮,力量懾人,然後我們開始仔細檢視角色們。然後我們難過地發覺,這一切風風雨雨只是騙局。我們無法相信這些角色,他們不是活生生的人。他們只是作者的創作,他有特殊的活力與能量讓角色採取有意識的人類會有的行動。但是一旦作者離開了角色們,光是他們本身存在的重量就讓他們崩潰。

作者要角色往哪裡走,他們就不顧一切地往那走。他們沒有自己的意志。拉芬妮雅以冰冷的仇恨敵視母親,因為這會創造衝突。她發現關於父親的一些事情,因此減弱了她想保護父親的愛意,但她很快又把這拋諸腦後,彷彿什麼都沒發生。如果她要扮演作者分配給她的角色的話,她就得這麼做。

布蘭特上尉痛恨曼濃家族,因為他們讓他的母親活活餓死。

但是他自己也離開母親多年，遺棄她讓她面對自己的命運，這件事也不重要。衝突必須繼續下去。

克莉絲汀恨丈夫的原因是她的愛轉為恨，然後她殺死他。但是什麼讓她的愛轉為恨？作者從未解釋。

歐尼爾不揭露祕密有個好理由：他自己也不知道。他沒有戲劇前提。

他模仿希臘戲劇的模式。他以為如果他用命運來取代戲劇前提，他可以獲得與經典希臘戲劇同等的驅動力。他失敗了，因為希臘戲劇有假裝為命運的戲劇前提，然而歐尼爾只有盲目的命運，沒有戲劇前提。

如我們所見，上升型衝突也可以透過膚淺、動機不足的角色來創造，但這不是我們要追求的戲劇。在戲院裡，這樣的劇本或許能讓我們留下深刻印象，甚至讓我們驚恐。但這樣的劇本很快就只變成回憶，因為它們與我們所知的人生沒有雷同處，角色們也不立體。

那麼我們再強調一次：上升型衝突意謂清晰的戲劇前提、對立統合性與立體角色。

第六章　動態

　　我們很容易把風暴視為衝突，但我們體驗到並稱之為「風暴」或「龍捲風」的現象其實是高潮，是數百個、數千個小衝突的結果，每一個小衝突都比前一個規模更大、更危險，最後來到危機，也就是風暴前的暫時平靜狀態。在這最後一刻做出了決定，這場風暴可能遠走或是徹底肆虐。

　　我們思考任何自然界的現象時，很容易把它想成只有單一可能的原因。我們說風暴是以某種方式開始，忘記了每場風暴都有不同的背景，但是結果基本上相同，正如每個死亡事件都由不同的條件造成，但是基本上死亡就是死亡。

　　每個衝突都由攻擊與反擊組成，但每個衝突都與其他衝突不同。每場衝突中都有微小、幾乎無法察覺的動態，也就是轉折，它決定了你會運用哪種類型的上升型衝突。這些轉折則是被每一個角色所決定。如果某個角色思考緩慢或遲鈍，他的遲鈍轉折就會影響到衝突；既然沒有兩個人的想法會一模一樣，沒有兩個轉折或兩場衝突是一模一樣的。

　　讓我們觀察娜拉與海爾默一陣子。讓我們看看他們自己也不知道的動機。為什麼海爾默在批判她的時候，娜拉竟然同意？一句簡單的句子裡有什麼含意？

　　海爾默才剛發現偽造借據的事情，他極為憤怒。

海爾默：可憐的小東西——妳做了什麼事？

（這不是攻擊。他很清楚明白她做了什麼事，但他驚懼到無法相信。他難以維持冷靜，需要一段時間喘息。但是這句對白預示了後面的惡意攻擊。）

娜拉：讓我走吧。你不需要為了我受苦。你不需要來承擔這個責任。

（這不是反擊。但衝突持續上升。她還沒察覺海爾默無意自己承擔過錯，她也還沒完全意識到他對她生氣。她知道他發火了，但是他不是有意的。在面對衝向她的危險時，她仍維持住最後一絲天真，因此讓她很有魅力。於是這句話不是要吵架，而是協助衝突上升的轉折。）

如果我們不認識海爾默這個角色，不知道他的道德高標準與狂熱的誠實原則，娜拉與克羅斯塔的爭鬥就不會是衝突。劇本就沒有什麼令人期待之處。唯一的問題會是誰將在鬥智過程中勝出。**只有在與大動態有關聯的時候，小動態才會變得重要。**

《乾草熱》（*Hay Fever*）這部劇本提供了說明素材。我們選取的這場戲裡沒有大動態。裡面沒有任何事物面臨風險，也沒有讓小動態變得重要的事物。如果某個角色在這場戲裡輸了，也不會造成什麼傷害，明天一切如常。雖然說這是一齣喜劇，仍無法成為允許如此嚴重缺陷的藉口；這並非優秀喜劇也證明了我們的論點。

每句對白後括號裡的評語（攻擊、上升、反擊），顯示這句話發展為衝突的潛力。

以下出自英國劇作家諾爾‧考沃德的《乾草熱》。

（這個家的成員有：有魅力的媽媽是退休演員，有魅力的爸爸是小說家，兩個同樣有魅力的兒女邀請賓客來家裡過週末。媽媽茱蒂絲〔Judith〕、父親大衛〔David〕、女兒索芮兒〔Sorel〕與兒子賽門〔Simon〕都邀請了最近認識的朋友。他們為了賓客臥房的安排而爭吵，直到賓客抵達才罷休。這四個平凡人只是這家人嘲弄的對象。）

索芮兒：我本來以為，妳應該不再會吸引愚蠢、膚淺的年輕男人，他們只是為了妳的名氣而著迷。（攻擊。）

茱蒂絲：這或許是真的，但我只允許我自己說這件事。我以前希望妳長大之後會是我的好女兒，而不是愛批評的姑媽。（反擊。）

索芮兒：這實在太廉價了。（攻擊。上升。）

茱蒂絲：廉價？胡說。妳請來的外交官又如何？（反擊。）

索芮兒：親愛的，當然那有點不同吧？（停滯。）

茱蒂絲：如果妳的意思是，只因為妳剛好是活力十足的十九歲女生，妳就可以徹底獨占所有可能出現的戀愛冒險，我感覺打破妳這幻覺是我堅定的職責。（攻擊。）

索芮兒：但母親——（上升。）

茱蒂絲：妳這模樣會讓人覺得我已經八十歲了。沒送妳去寄宿學

校是巨大的錯誤，如果妳去的話，妳回來時我就像妳姊姊。
（停滯。）

賽門：這是無謂的；大家都知道我們是妳的兒子跟女兒。（停滯。）

茱蒂絲：這都是因為我在你們小時候太笨，讓你們在攝影機前面亂爬。我早就知道我會後悔。（停滯。）

賽門：我看不出來妳假裝比實際年齡年輕的意義在哪。（攻擊。上升。）

茱蒂絲：親愛的，在你這年紀，裝得比實際年齡小是不恰當的。（反擊。）

索芮兒：但是親愛的母親，妳難道不明白嗎？妳跟年輕男人一起在外面招搖是極沒尊嚴的事情。（攻擊。）

茱蒂絲：我從來不招搖。我這一輩子或多或少是循規蹈矩的好女人，只要與人交遊可以給我愉悅，我也看不出來為什麼我不應該去交遊。（停滯。）

索芮兒：但是與人交遊不該再給妳愉悅了。（攻擊。）

茱蒂絲：索芮兒，妳知道妳每天都可惡地變得更有女人味。我希望我以不同的方式把妳養大。（反擊。）

索芮兒：身為女性我很自傲。（攻擊。）

茱蒂絲：妳真討人喜歡，我好愛妳（吻她），妳也好漂亮，我瘋狂地嫉妒妳。（停滯。）

索芮兒：真的嗎？妳真好。（停滯。）

茱蒂絲：妳會好好地對待杉迪（Sandy），對吧？（停滯。）

索芮兒：他不能睡在「小地獄」嗎？（停滯。）

茱蒂絲：親愛的，他體型如此健美，那些水管會榨乾他的活力。

（停滯。）

索芮兒：水管也會榨乾李察（Richard）的活力。（停滯。）

茱蒂絲：他不會注意到水管的，他可能習慣待在炎熱的熱帶地區
　　　　大使館內，讓人搖著大扇搧風。（停滯。）

賽門：反正他一定是無聊的人。（停滯。）

索芮兒：賽門，你太過於世故與排斥他人了。（突跳。）

賽門：我才沒這樣，我只是厭惡跟妳的男性朋友裝熟。（攻擊。）

索芮兒：你對我的朋友從來都沒有禮貌，不分男女。（反擊。）

賽門：反正，日式房間是女人的房間，應該給女人睡。（即便這
　　　句是要做為轉折，但仍是停滯。）

茱蒂絲：我已經答應要讓杉迪住那間房，他喜歡日本所有的東
　　　　西。（停滯。）

賽門：麥拉（Myra）也喜歡。（突跳。）

茱蒂絲：麥拉！（上升。）

賽門：麥拉‧亞倫德爾，我邀請她來作客。（上升。）

茱蒂絲：你做了什麼？（上升。）

　　真是令人驚訝啊！除了觀眾之外，沒有人懷疑到賽門可能也
邀請了某人。這場戲要建構的重點就是這個，但顯然這幾頁的篇
幅是白費，因為其中沒有大動態給予此小動態意義。因為角色們
既透明又平板，所以這場戲裡也沒太多轉折。

　　你想要發動汽車，這是你的戲劇前提。首先你點燃汽油，然
後一滴汽油爆炸。如果因為任何理由，接下來沒有繼續爆炸（衝
突），汽車就會保持靜止（你的劇本也會如此）。但如果汽油自

由流動，一個爆炸會引發另一個爆炸（衝突創造衝突），引擎就會震動並發出穩定的轟鳴聲。汽車（跟你的劇本）就會往前走。

許多小爆炸會讓車子往前動一動。不是一或兩個，要讓大動態開始運轉，必須要有許多爆炸。

在劇本中，每個衝突導致了接在其後的衝突。每個衝突都比前一個更強烈。劇本有了動能，角色們創造的衝突推動劇本前進，角色渴求抵達他們的目標，也就是**戲劇前提的證明**。

但讓我們再回頭看我們的老朋友娜拉與海爾默。讓我們看看他們的衝突如何發展與改變。

海爾默：請不要表現出悲劇的樣子。（鎖上廳門）妳給我待在這裡，給我一個解釋。妳明白妳做了什麼嗎？回答我。妳明白妳做了什麼嗎？

（這幾句話顯示節奏愈來愈快。鎖門加重了他台詞的分量。整段話是攻擊。）

娜拉：（凝視著他，說話的同時，面容愈來愈冰冷）是，現在我開始徹底理解了。

（娜拉的回答不是反擊。確實，攻擊與反擊是建構衝突最直接、最快的方法。但若是全本劇本裡只用這個方法，就會令人厭倦，也會太快結束劇本。

娜拉的答案是負面的，但我們必須理解為什麼。丈夫不耐煩

地要求她解釋，她**拒絕服從**。她什麼也不解釋，但在她的回答中有第一束覺醒的光芒，這是海爾默將會自食其果的第一個徵兆。那麼娜拉的台詞是在對抗？絕對是。她的冷酷跟語氣都預示了接下來的危險。但在盛怒中的海爾默沒發現。他一步步地把自己逼進無法控制的憤怒裡。）

海爾默：（在房內走來走去）多麼可怕的覺醒！這八年來，她是我的快樂泉源與驕傲，沒想到她卻是偽善者、騙子，比這更糟，她是罪犯！這一切的醜陋讓人說不出口。可恥！可恥！（娜拉不發一語，定定地看著他。他走到她面前停下來。）

（海爾默的攻擊現在如此惡毒，娜拉若是打斷他，就會毀掉易卜生創造的效果。她的沉默已經說明了一切，比莎士比亞能夠想到的任何台詞更能為她發聲。

然後我們看到這場衝突變成直接攻擊／反擊的一種變化形。娜拉的沉默是細膩的反擊，因為這是為了準備行動而抵抗。）

海爾默：我早該懷疑這類的事情會發生。我早該預料到的。妳爸爸那副沒原則的德性——閉嘴！——妳爸爸那副沒原則的德性已經在妳身上重現。沒有信仰、沒有道德、沒有責任感。我以前對他的行為睜一隻眼、閉一隻眼，現在我因此受到懲罰！我為了妳這麼做，妳卻如此回報我。

（海爾默的攻擊既直接又排山倒海。娜拉的回應很有趣。）

娜拉：正是如此。

　　（她的同意證明了他的論點，但是她有其理由。她想要離開。她第一次察覺到過去八年的婚姻是一場惡夢。她再度做出負面回應，並非典型的反擊，但這是她覺醒反抗的第一個徵象。此外，這個回應也激怒了海爾默。他想要爭吵卻找不到對手，因此變得愈來愈危險。我們不想暗示娜拉的意圖是激怒丈夫。相反地，她現在明白跟他共同生活是沒有希望的。她之所以同意，是因為她決心求去讓她變得強硬，也因為他說得沒錯，只是到現在她才明白這個真相之中的含意。易卜生利用她的狀態來深化衝突。）

　　我們繼續讀下去會看到，海爾默如何以強勢的辯詞來壓倒娜拉。這場戰鬥似乎一面倒，就像一場拳擊賽中，一個選手接連重擊似乎沒有防禦的對手。但娜拉並未因此頹敗，她耐心地等著她出手的時機。每一擊都強化了她的立場，她的抗拒本身就是一種反擊。

　　這種衝突跟我們先前討論的不同。雖然它不一樣，卻同樣有效果。

問：它是有效果沒錯，但我看不出「差異」。
答：你是否記得我們引用自《群鬼》的場景？曼德斯與阿爾文太　　太的對手戲，包含所有直接衝突的要素。除了少許例外之　　外，整齣戲就是依照「攻擊／反擊」這條綱領寫就。但是我　　們不能只因為在《群鬼》成功就斷言，所有的優秀劇本都應　　該以此原則為基礎建構。

問：為什麼不行？

答：因為情境與角色都不同。每個衝突必須因應其牽涉到的角色
與情境來處理。《群鬼》以高調的方式開場。阿爾文太太性
格苦悶、世故、幻滅。她與容易上當、被寵壞、孩子氣的娜
拉完全相反。這些角色必定會產生不同類型的衝突。阿爾文
太太的衝突在劇本**開場**就出現，她的耐性與她維持表象的種
種努力讓衝突上升。娜拉的大衝突是在劇本結局才出現，她
對金錢重要性的無知導致衝突上升。當然這兩種衝突需要不
同的處理方式。雖然衝突的類型會隨著角色而變化，但還是
要有貫穿劇本的衝突。

第七章　預示衝突

如果你覺得你必須把劇本唸給親戚或朋友聽，那就這麼做，但別要求他們給評論。他可能知道的比你少很多，所以能造成的傷害比助益大。他們沒有給予專家建議的資歷，你將會迫使他們以一個不幸與痛苦的立場來發言。

如果你必須把你的作品唸給某人聽，請他告訴你在哪一刻他感覺到疲憊或無聊。這意謂了欠缺衝突；欠缺衝突明確顯露了你的角色排列組合很糟糕。他們無意對抗，他們沒有對立統合性，你的作品裡也沒有絕不妥協的核心角色。如果沒有這些元素，那麼你就沒有一個前後連貫的作品，只是一堆文字的累積。

你可能辯稱你的觀眾知識水準不夠高，而你的作品需要被有智慧地賞析。然後又如何？上述的論點是否仍成立？是，仍然成立，因為一個人愈聰明，如果他無法從劇本一開始就發覺**預示的衝突**，他就愈快會感到無聊。

衝突是所有寫作的心跳。若是沒有預示衝突，衝突就絕不會存在。衝突是巨大的原子能，藉著這種能量，一個爆炸可以引發一連串的爆炸。

若是沒有暮光，就絕不會有夜晚。沒有日出，就沒有早晨。沒有秋就沒有冬，春天不先來，就沒有夏天。它們都預示了即將來臨的事件。預示不必然是相同的，事實上，沒有兩個春天或兩

道暮光是相同的。

沒有衝突的劇本創造出荒涼、必將敗壞的氛圍。

沒有衝突的生命是不可能在地球上出現的，事實上，在整個宇宙也不可能存在。寫作的技巧只是宇宙法則的複製品，這些法則掌管一個原子或是我們頭上的星座。

安排兩個狂熱分子或組織彼此對抗，你就預示了讓人屏息的強烈衝突。

電影《東京上空三十秒》（*Thirty Seconds Over Tokyo*）完美地說明了我們的想法。這部片的前三分之二沒有任何衝突，卻仍能讓觀眾像被催眠般地看下去。這是怎麼回事？編劇們對觀眾施展了什麼魔法，可以讓永遠靜不下來的觀眾乖乖看電影。這其實非常單純。他們預示了衝突。

一個軍官對集合的飛官說：「弟兄們，你們都自願執行一個極度危險的任務。它危險到什麼程度？為了你們全員的安全著想，你們最好不要跟人討論你們可能要出任務的地點，就連你們彼此也不要談。」

這個警告是這個故事的跳板。然後為了未來這趟危險的旅程，角色們忙著接受一個漫長的訓練程序。

預示其實就是承諾給予，就我們的案例來說，就是承諾給予衝突。

在這個特定的故事裡，這個漫長的等待過程是否合理無關宏旨。重要的是記住，觀眾屏息等候了兩小時，只為了預示的東京上空三十秒。

當勢均力敵的拳擊手在擂台上面對彼此時，觀眾有高度期待。在舞台上，也是同樣的道理。

你承認這是真的，但你如何能在劇本或故事的最開始，就把毫不妥協的強力角色擺在舞台上並預示衝突？

我們認為這是寫作者必須面對的工作中最簡單的一項。拿《玩偶之家》的海爾默為例，他對最輕微的違規行為都不妥協的態度，預示了他遇上死亡威脅時會有的麻煩。他發現娜拉假冒簽名時會怎麼做？他會網開一面嗎？我們不知道。有件事很肯定：**將會有大麻煩。任何毫不妥協的角色都可以創造同樣的預期。**

《埋葬死者》裡的六個亡故士兵抗議不公不義。他們這個行為預示了衝突。（他們毫不妥協。）

預示衝突，就劇場的術語來說其實就是**戲劇張力**（tension）。

大眾通常把心理學稱為「常識」。任何低估觀眾「常識」的作者，將會面對當頭棒喝。

從沒聽說過佛洛依德的人，會跟受過訓練的劇評一起坐在戲院裡評斷你的劇本。如果你的劇本沒有衝突，沒有任何技巧或俐落對白可以影響這位平凡的觀眾。他知道這個劇本很糟。怎麼知道的？因為他覺得無聊。他的常識，他分辨好壞的天生能力，如此告訴他。他可不是睡著了嗎？對他來說，這就是劇本糟糕的確切徵象。對我們來說，他的反應表示劇本沒有衝突，或甚至連預示衝突也沒有。

我們不相信陌生人。只有在衝突中，你才能「證明」你自己。在衝突中，你會揭露出真正的自我。舞台正如人生，每個人都是個陌生人，還沒「證明」自己。一個在逆境中支持你的人，

是個獲得證明的人。你無法愚弄觀眾。就連文盲都知道禮貌與口才不代表誠意或友誼。但犧牲卻是。預示角色的**任何特質**，就如同呼吸對人來說一樣重要。

如果你預示衝突，你就承諾給予存在最根本的核心。因為我們大多數人都裝睡，把我們真正的自我對世界隱藏起來，對於那些在衝突壓力下被迫揭露真正性格的人會發生什麼事情，我們很感興趣。預示衝突還不是衝突，但我們引頸企盼這個承諾的實現。在衝突中，我們**被迫揭露我們自己**。對每個人來說，他人或我們的自我揭露似乎具有致命的吸引力。

我們不認為有必要說服寫作者預示有絕對的必要性。重要的也最困難的是如何運用預示。比方說，在克利福德・奧德茨的《等待老左》中，第一句台詞就預示了逐漸升高的戲劇張力。

費特（Fatt）：你錯得離譜，我沒在笑。

舞台上的費特與幫派分子**反對**罷工。觀眾（劇本裡的角色們）則是**支持**罷工。

貧窮迫使可能要罷工的人為了自己做些事情。他們生氣、意志堅定。他們餓著肚子，沒有什麼可再失去了。如果他們想活下去，他們**必須**罷工。

另外一邊是費特與幫派分子。如果工會罷工，這些打手就沒用處了。他們不是一般的黑幫，他們更糟，代表了腐敗的工會領導幹部。如果開始罷工，他們就會失去工會會費的油水。這場罷工不是一般日常的罷工，而是一場革命。

兩邊陣營都在**全贏或全輸**的邊緣。這些人堅定的設定創造了張力，而在我們的術語裡，戲劇張力預示了衝突。

　　毫不留情的人在決戰中面對面，這預示了無情的衝突將走向苦澀的結局。

　　意志堅定的敵手在任何處境下都不能或不會妥協。一方必須摧毀另外一方才能活下去。把這些都加總起來，它肯定預示了衝突。

第八章　衝突攻擊點

　　舞台帷幕該何時升起？什麼是衝突攻擊點？當帷幕升起，觀眾希望盡快知道舞台上的這些人是誰，他們要什麼，為什麼他們在那裡？他們彼此之間的關係為何？但是在某些舞台劇裡，角色們閒扯許久，然後才讓我們有機會知道他們是誰及想要什麼。

　　在《喬治與瑪格麗特》（*George and Margaret*）這部一九三〇年代的平庸舞台劇裡，作者用了四十頁的篇幅介紹這個家族給我們認識。然後到了第四十六頁，我們才獲得暗示，其中一個兒子被目睹走進女傭的房間裡。然後這個主題被丟下。這個家族的生活以順暢的慣例繼續下去。每個成員的腦袋都有點問題，沒人在乎其他人，終於到了第八十二頁，我們確切發現一個兒子在女傭的房裡。你知道，沒什麼嚴重的事，只是普通的戀愛。

　　儘管角色被刻畫得很好（就像不錯的炭筆素描），我們好奇他們為什麼在舞台上。他們希望達成什麼目標？這部戲是這個沒動態的家族略微誇張但精確的描寫。編劇知道如何描寫人物，但連基本的編劇知識都欠缺。

　　一個人不知道自己要什麼，或只是半調子地想要某件事物，寫關於他的事是沒意義的。即使假設此人知道他要什麼，但他沒有內在與外在**立刻**滿足此欲望的必要性，這個角色將會成為你劇本的負擔。

是什麼讓角色啟動一連串的事件，可能毀滅他或是幫助他成功？答案只有一個：**必要性**。一定要有某個事物成為賭注，某個極為重要的事物。

如果你有一個以上的此類型角色，那麼你的衝突攻擊點一定會很棒。

一部劇本可能在衝突將導向危機的那一刻開始。

一部劇本可能開始的時機，是至少有一個角色來到人生轉捩點的那一刻。

一部劇本可能在某決定引發衝突的那一刻開始。

好的衝突攻擊點是在劇本剛開始時，就讓某個關鍵物事成為賭注。

《伊底帕斯王》的開頭，是伊底帕斯決定要找出殺人凶手。在《海妲．蓋柏樂》裡，海妲蔑視丈夫與他代表的一切，這是個好的開頭。她對此輕蔑看法深信不疑，最後決定不管這個可憐男人做什麼都不能讓她滿意。我們知道泰斯曼的個性，心想他能承受這樣的虐待多久。我們好奇他的愛是否會讓他臣服，還是他將反抗。

在莎劇《安東尼與克麗奧佩托拉》（*Antony and Cleopatra*）裡，我們聽到安東尼的士兵擔憂埃及豔后克麗奧佩托拉掌控了他們的將軍。我們立刻看到他的愛情與領導統御之間的衝突。他在生涯的最高點遇到了克麗奧佩托拉，這也證實是他生涯的轉捩點。身為羅馬帝國三名執政官之一，在戰爭中擊敗卡西烏斯（Cassius）與布魯圖斯（Brutus）之後，他召喚她來追究她協助上述兩人的責任。安東尼是指控者，克麗奧佩托拉是被告，但他卻

違背自己與羅馬的利益愛上了她。

在上述這些劇本裡（在每部可以臉不紅、氣不喘被稱為劇本的作品裡），在至少有一個角色來到**人生轉捩點**的時候，故事拉開序幕。

在《馬克白》裡，一個將軍聽到預言說他會當上國王。這句話吞噬了他的心靈，最後他殺害了原本在位的國王。這齣戲在馬克白開始覬覦王位（轉捩點）時展開。

《一生一次》（*Once in a Lifetime*）開場時，主角們決定告別過去的生活方式去好萊塢。（這是個轉捩點，因為他們用存款當賭注。）

《埋葬死者》開場時，六個陣亡士兵決定不要被埋葬。（轉捩點：人類的幸福面臨風險。）

《客房服務》（*Room Service*）開場時，旅館經理決定他的連襟一定要付清他劇團積欠的住房費用。（轉捩點：他的工作面臨風險。）

《他們不應該死》（*They Shall Not Die*）開場時，警長說服兩個女子去指控史卡柏羅（Scottsboro）兄弟強暴她們。為了避免因為多項罪名而入獄，她們決定說這個可怕的謊言。（轉捩點：她們的自由面臨風險。）

《李利奧姆》（*Liliom*）開場時，男主角與他的員工們翻臉，然後他明知不妥當，還是去跟一個女傭同住。（轉捩點：他的工作面臨風險。）

匈牙利劇作家馬達可（Imre Madach）的《人的悲劇》（*The Tragedy of Man*）開場時，亞當違背他對神的承諾，吃了禁果。

（轉捩點：他的幸福面臨風險。）

　　歌德的《浮士德》（*Faust*）開場時，浮士德把靈魂賣給魔鬼路西法。（轉捩點：他的靈魂面臨危險。）

　　《衛兵》（*The Guardsman*）開場時，身為演員的丈夫因為嫉妒，決定喬裝成衛兵來測試妻子是否忠貞。衝突攻擊點即是角色必須做出重大決定的時刻。

問：什麼是重大決定？

答：會造成角色人生轉捩點的決定。

問：但是不少劇本都不是以這種方式開場，例如奧地利劇作家席尼茲勒（Arthur Schnitzler）的作品。

答：確實。在我們討論的劇本裡，動態涵蓋了兩個對立極端之間的所有階段，比方說愛與恨。在這兩個極端之間，有許多階段。在大動態中，你或許決定只用一、二或三個階段，但即便如此，你還是得用角色的決定來開場。此決定或只是準備做決定，必然不會像大動態那樣強而有力。回顧轉折那一章，你就會看到人在做決定之前會有很多細節：懷疑、希望、擺盪。如果你想要以轉折為中心來寫戲劇，運用心理的準備狀態，你必須放大那些細節，讓它們大到可以給觀眾看到。要寫這樣的劇本，需要對人類行為有超凡的認識。

問：你會建議我寫這樣的劇本嗎？

答：你應該知道你自己的強項，以及你處理這種問題的能力。

問：換句話說，你並不鼓勵我。

答：我也沒建議你別寫。我們的職責是告訴你如何寫作或批評劇

本，而非告訴你是否應該選擇特定主題。

問：合理。準備做決定跟立刻做決定這兩種寫劇本開場的方法能否結合？

答：偉大的劇作能以各種組合被創作。

問：我來看看我是否全都理解了。我們必須以做決定的時間點來拉起劇本的序幕，因為在這個時間點衝突開始，角色們有機會可以揭露自己與戲劇前提。

答：正確。

問：衝突攻擊點必須是做決定或是準備做決定的時間點。

答：是。

問：好的角色排列組合與對立統合性確保衝突會產生，而衝突攻擊點啟動了衝突。對嗎？

答：是，接下去。

問：你是否認為衝突是劇本中最關鍵的部分？

答：我們認為若是沒有衝突，就無法呈現角色；倘若沒有角色，衝突也無關緊要。在《奧賽羅》裡，單單是角色的選擇中就有衝突。一個摩爾人想要迎娶貴族元老的女兒。但莎士比亞若是像薛伍德在《白癡的樂趣》裡那樣鋪陳身分認同，那就沒意義了。從奧賽羅追求苔絲狄蒙娜的過程中，我們就會認識他們是誰。他們的對話會告訴我們他們的背景與性格。所以莎士比亞從伊阿古開始寫起，衝突是源自於他的性格。在一場簡短的場景裡，我們知道他痛恨奧賽羅，我們知道奧賽羅的地位，以及奧賽羅與苔絲狄蒙娜私奔了。換句話說，劇本的開場讓觀眾明白奧賽羅與苔絲狄蒙娜之間的深愛，然後

提及這段戀情面臨的種種障礙，以及讓伊阿古實現他破壞奧賽羅幸福與地位的意圖。如果某人深入考慮去殺人，他並不特別有趣。但如果他跟其他人共謀或獨自決定要殺人，這齣戲就開始了。如果男人告訴女人他愛她，他們可以如此談情說愛幾小時或幾天。但如果他說「我們私奔吧」，這可能是劇本的開場。這一句對白暗示了許多事情。為什麼他們要私奔？如果她回答：「你的太太要怎麼辦？」我們就有了這個局勢的關鍵。如果男人有意志力貫徹他的決定，他所做的每一個行為都會引發衝突。

問：娜拉為海爾默的病情所驚嚇，瘋狂地找人幫忙，為什麼易卜生不在這個時刻拉開劇本的序幕？在她決定偽造她父親的簽名時，有很多的衝突。

答：確實。但是此衝突是**在她心裡**，無法被看見。此外也**沒有反派人物**。

問：有，海爾默與克羅斯塔。

答：克羅斯塔之所以相當願意借錢，正是因為他早知道簽名是偽造的。他想要海爾默聽命於他，於是讓娜拉順利借到錢。海爾默是偽造文書的理由而非阻礙。當時他唯一能做的就是受苦，因此促使娜拉去借錢。

易卜生在《玩偶之家》所選的衝突攻擊點不太理想。他應該在克羅斯塔失去耐性、要求還錢的時刻拉開劇本的序幕。娜拉承受這樣的壓力，將揭露她的性格，也會加快衝突的速度。

第一句台詞就應該啟動整齣戲。角色們在衝突的過程中會揭露他們的本色。先收集證據,帶進背景資訊,創造氛圍,然後才開始衝突,這是糟糕的劇本寫作方式。無論你的戲劇前提為何,無論你角色的組成為何,講出來的第一句台詞就應該引發衝突,並開啟無法避免之驅動力以證明戲劇前提。

問:你知道,我正在寫一齣舞台劇——一齣獨幕劇。我的戲劇前提與角色們都設定好也排列組合完成。我有故事大綱,但還是有些東西不對勁。我的劇本裡沒有戲劇張力。

答:讓我們聽聽你的戲劇前提。

問:拚命一搏引領人走向成功。

答:告訴我故事大綱。

問:一個年輕大學男生,極度害羞,他瘋狂愛上一個律師的女兒。她愛他,但也尊敬、喜愛她父親。她讓那男生理解,如果她父親不能認可他,她就不會嫁給他。男生與她父親見面,她父親很會開玩笑,那可憐的男生變成一大笑柄。

答:然後?

問:她對他感到抱歉,然後宣布她還是一樣要嫁給他。

答:告訴我你的衝突攻擊點為何。

問:女生努力要說服男生去她家見她父親。男生討厭她父親的干預,然後——

答:承受風險的是?

問:當然是那女生。

答:不對。如果她的婚姻得尋求父親同意,她就沒愛得那麼深。

問：但這是他們人生的轉捩點。

答：怎麼說？

問：如果女方父親不同意，他們可能會分開，他們的幸福就會面臨危險。

答：我不相信。她還沒做出決定，因此她無法成為上升型衝突的原因。

問：但確實有上升型衝突。那男生討厭去她家——

答：等一下。如果我記得沒錯，你設定的戲劇前提是「拚命一搏引領人走向成功」。現在你應該知道，戲劇前提是你劇本的迷你故事大綱。你之所以沒有戲劇張力，是因為你已經忘了你的戲劇前提。你的前提說一件事，你的故事大綱卻講另一件事。戲劇前提指出**某人的生命成為賭注**，但故事大綱卻沒有這回事。為什麼不用女方家的場景當成劇本開場，男生正在那裡等著女方父親？男生孤注一擲，在序幕拉開之前提醒女生他已經發的誓。

問：他發了什麼誓？

答：如果她父親不認可他的話，他就自殺，他的死將會讓她良心不安。

問：然後又如何？

答：你可以跟著你的故事大綱走。女方父親以愛開玩笑出名，而且很精明。他好好修理了那男生一頓。我們現在知道男生非常絕望，如果失敗的話就準備要捨棄性命。他的生命成為賭注，這當然也將是他人生的轉捩點。女方父親與男生所說的一切都變得重要。畢竟男生將會為自己的生命而奮鬥，或許

會做出乎意料的事。面對危險時，他的害羞可能會消失，他可能會攻擊並讓女方父親覺得不知所措。女生留下深刻印象，並違抗她父親的想法。

問：但他如果沒威脅要自盡，他就不能這麼做？

答：可以，但如果我記得沒錯，你先前抱怨你的劇本沒有張力。

問：是。

答：它沒有戲劇張力，是因為沒有**重要的事物面臨風險**。衝突攻擊點也錯了。有同樣困境的年輕人數以千計。其中一些人過些時候就忘了他們迷戀的對象，其他人似乎同意長輩的意見，卻私底下偷偷見面。在這兩種狀況中，沒有嚴重的事物成為賭注。它們還沒準備好可被寫成劇本。另一方面，你的那對戀人非常認真。至少男生已經來到人生轉捩點。他把一切壓注在一張牌上。他是值得寫的角色。

　　即便你的戲劇前提很好，角色們排列組合得很不錯，若是沒有正確的衝突攻擊點，這部劇本就會變得無趣。之所以變得無趣，是因為在劇本開場沒有重要的事物陷入危機。

　　無庸置疑你已經聽過這句老格言：「每個故事必須有開頭、中間與結尾。」

　　任何天真到嚴肅看待這個建議的寫作者們，都必定會遇到麻煩。

　　如果每個故事都得有開頭，那麼每個故事或許可以從角色們在娘胎裡開始寫到他們死亡。

　　你或許會抗議說，這是對亞里斯多德過度字面上的詮釋。或

許是，但許多劇本就是因為這個理由而慘遭滑鐵盧，因為這些作者有意識或無意識地遵從亞里斯多德的名言。

《哈姆雷特》不是在揭幕時開始，早就開始很久了。先前已經發生了一起謀殺案，死者鬼魂才剛回來要求伸張正義。

那麼這齣戲不是從頭開始，而是從**中間**開始，是在某人先做出卑鄙行為後才開始。

你或許會辯說，亞里斯多德的意思是即便「中間」也必須有開頭跟結尾。或許，但如果這是他想要說的意思，他一定能夠表達得更清楚。

《玩偶之家》不是在海爾默病倒或娜拉瘋狂嘗試借錢來救他的時刻開始。劇本不是在娜拉偽造父親簽名來借錢的時候開場，也不是在海爾默休養病癒、失業返家的時候開場。在娜拉省吃儉用還借款的這些年，劇本也還沒開始。這齣戲真正拉開序幕是在克羅斯塔發現海爾默當上銀行經理的那一刻。然後克羅斯塔開始勒索，就這樣全劇開始。

《羅密歐與茱麗葉》不是在蒙泰古家族與凱普萊特家族開始結仇的時候開始。羅密歐愛上羅瑟琳的時候，整齣戲也還沒開始。直到羅密歐無畏死亡前往凱普萊特家看到茱麗葉時，全劇才真正開始。

阿爾文太太丟下她丈夫去找曼德斯，想要獻身給他並乞求幫助，在此刻《群鬼》還沒開始。《群鬼》也不是在阿爾文上尉讓雷吉娜（Regina）的母親懷孕的時候開始。阿爾文上尉過世的時候，全劇還沒開始。故事真正開始的時間點，是歐士華返家，身心均已崩壞，此時他父親的鬼魂再度糾纏他們。

寫作者必須找到一個無比渴求某事物的角色，他已經不能再等待了。他有即刻的需求。

　　為什麼？在你能夠權威地回答為什麼此人必須迫切並立刻做某事的時候，你才掌握了你的故事或劇本。無論那是什麼，動機必須源自故事開始之前發生的事件。事實上，**因為先前發生的特定事件，你的故事才可能發生。**

　　你的故事必須得從中間開始，無論在任何狀況下都不能從頭開始。

第九章　轉折

（一）

二十或三十億年前，地球是個火球，以自己的軸心旋轉。傾盆大雨接連下了幾百萬年，地球才冷卻下來。這個歷程很緩慢、無法被察覺，但是變化（轉折）還是逐漸發生，地殼變得堅硬；地殼劇烈變動擠出山丘，創造了河流可以通過的谷地與溝壑。然後出現了單細胞生命形式，地球開始充滿生物。

在生物圈的底層附近有種藻菌類植物，它沒有莖與葉。再往上是頂生植物，也就是沒有花的植物，例如有莖與葉的蕨類。再上去是開花植物，接著是多子葉樹木，然後是我們認知中的「森林樹木」與果樹。

在《動物生物學》中，伍德夫說：

> 大自然永遠不會突跳。她以悠閒的方式運作，持續進行實驗。同樣的自然轉折也可以在哺乳類看到。

> 介於陸生與海生哺乳類之間的動物有麝鼠、海狸、水獺與海豹，牠們在地上或水中都差不多可以自在生活。

魚類與哺乳類之間，鳥類與哺乳類之間，穴居人類與當代人

類之間都有連結。逐漸的改變，也就是轉折，四處皆發揮效果，無聲地形成風暴或摧毀太陽星系。它讓人類胚胎變成嬰兒、青少年、年輕人、中年人與老人。

達文西在他的《達文西筆記》（*Notebooks*）中寫道：

> ……這個老人在臨死前幾小時告訴我，他活了一百歲，除了疲弱之外從沒感受過任何身體病痛，所以他在佛羅倫斯新聖塔瑪利亞（Santa Maria Nuova）醫院病床上坐著的時候，沒有動作或是任何異狀就離開了人世。我進行解剖以確認如此安寧死法的緣由，我發現死因是血液停止流動與心臟動脈失效，我發現死者的下肢非常乾枯與萎縮。我非常仔細地寫下此次解剖的結果，全不費工夫，因為大體既沒有脂肪也不潮溼，這兩者乃是了解臟器的主要障礙……這位身體健康的老者死亡是因為**缺乏營養**。這是因為腸系膜血管壁愈來愈厚，阻礙了血液流動（動脈硬化）：**這個過程持續到影響微血管**，它們是首先完全封閉的血管，接著發生的是老人比年輕人更怕冷，而那些非常老的人，其皮膚顏色就像木頭或乾枯的栗子一般，因為皮膚幾乎完全沒有營養。

在這個例子，轉折也是無聲悄悄進行。隨著年歲漸長，動脈逐漸阻塞，皮膚枯乾並失去了本來的膚色。

每個生命都有兩個主要端點：生與死。在這兩者之間的就是轉折：

出生—童年

童年—青春期

青春期—青年

青年—成人

成人—中年

中年—老年

老年—死亡

現在讓我們看看**友誼**與**謀殺**之間的轉折：

友誼—失望

失望—不快

不快—厭煩

厭煩—憤怒

憤怒—攻擊

攻擊—威脅（要更嚴重地傷害對方）

威脅—預謀

預謀—謀殺

比方說，在「友誼」與「失望」之間，或是在其他端點之間，還是有些更小的端點與更小的轉折。

如果你的劇本是由愛走向恨，你就必須找出導致恨的所有階段。

如果你嘗試要由「友誼」跳到「憤怒」，你必須省略「失望」

與「不快」。這是突跳，因為你丟下了兩個建構戲劇必要的階段，它們的必要性就像肺臟與肝臟屬於你身體一樣。

在《群鬼》這場戲裡，高超地處理了轉折。曼德斯牧師對殷史川（Engstrand）很生氣，他討人喜歡卻是個無可救藥的騙子。曼德斯覺得這個男人濫用了他願意信任別人的性格，這一次他必須討回公道。

可能的轉折會是：

　　憤怒—排斥
　　　　或
　　憤怒—原諒

我們了解曼德斯的性格，明白他將會原諒。一起來看看這個小衝突中自然平順的轉折。

殷史川：（出現在門口）打擾了真不好意思，但是——

曼德斯：啊哈！哼！——

阿爾文太太：喔，是你啊，殷史川！

殷史川：女傭們都不在，所以我就大膽地敲門。

阿爾文太太：沒關係。進來。你想跟我說話？

殷史川：（進門）不，太太，非常感謝妳。我想要跟曼德斯先生
　　　　談一下。

曼德斯：（走到他面前站定）請問你有何指教？

殷史川：曼德斯先生，是這樣的。現在我們都獲得了成果。阿爾

文太太，非常感謝妳。而現在任務完成了，我想我們全部的人在這段時間裡都這麼誠心地一起工作，如果最後在今晚我們一起祈禱會很好、很適切。

（這個高明的騙子！他想要從曼德斯身上得到什麼，很清楚他只能透過虔誠信仰與提議祈禱才能夠打動曼德斯。）

曼德斯：祈禱？在孤兒院？
殷史川：是的，牧師，但如果您覺得不合適，那麼——

（他願意撤回提議。對曼德斯來說，這已經足以明白殷史川是出於好意。）

曼德斯：喔，當然，但是——嗯！——

（可憐的曼德斯！他這麼憤怒，但是他生氣的對象卻來找他引領祈禱，他又能怎麼辦？）

殷史川：每天傍晚我都會自己在那裡做些祈禱——
阿爾文太太：是嗎？

（阿爾文太太很清楚他的本性。她知道他在說謊。）

殷史川：是的，太太，我偶爾在那祈禱。可以說祈禱是我的小小

啟發。但我只是個可憐的普通人，唉，也沒有宗教方面的天
分——所以我心想，曼德斯先生剛好在這裡，也許——

曼德斯：殷史川，聽著，首先我必須問你一個問題。你是否帶著
正確的心境來祈禱？你的良心是否自在無負擔？

（殷史川偽善地吵著要祈禱，曼德斯並未完全上當。）

殷史川：上天憐憫我這個罪人！曼德斯先生，我的良心不值得
一提。

曼德斯：但這正是我們必須考慮的。對於我的問題你怎麼說？

殷史川：我的良心？當然，我的良心有時候會不安。

曼德斯：啊，你在所有的事情上都這麼坦承。現在你是否可以毫
不隱瞞地告訴我，你跟雷吉娜的關係是什麼？

（殷史川總是說雷吉娜是他女兒，但其實她是逝世的阿爾文
上尉的私生女。殷史川娶老婆的時候，拿到了七十鎊以忽視妻子
懷了別人孩子的事實。）

阿爾文太太：（急忙地）曼德斯先生！

曼德斯：（要她冷靜）交給我處理！

殷史川：雷吉娜？老天爺，你真是把我嚇壞了！（看著阿爾文太
太）雷吉娜沒什麼問題，對吧？

曼德斯：希望沒問題。我想要知道的是，你跟她是什麼關係？你
算是她父親，不是嗎？

殷史川：（聲音不穩定）這個——嗯！——你知道的，牧師，我跟我可憐的瓊安娜（Joanna）之間發生過的事。

曼德斯：不要再扭曲真相！你過世的妻子結束在阿爾文家的工作之前，已經向阿爾文太太坦承一切。

殷史川：什麼！你的意思是——？她是否終究還是這麼做了？

曼德斯：殷史川，你該知道真相已經大白。

殷史川：你的意思是，她雖然對我立下重誓——

曼德斯：她立了誓？

殷史川：嗯，沒有——她只給了我承諾，但就算再認真也是婦人的誓言。

曼德斯：這些年來你一直對我隱瞞真相，而我卻對你有如此徹底而絕對的信心。

殷史川：牧師，很抱歉我對您隱瞞。

曼德斯：殷史川，我為什麼要遭到你這樣的欺瞞？只要是我能力所及，我難道不是一直在言語與行為上幫助你？回答我！難道不是這樣嗎？

殷史川：牧師，確實有許多次若是沒有您，我的下場會很慘。

曼德斯：而這就是你回報我的方式？讓我在教會戶口紀錄裡寫下錯誤的登錄，然後對我隱瞞資訊這麼多年，看在我份上或是基於你自己的誠信責任，你都應該揭露這個資訊。你的行徑絕對沒有藉口，殷史川，從今天起我們倆一刀兩斷。

殷史川：（嘆息）是，我明白您的意思。

曼德斯：好，因為你怎麼可能有這麼做的正當理由？

殷史川：那個可憐的女人都要走了，我還講這件事來增添她的羞

恥感？牧師，您只要稍微想一下，倘若您跟我可憐的瓊安娜
處於相同的困境——

曼德斯：我！

（後來他將會陷入類似的羞恥處境。這場戲對他未來的行為
有直接的影響。）

殷史川：老天爺，牧師，我的意思不是指處境相同，我的意思
是，假設您在世人面前對某事感到羞恥。曼德斯先生，我們
男人不應該太過嚴厲地評判一個可憐的女人。

曼德斯：但我一點也沒在批判她。我在責怪的是你。

殷史川：您是否可以允許我問您一個小問題？

曼德斯：問吧。

殷史川：男人應該援救不幸沉淪的人，您說是嗎？

曼德斯：當然是。

殷史川：男人不是應該信守承諾？

曼德斯：當然是，但是——

殷史川：瓊安娜跟這個英國人發生不幸事件的時候——他們說他
或許是美國人或俄國人——（他沒覺察到這男人其實是阿爾
文上尉）牧師，然後她來到我們鎮上。可憐的女人，她曾經
拒絕我一或兩次，那個時候她只對英俊男人有興趣，而我這
條腿是彎的。您應該記得我怎麼冒險進入舞廳，水手在那裡
狂歡、爛醉如泥。當我努力勸導他們別再誤入歧途——

阿爾文太太：嗯哼！

（他的謊話明顯到就連阿爾文太太都忍不住發出聲音。）

曼德斯：我知道，殷史川，我知道——那些粗暴的人把你丟到樓
　　　　下去。你以前已經告訴過我這件事。你的腳雖因此受傷，卻
　　　　是你的榮譽勳章。

（任何有宗教意圖的事物，曼德斯都願意接受。）

殷史川：牧師，我不想因此居功。但我想告訴您的是，她去那個
　　　　地方，流著淚咬著牙告訴我這個祕密。牧師，我可以告訴
　　　　您，我是真正用心去聆聽她。
曼德斯：殷史川，確實是這麼回事嗎？那麼後來呢？

（曼德斯開始忘記自己的憤怒，轉折開始。）

殷史川：然後我跟她說，「那個美國人在公海上四處流浪。而
　　　　妳，瓊安娜，」我說，「妳已經犯了罪，是個墮落的女人。
　　　　但是雅各‧殷史川在這裡。」我說，「雙腳有力而堅定。」牧
　　　　師，當然那時我所講的是一種隱喻。
曼德斯：我很清楚。說下去。
殷史川：牧師，這就是我拯救她的方式，讓她成為我合法的妻
　　　　子，所以沒有人知道她跟那個陌生人做了什麼魯莽的事。
曼德斯：這是非常仁慈的行為。我唯一無法認同的，是你讓自己
　　　　接受了那筆錢——

殷史川：錢？一毛都沒有。

曼德斯：但是——

殷史川：啊，對了！等等，我現在想起來了。瓊安娜那時確實有點錢，您說得很對。但我對這筆錢完全不想過問。我說，「哎呀，這是不義之財，這是妳犯罪的代價。這枚骯髒的金幣」——還是鈔票什麼的——「我們會把它丟到那個美國人臉上。」但是牧師，他已經遠走高飛，消失在暴風雨肆虐的海上。

曼德斯：我的好夥伴，這就是事情的發生經過嗎？

（曼德斯的姿態明顯軟化。）

殷史川：牧師，正是如此。所以後來我跟瓊安娜決定，這筆錢要用在小孩的養育費用，也就這樣用掉了。我可以忠實列出每一毛錢如何支出。

曼德斯：這麼做就大幅改變了這件事給人的觀感。

殷史川：牧師，這就是事實。我可以大膽地說，我對雷吉娜來說一向是個好父親，我已經盡了全力，而我只是個會犯錯的可憐普通人，唉！

曼德斯：好了，好了，我親愛的殷史川——

殷史川：是，我可以大膽地說我養大了這個孩子，也如《聖經》所教導我們的，我成為疼愛可憐瓊安娜的體貼丈夫。但我從未想過要去找牧師您說自己有什麼功勞，或是大肆吹噓，只因為自己在這世界上做了一件好事。不，當雅各・殷史川做

了好事，他什麼都不說。不幸的是，好事我不常做。我自己很清楚。每當我去見牧師您，我似乎除了麻煩與邪惡之外，沒有其他事可談。因為，如我剛剛所說，我現在再說一次，有時候良心對我們很嚴酷。

曼德斯：雅各‧殷史川，給我你的手。

　　動態完成。兩端是「憤怒」與「原諒」，這中間就是轉折。

　　兩個角色都非常清晰。殷史川除了是個騙子，他擅長操弄人心的程度就跟曼德斯的天真程度一樣高。稍後殷史川離開，阿爾文太太對曼德斯說：「你永遠都會是個容易上當的大娃兒。」

　　然而，娜拉是個有成長的娃兒，我們在她跟海爾默的對手戲中，看到了此成長過程的大部分。技巧比較差的編劇會把《玩偶之家》的最後一場戲變成煙火大秀，於是讓娜拉這邊有了突跳型衝突。我們看到海爾默的緩慢發展，但卻沒看到娜拉的，於是如果她在沒有適切轉折階段的情況下，讓觀眾看到她離家的意圖，她會讓我們吃驚，然後無法說服我們。在人生中，這樣的轉折可能在轉瞬思緒中發生。但易卜生把這個思緒翻譯成行動，所以觀眾可以看到並理解它。

　　在被侮辱的那一刻，人立刻怒火中燒是有可能的。即便如此，此人在潛意識層次也經歷了心理轉折。心智接收到侮辱，評估對方與自己的關係，發現對方是個忘恩負義的人，濫用兩人的友誼，而且竟然還侮辱了他。電光石火間對兩人關係的評估，讓他厭惡他的態度，接著是憤怒與爆炸。這個心理過程或許在幾分之一秒內發生。我們以為是瞬間發怒的情況，其實並非突跳，而

是心理程序運作的結果，儘管過程飛快。

既然大自然中沒有突跳型的發展，舞台上也不能有。地震儀能記錄數千英哩外地球最輕微的震動，好的劇作家就像這樣把人心最小的活動記錄下來。

海爾默發現克羅斯塔的來信大發雷霆之後，娜拉決定離開他。在真實人生中，她或許會看著他，滿臉驚恐，一言不發。她可能會轉身離開謾罵不停的海爾默。這些都有可能，但會是突跳型衝突，也是糟糕的劇本寫作。編劇必須寫出導向結論的所有階段，無論衝突是實際這樣發生，或是在角色的心中發生。

你可以用單一轉折為中心，寫出一部劇本。《海鷗》（*The Sea Gull*）與《櫻桃園》就是用這樣的素材創作出來，雖然我們已經把這兩部作品的兩端點視為戲劇中的一個階段。當然這樣單一轉折的劇本節奏緩慢，但其中仍含有較小規模的衝突、危機、高潮。

「企圖心受挫」與「厭惡」之間有個轉折。許多編劇會毫不停頓從一端跳到另一端，覺得這反應是立即的。但即便厭惡是油然而生，還是有一系列小動態、一個轉折，造成了這個反應。

我們關心的正是這些微小、頃刻之間的動態。分析一個轉折，你將發現你更認識角色。

在《偽君子》裡，有個細膩的轉折，塔圖夫這個道貌岸然的惡棍終於有機會與奧岡的妻子獨處。他一直偽裝是聖人，但同時間他對美麗的艾爾咪有不良企圖。讓我們觀察他：他如何從聖人姿態轉向提議談婚外情，同時間忠於他的角色？

渴望艾爾咪這麼久，他發現自己與她獨處時，自然情緒失去

控制。他無意識地以手指觸摸她的衣服，但艾爾咪開始警覺。

艾爾咪：塔圖夫先生！
塔圖夫：除非我弄錯了，這是緞子吧？質地如此細柔！所羅門王
　　　的妻子一定也是穿著這麼精緻的服飾，當他們──
艾爾咪：先生，無論她是如何打扮，都與我們兩人沒有關係。

（她的反駁稍微冷卻了他的激情，塔圖夫變得比較謹慎。）

艾爾咪：我們除了蕾絲之外有其他事情要討論。我想要聽你告訴
　　　我，你是否提出娶我繼女的請求？
塔圖夫：我想反問這椿婚事是否會讓妳反對？

（現在他小心翼翼。在一開始的失望之後，他必須更謹慎。）

艾爾咪：為什麼你竟可能認為我會贊同？
塔圖夫：夫人，說實話，我一直都懷疑這件事。妳必須允許我讓
　　　妳放心。奧岡先生確實對我提出締結婚盟的提議。但是，夫
　　　人，妳不需要聽到我真正的希望其實是更為美妙的幸福！
艾爾咪：（鬆了口氣）是的，當然。你的意思是你內心渴求的並
　　　非塵世的快樂。
塔圖夫：不要誤解我，或者我應該說，不要想辦法誤解我，夫
　　　人。我的意思**並非**如此。

（他假設她對他的意圖略微知曉。不躁進。他平順地往他的目標移動：告白他的愛。）

艾爾咪：那麼或許你會告訴我你**真正的**意思為何。
塔圖夫：夫人，我的意思是我的心不是大理石做的。
艾爾咪：這是如此了不起？
塔圖夫：夫人，我的心絕非大理石打造，無論它多麼渴望天堂，卻無法保證它對塵世幸福沒有欲望。

（他正走向目標。）

艾爾咪：塔圖夫先生，如果你的心思並非如此，你應該盡力讓它如此。
塔圖夫：夫人，該如何對抗無法抗拒的事物？我們看到造物主一些完美作品的時候，我們豈能不崇拜祂與祂的形象？不行，而且有正當理由，不崇拜就是不虔誠。

（基礎已經打好。現在他可以展開攻擊。）

艾爾咪：我明白了，你是自然的愛好者。
塔圖夫：夫人，我相當狂熱，自然的形態如此神妙，自然之美如此迷人，正如同我現在有幸目睹到的驚人美貌。過去我抗拒妳的魅力，因為我將它視為惡魔設下要毀滅我的陷阱。然後我才察覺，因為我的熱情純粹，我可以沒有罪惡或羞恥地放

任熱情奔放，獻上我這顆不太值得妳接受的心。但是，夫人，情況即是如此，我把這顆心放在妳高貴的腳邊，等待妳的決定，妳可以讓我獲得無法言喻的極樂，也可以把我打入絕望的深淵。

（他描述他如果被拒絕可能會遭到毀滅，以此來緩和他的大膽告白。塔圖夫確實懂得心理學。）

艾爾咪：塔圖夫先生，你是有嚴謹原則的人，突然説出這樣的話讓人有些驚訝！

塔圖夫：啊，夫人，什麼原則可以抵擋妳這樣的美麗！唉！我又不是約瑟[2]！

（他技巧性地把責任推到她身上。若是被認為魅力無法被抵擋，沒有一個女人會發怒。）

艾爾咪：你非常明顯不是。但我也不是你似乎在暗示的波提法夫人。

塔圖夫：但妳**是**，夫人，妳是！我願意相信妳並非有意，但妳仍誘惑著我，在妳面前，我所有的齋戒，所有跪地祈禱都毫無用處！現在我被壓抑的激情已經突破封鎖，我懇求妳給我某

2 譯註：《聖經》中，約瑟（Joseph）因為拒絕主人波提法（Potiphar）妻子的誘惑而被她陷害入獄。

種信號，讓我知道我的感情並非完全被妳厭惡。好好想想我要給妳的不僅是無雙的深情，還有絕對的保密，讓妳可以確定妳美好的名聲絕不會受到絲毫玷汙。妳不需要害怕我是那種會吹噓自己好運道的人。

（保證會嚴守祕密正暴露了塔圖夫是心懷鬼胎的惡徒。但這符合他的角色。）

艾爾咪：塔圖夫先生，**你**難道不害怕我可能將這次對話重述給我丈夫聽，因此讓他改變對你的看法？

塔圖夫：夫人，我對妳能保密有高度信心，我的意思是，妳的心地太過善良無法傷害我，因為我唯一的過錯是不由自主的愛慕妳。

艾爾咪：我不知道其他女人在我的處境會怎麼做，但我將不會對我丈夫提及這次——事件，塔圖夫先生。

塔圖夫：夫人，在目前的狀況下，我應該是最後一個如此建議妳的人。

艾爾咪：但我會為我的沉默標示價格。做為回報，你必須拒絕迎娶我的繼女，無論我的丈夫如何催促。

塔圖夫：啊，夫人，我是否必須再度向妳保證，只有妳——？

艾爾咪：慢著，塔圖夫先生。你要做的不僅於此，你要用你所有的影響力來促成她與瓦列荷的婚事。

塔圖夫：夫人，如果我辦到了，我可以期盼什麼樣的獎賞？

艾爾咪：為什麼要問，當然是我保守祕密。

（在這個轉折之後，這場戲自然來到衝突必須爆發的階段。奧岡的兒子達米斯突然走到他們之間。達米斯偷聽了他們的對話，相當憤怒。）

達米斯：不行。這件事情不能噤聲，也將不會被噤聲！
艾爾咪：達米斯！
塔圖夫：我──我親愛的年輕朋友。你誤解了清白的語詞──！

（突如其來的攻擊讓塔圖夫難以招架。片刻之間他心慌意亂起來。）

達米斯：誤解！我已經聽到你們說的每個字，我父親也會聽到。感謝上蒼，我最終能夠打開他的雙眼，讓他看到他一直在庇護的，是個多麼邪惡的叛徒與偽君子！
塔圖夫：親愛的年輕朋友，你誤會我了，你確實誤會了！

（他似乎又回復常態，再度退縮回虔誠宗教信徒的姿態。）

艾爾咪：達米斯，聽我說。這件事絕不能洩漏出去──我不希望它被人談起。我已經承諾我會原諒他，條件是他未來必須嚴守分際，我確信他能辦到。我不能收回我的承諾。這件事太荒謬、太無謂，不需要鬧開來，尤其更不該讓你父親知道。
達米斯：這或許是**妳的**看法，但不是我的。這個滿口假道學的傢伙我已經受夠了，這個詭計多端的人已經完全控制了父親，

讓他反對我的婚事以及瓦列荷的婚事，此人還企圖把這個家變成宗教聚會所。現在不處理他，我往後可能不會再有更好的機會！

艾爾咪：但是達米斯，我向你保證——

達米斯：不，我說到做到，徹底收拾這個作威作福的傢伙。鞭子已經交到我手中，我揮起來將會非常開心。

艾爾咪：親愛的達米斯，如果你能夠聽我的建言——

達米斯：抱歉，但我不接受建議。父親必須知道一切。

（奧岡從左方門口進場。）

奧岡：（邊進場邊說）有什麼事情我必須知道？

　　這個轉折中有細膩的衝突，它在發展過程中慢慢累積戲劇張力，以平穩的節奏來到爆發點。第一個高點是塔圖夫公開宣示他的愛，第二個是達米斯指控他忘恩負義。

　　奧岡登場之後，我們可以再度目睹《偽君子》裡的轉折。他裝出真正基督徒的精神，陰險地認罪，讓他在奧岡心中的地位又再提高，讓奧岡因此與兒子斷絕關係。

　　衝突愈升愈高，在衝突與衝突之間，持續有轉折，因此可以讓衝突動態發展。

　　多年前，我們一個朋友的父親過世了。葬禮後，我們去朋友家，看到他們全家愁雲慘霧地坐著。女人們哭泣，男人們木然地盯著天花板。氣氛如此令人沮喪，於是我們出去散步。半小時後

我們回來打開門，發現喪家一陣喧囂。他們開懷大笑，但我們一進屋就嘎然而止。他們覺得很丟臉。發生了什麼事？他們怎麼會從如此真摯的哀傷中發出大笑？

後來我們還遇過一些類似的情境，發現轉折引人入勝。以下是考夫曼（Kaufman）與費柏（Ferber）編劇的《八點鐘晚宴》其中一場戲。我們會嘗試追索其中的轉折。開場是「惹惱」，然後走向「盛怒」。這是第三幕第一場的最後部分：

派克：（大步走進房間）最近妳的行為很反常，我的大小姐，我受夠了也受不了了。

凱蒂：（被惹毛了，還沒生氣，但走向憤怒的轉折開始了）是嗎？那又怎麼樣？

派克：（沒有惡意。他覺得對方的激烈反應只是老樣子）我告訴妳，我負責工作賺錢，帳單是我付的。所以妳要聽我命令。

凱蒂：（認為對方在挑戰她，進行反擊。站了起來，手裡晃著梳子）你以為你在對誰講話？你在蒙大拿州的首任妻子？

派克：（認為這是犯規，不喜歡她這麼說）妳不要把她扯進來！

凱蒂：（她聞到血腥味。這是他的弱點，舊恨讓她失去理性）那個滿臉斑的可憐女人，胸部平坦，從沒膽子跟你頂嘴！

派克：（仍然願意到此停戰。他往憤怒的轉折遲緩，必須添加柴火加溫）我告訴妳，閉嘴！

凱蒂：（添加柴火中）她幫你洗油膩的連身工作服，在破爛的礦場小屋裡為你煮飯當老媽子！難怪她會死！

派克：（變得狂怒，這是突跳）妳這天殺的！

凱蒂：（用梳子比手畫腳）你休想把我變成那樣！你不會踩在我頭上為所欲為──你這滿嘴廢話的人！（她轉身背對他，把梳子丟進梳妝台上的瓶瓶罐罐裡。）

派克：妳這個不要臉的小賤貨！我有個好點子，把妳丟回我撿到妳的地方，也就是哈坦托俱樂部還是什麼骯髒夜店的寄物櫃檯。

凱蒂：喔，你休想！（快速上升的動態。轉折很快就要完成。）

派克：然後妳可以回家跟你那些氣味美好的家人住在一起，住在巴賽克（Passaic）鎮鐵軌的後面。我總是幫忙妳那醉醺醺的無賴父親，跟妳常進監牢的弟弟。下次就讓他去坐牢，我會目送他進苦窯。

凱蒂：你會比他先被關進去──你這個大騙子！

派克：聽好！如果妳那哭哭啼啼、四處找錢的媽媽再來我辦公室哭窮，我會下令把她趕出去，從六十層樓梯丟下去，老天爺會做見證！（派克這段話快講完的時候，蒂娜〔Tina〕進場。她手上拿著凱蒂的晚宴手袋，上面有珠寶與金屬裝飾，裡面裝著凱蒂的粉底、口紅、菸盒等等。蒂娜發覺自己走進一場風暴，猶豫片刻。派克說完最後一句話，剛好遇到蒂娜進場，他從蒂娜手中搶過手袋，用力往地板一砸，然後推了蒂娜一把，讓她轉著圈圈出了房間。）

凱蒂：（轉折完畢。她首度感到真正的厭惡。從此她必須加速移動，她的轉折會來到更高的強度）你給我撿起來！（派克的回應是狠狠踢了手袋一腳，讓它飛到房間角落。她極度憤怒）手環？（她取下一個三吋珠寶手環，丟到地上，然後狠狠踢

到房間另一頭）讓你看看你對女人了解多少！你以為如果你給我手環──你為什麼給我珠寶！因為你完成了你那些骯髒的交易，想要我帶著珠寶四處跑，給大家看看你是何等大人物！你給我珠寶不是要讓我感覺良好，而是為了你自己！（她不知道她的憤怒會引領她走往何方，但她已經不管了。）

派克：喔，是為了我自己是吧？那這棟房子跟這些衣服、毛皮大衣跟汽車！妳可以去任何妳想去的地方，有錢可以亂花！這世間沒有妻子比妳過得更爽！我從水溝裡把妳撿起來，這卻是妳感謝我的方式！

凱蒂：（像條優秀獵犬，她終於聞到氣味了。現在她知道她要走的方向）感謝你什麼？把我打扮成高貴的馬，然後日復一日把我丟在這裡獨自一人！你從沒帶我去什麼地方！你總是跟你的男性朋友們玩撲克牌、吃晚餐──或者這只是你的說詞。（她要移往一個新目標──仔細觀察她。）

派克：真是個天大笑話。（仍未起疑心，他準備好要和解。）

凱蒂：你總是匆匆回來又出門，吹噓你已經或將要變成多偉大的人物。你從來沒想到我，或做任何那些討女人歡心的小事情──你這輩子從沒送過我花！我若是想要戴花，我得出門去買！（她指向門口，蒂娜站在那裡的蘭花旁）哪有女人想要買花給自己！你從來不坐下來跟我講話，或是問我最近如何、一切好嗎，什麼都不跟我說！

派克：好，妳去找些事情做！我不會阻止妳！

凱蒂：你才不能阻止我！你以為我會整天坐在家裡看手環！哈！你真是個大傻蛋！你在進行那些腐敗交易的時候，你以為我

都在做什麼！你等著看吧！（現在衝突發展成危機。）

派克：妳究竟想說什麼，妳這小——

凱蒂：你以為你是我唯一認識的男人？你這大鼻子。你不是！懂嗎！我遇到某個男人，光是認識他就讓我意識到你有多枯燥乏味！（轉折再度完成——高潮。）

派克：（情緒往上高漲——反擊）妳為什麼——妳——

凱蒂：（刺激他，她想看到他暴怒。他們移往新的轉折與更高層次的新衝突）你不喜歡這樣，對吧，尊貴的內閣成員！

派克：（仍然迷茫。從衝擊走向覺察的轉折尚未完成）妳的意思是妳背著我跟其他男人亂來！

凱蒂：（現在她下決心了，決定要貫徹到底）對！你又能怎麼樣！你只會說大話！

派克：（狂怒男人般深吸一口氣）是誰？

凱蒂：（惡毒地笑了一聲）偏不告訴你！

派克：（抓住她的手腕。凱蒂尖叫）告訴我是誰！

凱蒂：我不說。

派克：告訴我，否則我就打斷妳每一根骨頭！

凱蒂：我不說！你殺了我也不說！

派克：我會查出來，我會——（放開她的手腕）蒂娜！蒂娜！

凱蒂：她不知道。（片刻之間，兩人無言地站著，等著蒂娜出現。她慢慢走進了門，踏進房間一、兩步，儘管帶著好奇無辜的表情，她顯然一直在偷聽。她往前走到沉默的兩人中間的位置。）

派克：誰來過這間屋子？

蒂娜：啊？（接下來，轉折平順地成形。）

凱蒂：蒂娜，妳不知道，對吧？

派克：閉嘴，妳這蕩婦！（再度轉向蒂娜）妳知道，而妳會講出來。哪個男人來過這間房子？

蒂娜：（瘋狂地搖頭）我沒看到誰來過。

派克：（抓住她的肩膀輕輕搖晃）妳有看過。說，誰來過這裡？上星期誰來過？我去華盛頓特區的時候誰來這裡？

蒂娜：沒人來──沒人來──只有醫生來過。

派克：不，我的意思不是這樣。誰背著我偷偷來這裡？

蒂娜：我誰也沒看到。

凱蒂：（一石二鳥：他起了嫉妒心，但他並沒懷疑醫生是凱蒂的愛人）哈！我早跟你說過！

派克：（打量著她，彷彿在想辦法把真相從她身上引誘出來。他判斷這不可能，然後把她推向門口）給我滾出去！（凱蒂站著等看事情會怎麼發展。派克踱了幾步，然後突然轉身）我要跟妳離婚。我會這麼做。我要跟妳離婚，妳一毛錢都拿不到。妳的行為適用這樣的法律。

凱蒂：你無法證明什麼，首先你要有證據。

派克：我會提出證明，我會找偵探來證明。他們會找到他？我想要親手逮住這傢伙一次就好。我多麼想掐住他的脖子，我會做到的，我會抓到他。我要殺了他，然後把妳當成街貓一樣轟出去。

凱蒂：是嗎？你要趕我出去。在你趕我出去之前，你最好三思。因為我不需要找偵探就可以證明你落在我手中的把柄。

派克：妳才沒有我的把柄。

凱蒂：沒有？所以你想去華盛頓對嗎？去當個大人物，告訴總統該做什麼。你想要踏入政壇？（她的語氣變得凶蠻。）我懂政治，我也知道你在吹噓的那些貪腐交易。天知道我有多麼無聊——湯普生的案子、老騙子克拉克、還有現在這個喬登的事情。你把他的錢都騙光了。我要是把這些說出來，會是天大醜聞。政治！你沒辦法進入政治圈。你哪裡也去不了，你連雅士都飯店的男廁都進不去。

派克：妳這蛇蠍女。妳是有毒的小小響尾蛇。我跟妳斷絕關係。我得先去凡克里夫家的晚宴，但今晚之後我們就結束了。若不是因為跟凡克里夫碰面比妳更重要，我才不會帶妳過去。今晚我就會搬出去，懂嗎？明天我會派人來拿我的衣服。妳可以坐在這裡等妳的靈魂伴侶送花給妳。我們徹底結束了。（派克昂首闊步地走進自己的房間，用力關上門。轉折完畢。）

這場戲的開始是「惹惱」，結尾是「盛怒」。其中的多個階段則引領劇情從前者走向後者。

平庸編劇幾乎共通的缺點是忽略轉折，而且竟然相信他們的刻畫忠於人生。轉折可以在很短的時間內發生沒錯，也可以在角色的心中發生，而且角色還沒有意識到。但轉折就是在，編劇必須呈現出它的存在。家庭通俗劇與老套角色沒有轉折，而轉折是真正戲劇的命脈。

尤金·歐尼爾發明了很多技巧來將角色的思想傳達給觀眾。

但沒有一種比易卜生跟其他大師所運用的方法成功，也就是單純的轉折法。

契訶夫的《熊》是齣很好的獨幕劇，其中有細膩可見的轉折。帕波娃（Popova）女士同意與斯米爾諾夫（Smirnov）用槍決鬥，因為她侮辱了他。

斯米爾諾夫：現在我們早該拋棄只有男人才需為侮辱人付出代價的理論。天殺的，如果妳想要兩性平等，那就如妳的意。我們來決鬥！

帕波娃：用手槍？很好！

斯米爾諾夫：就是現在。

帕波娃：就是現在！我丈夫有些手槍。我去拿過來？（正要離去，突然轉身）射一顆子彈到你的愚蠢腦袋裡，會讓我無比開心！願魔鬼把你抓走！（離場。）

斯米爾諾夫：我會像殺雞一樣料理她！我可不是個小男孩或容易感傷的小狗。我不在乎「柔弱的女性」。（移往態度軟化的動態已經開始。）

路卡（Luka，僕人）：老天爺啊！（跪下）同情我這個可憐老人，離開這裡。你已經嚇死她了，現在你還想開槍打她！

斯米爾諾夫：（不聽他説話）如果她跟我決鬥，很好，這就是兩性平權，女性解放那一套！這個女人真是不得了！（可見的轉折開始）（戲謔模仿她）「願魔鬼把你抓走！射一顆子彈到你的愚蠢腦袋裡，會讓我無比開心！」欸？她的臉變得多麼紅，她的雙頰變得多麼明亮！……她接受我的挑戰！老

天，這是我人生第一次看到——

路卡：先生，請離開，我會永遠為您向上帝祈禱！

斯米爾諾夫：她是個女人！我可以理解這樣的女性！一個真正的
　　　　女人！她不是一個凶惡的紗布袋，而是火焰、火藥、火箭！
　　　　必須殺她甚至讓我感到遺憾！

路卡：（啜泣）親愛——親愛的先生，請離去！

斯米爾諾夫：我絕對喜歡她！絕對！即便她的雙頰有酒渦，我喜
　　　　歡她。我幾乎準備好要放下仇怨，我已經不再生氣了——多
　　　　美好的女人！

　　結尾的轉折太過刻意。它不夠細膩，不像《玩偶之家》的轉
折因為夠細膩，而成為此劇不可或缺的部分。

　　沒有轉折就沒有發展或成長。傑克森（T. A. Jackson）在他
的書《辯證法》（*Dialectics*）中寫道：

　　以質的方式思考……不言自明的是，宇宙中沒有任何連續
　　的兩個時刻是相同的。

　　為了編劇的用途讓我們改述這句話，不言自明的是，劇本中
沒有任何連續的兩個時刻是相同的。

　　角色從一個端點移往另一個端點，例如從有宗教信仰走往無
神論或反過來，角色必須持續移動，才能在劇場這兩個小時的篇
幅裡跨越這麼廣大的空間。

　　我們身體裡的每片組織、每條肌肉、每根骨頭，每七年就會

重生一次。我們的態度與人生觀，我們的希望與夢想，也是持續在改變。這個轉變如此難以被察覺，我們經常甚至不能意識到它正在我們的身體與心靈中發生。由於這一過渡，我們從來不會在兩個連續的時刻中保持不變。轉折是讓劇本在沒有斷裂、突跳或間隙的狀況下持續前進的因素。轉折連結了似乎沒有連結的元素，例如冬天與夏天，愛與恨。

（二）

一、二、三、四、五、六、七、八、九、十。這是完美的上升型衝突。突跳型衝突則沒有規律可言：一、二——五、六——九、十。

在生命中，沒有突跳型衝突這種東西。「冒然下結論」（jumping to conclusion）顯示心智運作過程的加速而非斷裂。

以下是彼得斯（Peters）與史克拉（Sklar）所寫的《卸貨工》（*Stevedord*）開場場景。這場戲很短，但裡面有突跳。嘗試將它找出來。

弗羅莉（Florrie）：唉，比爾（Bill），我們怎麼了？為什麼我們總是得吵架？我們以前從來不會這樣。（她把手放在他手臂上。）

比爾：（把她的手甩開）喔，放手，放手！

弗羅莉：你這隻豬！（她開始啜泣。）

比爾：妳們都是同一個樣子，妳這個已婚的小蕩婦，妳們永遠不知道什麼時候該住手。

弗羅莉：（給他一巴掌）你不准這樣跟我說話。

比爾：好，沒問題，我覺得這樣很好。只是我們現在徹底決裂，妳千萬別忘了。我再也不想看到妳，我也不要妳再進來辦公室。回到妳那個沒用老公身邊，努力試試看給他愛。他肯定需要妳的愛。（他轉身離去。）

弗羅莉：比爾・拉金，你給我站住。

比爾：喔，閉嘴！妳別再說什麼妳有重要事情要告訴我，別再用這句話來當藉口找我。

弗羅莉：我現在有重要的事情要告訴你。我不知道你是否想知道，我寫了一些信給海倫。還不僅是這樣，我會好好修理你，你等著瞧吧。我會去找海倫，告訴她她將嫁給什麼樣的豬哥。你休想這樣對待我還全身而退。也許你這套方法對其他女人有效，但是這一次你找錯人了，親愛的。我跟你沒完沒了，你絕對擺脫不了我。

比爾：妳這天殺的──（他憤怒地掐住她的脖子。她一邊打他的臉一邊尖叫。他在失去理性的狂怒中毆打她。她更大聲地尖叫，然後倒在地上。觀眾聽到門被猛力關上，聽到人聲。比爾逃走。）

佛雷迪（Freddie）：（舞台外）弗羅莉，是妳嗎？弗羅莉！妳在哪裡？

現在回頭看比爾說「喔，閉嘴！」那裡，然後重讀弗羅莉的台詞。她宣稱自己已經寫了些信給比爾想娶的女生，我們期待他會因此發怒。但是她講了好長一段，而他卻什麼也不做。這是停

滯的狀態。這段台詞唯一關鍵的一句就是開頭，卻未引發任何反應。真正引起他反應的是無關緊要的小事，導致他的反應成為突跳型衝突。

不少編劇在潛意識的層面會覺得需要轉折，但是因為他們不理解這個原則，他們把這個過程給弄反了。於是他們創造了停滯型衝突，接著又創造了突跳型衝突，這兩者都是角色有問題的徵象。從比爾警告「喔，閉嘴！」到弗羅莉講完台詞，對觀眾來說，比爾的心理歷程是空白的。如果她先說：「你休想這樣對待我還全身而退。」比爾就有機會能以眼還眼威脅她。然後她接著說：「也許你這套方法對其他女人有效，但是這一次你找錯人了，親愛的。」比爾的不耐煩與高漲的怒火將會讓她急忙說出：「我會去找海倫，告訴她她將嫁給什麼樣的豬哥。」這時比爾可以威脅說，如果她接觸海倫的話，他會動手打她。他的攻擊使她說出最重要的那句話：「我不知道你是否想知道，我寫了一些信給海倫。」在觀眾完全可以理解的盛怒下，他打了她一頓。

我們就目睹了「惹惱」如此轉折為「盛怒」。如同這個場景現在的樣子，最強的一句對白導致了長長一段謾罵。比爾被迫站在那裡瞪著她（停滯），然後在一句疲弱又不重要的台詞之後突然掐住她脖子（突跳）。

現在我們來讀馬爾茲《黑坑》裡的一個場景，嘗試發現另一個突跳型衝突，也就是欠缺轉折。這場戲裡的缺陷比我們先前討論的例子更為嚴重，因為此處奠定了這個角色往後行為的基礎。

普雷斯考（Prescott）：（他希望喬當告密者）……我所知道的

是，如果你想要有肉汁配飯，你最好跟廚子當朋友。就是這樣！當然，或許你不在乎。但我告訴你，我的女人不會挨餓，我的兒子也不要在礦坑工作。你好好想想。（他站起來）艾歐拉，我知道這對妳來說有些困難。那麼——（他聳肩，走向門口）你兒子回來時告訴我一聲。如果你改變心意的話，我認為那個職缺明天還會空著。（他出了門。寂靜。）

艾歐拉：喬——（喬沒應聲。她站起來走向他，把手放在他手臂上）喬——我沒放在心上。不要覺得不舒服，我不需要看醫生。我不害怕。（她開始大哭）喬，我不會害怕——（她因哭泣而顫抖。）

喬：（嘗試控制自己）別哭，艾歐拉。不要哭！我不希望妳哭！

艾歐拉：（強忍眼淚）喬，我不會哭——我不會。（她雙手緊握坐下，全身顫抖不止。喬在房內踱步，看了她一眼，再度踱步。）

喬：（突然轉身大吼）妳想要我去當告密者？

艾歐拉：不是，我沒有，我沒有。

喬：妳以為我不想要工作、不想要吃飯、不想要看醫生？妳以為我想要妳生小孩卻讓妳有可能死掉？

艾歐拉：不，喬——不是——

喬：老天爺！我該怎麼做？（沉默。他踱步，然後坐下。他開始用緊握的拳頭搥桌子，力道愈來愈大。最後他用盡全力一搥，然後房間恢復寂靜）人就應該當人。人就得活得像人。人就得吃飯、有女人、有房子——（他跳起來）人不該住在洞穴裡像動物一樣⋯⋯

瑪麗：（從另一個房間打開門，睡眼惺忪）怎麼回事？我聽到吼叫聲。

喬：（恢復冷靜）瑪麗，沒人吼叫。外面傳來的聲音。我們只是在講話。

瑪麗：現在去睡覺。

喬：我們去睡覺。

瑪麗：不用擔心，一切都會沒問題的。（猶豫片刻）我為你們祈禱。（她走開。寂靜。）

喬：（輕笑一聲）她為我們祈禱。（停頓）艾歐拉，公司主管來了！人總得幫自己一把，對吧？艾歐拉，我們不能讓湯尼住在山上的礦坑裡。（悄聲）我們可能不能讓你生小孩——你總是披著披肩，艾歐拉。（他走向她）妳想把肚子藏起來？妳因為有小孩而覺得丟臉？我不覺得丟臉。我喜歡小孩——妳覺得他現在醒著嗎？（他的耳朵貼在她肚皮上）他在睡覺。他很早睡。哨聲響起他就去睡覺。（他咯咯笑了一聲，然後伸出雙手撫摸她的臉）艾歐拉，妳喜歡我嗎？

艾歐拉：喬，你沒辦法騙過他嗎？普雷斯考先生？你沒辦法接下這個工作，只要別告訴他任何事情就好？（停頓。喬的雙手離開她的臉。）

喬：（慢慢地、柔聲地，彷彿在說兩人都知道的事）對，當然，艾歐拉。我可以騙過他。接這份工作。只告訴他不影響任何人的小事。當然可以。

艾歐拉：（熱切地）沒人會知道。我們不需要告訴他們——你只需要做一小段時間。我們不需要跟湯尼說。

喬：（以相同的緩慢語氣）當然！我一定可以騙過他。接這份工
　　作，請醫生，賺一點錢。過一段時間之後，遠走高飛，當
　　然。（停頓片刻。他把頭埋在她胸前。然後語氣轉為憂慮，
　　彷彿試圖要說服她）人就得活得像人，艾歐拉。（他抬起
　　頭，以愈來愈痛苦而堅定的語氣）人不該住在洞穴裡像動物
　　一樣！

（落幕）

　　現在回頭讀喬大段台詞的尾聲，他說「艾歐拉，妳喜歡我
嗎？」她建議他欺瞞普雷斯考先生。她可能早就在想這個建議，
但是編劇卻沒讓觀眾察覺到。普雷斯考離開的時候，她告訴喬她
不期待他為她犧牲，然後兩頁之後，她反轉了她的決定。這個反
轉合理，但是我們必須知道這樣的改變如何發生。

　　喬做出了比這更大的突跳——他立刻同意了她的建議。這個
決定快到不可思議。喬難道不知道走這一步會有什麼下場？他難
道不知道他必定會被眾人排擠，也許還會失去生命？或者他覺得
他可以智取公司與他的友人們？我們不知道他的想法為何。

　　如果我們可以看到喬內心的思緒，理解他怎麼看主管們、警
衛、黑名單、被社群排斥，他的衰敗之路對我們來說將會更具悲
劇性。

　　因為此突跳型衝突以及欠缺轉折，這部劇本的命運已經決定
了。喬並非立體角色。編劇沒給他一點機會，編劇決定了喬的命
運，而不是讓喬自己搞清楚自己的命運。

　　喬與艾歐拉應該會有更多思考、更多掙扎、拖延更久的時

間，喬才會下這個決定，如果這樣處理，就能產生上升型衝突。

看娜拉的例子。她從絕望走往決定離家的轉折雖然短，卻合乎邏輯。馬爾茲嘗試寫了一、兩次轉折，但他的手法粗糙。喬說「人總得幫自己一把」的時候，我們就知道他傾向當告密者。但是幾句台詞之後，他說如果艾歐拉沒有披肩蓋住肚皮的話，他也不覺得丟臉，此時艾歐拉與觀眾的理解是他不會去做這種工作，否則她為什麼要建議他接這份工作同時去騙主管？

在正極與負極之間突跳，讓喬無法成長，因此也讓此劇的訊息朦朧不清。無庸置疑喬是個軟弱的角色，從不確定自己想要什麼。如果編劇說，這就是為什麼他變成告密者，我們就會請他去讀本書〈角色的意志力量〉那一章。

問：你教過劇本要推動情節這件事至為重要。但是汽車經過時，我們可有看到輪子轉動的每一圈？沒有，因為只要車子有在動，那對我們來說就不重要。因為我們感覺到車子的移動，所以我們知道輪子在轉動。

答：汽車可能會無止盡地爆衝、停止、爆衝、停止。汽車是在移動沒錯，但這樣的動態會在半小時內把你晃得死去活來。劇本裡的轉折可以比擬為汽車換檔，因為那是兩種速度之間的轉換。突然前進又停止的汽車會搖晃你的身體，一連串的突跳型轉折會搖晃你的情感。你的問題很有趣：我們是否該觀察輪胎的每一次轉動？我們是否該記錄轉折的每一個動作？答案是否，沒有必要。如果你暗示轉折裡的一個動作，而這個暗示可以讓我們理解角色的心靈運作方式，我們認為這樣

就足夠。這得視編劇的能力而定,看他多擅長濃縮轉折中的素材,以此推動或暗示整個動態。

第十章　危機、高潮、解決

在生產的痛苦中，先是有危機，然後生產是高潮。結果無論是生是死，就是解決。

在《羅密歐與茱麗葉》中，羅密歐戴著面具偽裝，前往世仇凱普萊特家族宅邸，去看他的心上人羅瑟琳一眼。他在那裡發現另一個女孩，如此美麗、如此動人，讓他瘋狂地愛上她（危機）。他沮喪地發現她是死敵凱普萊特家的繼承人（高潮）。凱普萊特夫人的侄子鐵豹（Tybalt）發現了羅密歐，企圖殺了他（解決）。

同時間，茱麗葉也知道了羅密歐的身分，對著星星、月亮訴說她的憂愁。羅密歐因為對她懷有無法比擬的愛意，回來她家聽到她說的話（危機）。他們決定結婚（高潮）。隔天，在羅密歐友人勞倫斯神父（Friar Laurence）的地窖裡，他們完成終生大事（解決）。

在每一幕裡，危機、高潮與解決，就像日夜接續一般接連出現。讓我們在另一部劇本裡深入探討這個主題。

在《玩偶之家》中，克羅斯塔對娜拉的威脅是危機：

　　我告訴妳，如果我再一次失去我的地位，妳也會跟我有同樣下場。

克羅斯塔的意思是，如果她沒說服海爾默讓他保住飯碗，他就會揭發她偽造文書。

無論結果為何，這個威脅都會是娜拉人生的轉捩點，也就是衝突。如果她可以影響海爾默讓克羅斯塔繼續留在銀行工作，這就會是先前所有情節的累積總合，也就是戲劇高潮。但如果海爾默拒絕繼續雇用他，這也仍是這場戲的高潮。

> 我向妳保證，我非常不可能再與他共事；在這種人旁邊，我的身體真的會感覺不舒服。

海爾默如此宣稱，這句話也讓我們來到這場戲的最高點：戲劇高潮。海爾默心意堅定，克羅斯塔將會揭發她，海爾默也說過偽造簽名的人不適合當母親。除了醜聞之外，她還會失去她所愛的海爾默與孩子們。解決是：恐懼。

在下一場景裡，她又一次嘗試，但海爾默還是不為所動。她指責他心胸狹隘，這話傷到了他的要害——危機，海爾默似乎下定決心了，他說：

> 很好，我必須結束這件事。

他把女僕叫來，給她一封信要即刻寄出。她照辦。

娜拉：（喘不過氣）托瓦德——那是什麼信？
海爾默：解雇克羅斯塔。

娜拉：托瓦德，叫她回來！還來得及。喔，托瓦德，叫她回來。
　　　看在我的份上，也為了你自己，也看在孩子們的份上！托瓦
　　　德，你聽到我說的話嗎？叫她回來！你不知道那封信會給我
　　　們帶來什麼遭遇。

海爾默：太遲了。

　　　以上是高潮。解決是娜拉接受現實。這場戲裡的危機與高潮
都要比上一場更有張力。先前海爾默只是威脅，現在他實際採取
行動，解雇了克羅斯塔。

　　　下一場戲如下，其中的危機、高潮與解決都比前一場戲更有
張力。請注意上一次危機與這一次危機之間的完美轉折。

　　　克羅斯塔偷偷摸摸從廚房進來。他已經收到解雇信。海爾默
在另一個房間，娜拉深怕丈夫會發現克羅斯塔在這裡。她把門栓
上，要克羅斯塔「低聲說話——我丈夫在家。」

克羅斯塔：無所謂。

娜拉：你要我怎麼樣？

克羅斯塔：說明一件事。

娜拉：你說話快一點。說明什麼事？

克羅斯塔：我想妳知道我收到解雇信了。

娜拉：克羅斯塔先生，我無法阻止這件事。我已經盡力幫你講
　　　話，但沒有用。

克羅斯塔：妳丈夫對妳的愛這麼少？他明知道我可以揭發妳，可
　　　　　是他卻冒險——

娜拉：你怎麼能假設他知道那件事？

克羅斯塔：我完全沒這麼假設。我們親愛的托瓦德‧海爾默才沒
　　　有這麼大的勇氣──

娜拉：克羅斯塔先生，請對我丈夫放尊重點。

克羅斯塔：當然，他有多值得人尊重，就要給他相對的尊重。但
　　　既然妳謹慎將這件事保密，我大膽假設妳現在會比昨天更清
　　　楚妳做了什麼事。

娜拉：比你所能教我的更清楚。

克羅斯塔：是，我是個這麼糟糕的律師。

娜拉：你究竟想要我怎麼樣？

克羅斯塔：海爾默太太，我只是來看看妳好不好。我一整天都在
　　　想著妳。即便是像我這樣地位低微的出納、辦事員，都有一
　　　點所謂的感受，妳知道的。

娜拉：那就把它展露給我看看，請想想我的孩子們。

克羅斯塔：妳跟妳丈夫有想到我的感受嗎？但那無所謂。我只想
　　　告訴妳，妳不需要過度嚴肅看待那件事。首先我這邊不會提
　　　出任何指控。

娜拉：當然不會，我確信不會。

克羅斯塔：整件事可以做友好的安排，沒有理由要讓其他人知道
　　　這件事。它將繼續是我們三個人之間的祕密。

娜拉：我丈夫絕對不能知道這件事。

克羅斯塔：妳要如何避免他知道？我是否該把妳的話理解為妳將
　　　付清債款？

娜拉：不是，現在還不行。

克羅斯塔：還是說妳有什麼緊急措施可以盡快籌到錢？

娜拉：我無意採取任何緊急措施。

克羅斯塔：無論如何，現在這張借據對妳來說沒有用處了。就算妳現在手上有大把鈔票，我也永遠不會割捨妳的借據。

娜拉：告訴我，你打算怎麼用它。

克羅斯塔：我只是要保留它，擁有它。跟這件事無關的人對它將一無所知。所以如果妳想到這張借據就會讓妳做出任何絕望的決定——

娜拉：它已經逼得我如此。

克羅斯塔：如果妳心裡曾想過離家出走——

娜拉：我想過。

克羅斯塔：或甚至是更糟的事——

娜拉：你怎麼會知道？

克羅斯塔：放棄這些想法。

娜拉：你怎麼知道我有想過那件事？

克羅斯塔：我們大多數人都會先想到那件事。我也曾經想過——但我沒有勇氣。

娜拉：（輕聲）我也沒有。

克羅斯塔：（鬆了一口氣）就是這麼回事，不是嗎？妳也沒有勇氣？

娜拉：我沒有——我沒有。

克羅斯塔：此外，那也是一大蠢事。等到家裡的第一陣風暴過去——我口袋裡有封寫給妳丈夫的信。（危機開始。）

娜拉：告訴他一切？

克羅斯塔：我盡可能以寬容的方式陳述。

娜拉：（語氣急促）他不能收到這封信。撕掉它。我會想辦法籌到錢。

克羅斯塔：不好意思，海爾默太太，但我想我才剛說過——

娜拉：我說的不是我欠你的錢。告訴我你想要向我丈夫要多少錢，我會籌錢給你。

克羅斯塔：我沒打算跟妳丈夫要一毛錢。

娜拉：那麼你要什麼？

克羅斯塔：我會告訴妳。海爾默太太，我想要復職，我想要出人頭地，而妳丈夫必須要幫我。過去一年半以來，我沒做過半件不榮譽的事情，我在最受限制的環境中奮鬥。我很樂意一步步往上爬。現在我被解雇了，光是再度受人尊重已經不能滿足我。我想要出人頭地。我告訴妳。我想要再進銀行工作，擔任更高的職務。你丈夫會幫我找個職缺——

娜拉：他絕不會這麼做！

克羅斯塔：他會的。我了解他，他不敢抗議。等到我再度進銀行跟他共事，然後妳就會明白！一年內我就會成為經理的左右手。管理銀行的會是克羅斯塔，不是海爾默。（危機。現在他們移往高潮。）

娜拉：你永遠也看不到這一天！

克羅斯塔：妳的意思是妳會——？

娜拉：我現在有足夠的勇氣做那件事了。

克羅斯塔：喔，妳別想嚇我。像妳這樣養尊處優的淑女——

娜拉：你等著看，你等著看。

克羅斯塔：也許是投身到冰層之下？墜入冰冷黝黑的水？然後到
　　　了春天，妳會浮到水面，外貌可怕讓人認不出來，妳的頭髮
　　　都掉光——

娜拉：你嚇不倒我的。

克羅斯塔：妳也嚇不了我。海爾默太太，人不會做這樣的事情。
　　　此外，這麼做有什麼用？我還是同樣能夠完全掌控他。

娜拉：之後？當我已經不在世上——

克羅斯塔：妳忘了是我決定妳的名譽是否能保全？（娜拉無言地
　　　站著看他）現在我已經警告過妳了。不要做任何蠢事。海爾
　　　默收到我的信時，我會等著他的回覆。妳一定要記住，是妳
　　　丈夫自己迫使我再度採取這樣的行動。我永遠不會原諒他。
　　　再見，海爾默太太。（穿過門廳離場。）

娜拉：（走到門口，稍微打開門，聽著外面動靜）他走遠了。他
　　　沒把那封信放進信箱。喔，不，不！這是不可能的！（把門
　　　打開一點）怎麼回事？他站在外面。他沒走下樓梯。他在猶
　　　豫嗎？他是不是——？（一封信掉進信箱，然後我們聽見克
　　　羅斯塔的腳步聲，他走下樓時腳步聲也愈來愈小。娜拉壓抑
　　　住自己的尖叫，然後跑向房間另一頭沙發旁的桌子。短暫停
　　　頓。）

　　　（高潮）

娜拉：在信箱裡。（悄悄走向大門）它就躺在那裡——托瓦德，
　　　托瓦德，我們兩人現在沒有希望了！（解決。娜拉放棄掙
　　　扎，但因為她還沒徹底放棄，只要還有一口氣，她就會再努
　　　力看看。）

就在克羅斯塔把信投入信箱的那一刻，這場戲來到高潮。

死亡是高潮。在死亡之前是危機，那時還有希望，無論多渺茫。在這兩個端點之間是轉折。比方說，病人病情惡化或改善，就可以填補這個空間。

如果你想要刻畫某人如何因為輕忽而把自己燒死在床上，首先呈現他在抽菸，他睡著了，香菸點燃了窗簾。這一刻就來到了危機。為什麼？因為這個漫不經心的人可能醒來熄滅火焰，或是某人可能聞到有東西燒起來。如果這兩個狀況都沒發生，他就會燒死。在這個案例中，危機是在轉瞬之間，但是危機可以持續比較長的時間。

危機：往一方或另一方決定性的改變將要發生的狀態。

現在讓我們檢視是什麼導致危機與高潮。我們以《玩偶之家》為例，現在讀者對它應該相當熟悉了。高潮本來就存在於戲劇前提之中：「婚姻中的不平等造成不幸福。」在劇本開頭，作者就知道結局了，所以可以有意識地選擇角色來實現這個前提。我們已經在〈建構自身劇本情節的角色〉一章中討論了「劇情」。我們已經說明娜拉如何因為需要，被迫偽造她父親的簽名，以向克羅斯塔借錢救海爾默的性命。如果克羅斯塔只是單純放貸，那麼這齣戲就沒戲唱了。但克羅斯塔是個受挫的人，他曾跟娜拉一樣偽造簽名以拯救家人。這件事因為某種因素沒被張揚，但他已經背負臭名。他變成一個聲譽不佳的角色，但他為了家庭可以用盡所有的力量來洗刷自己的名聲。他為了在世人面前東山再起而努力工作。在銀行工作，是讓克羅斯塔回復聲譽的道路。

娜拉去找克羅斯塔借錢的時候，狀況就是如此。他本來就在

借錢給其他人，所以沒有理由不借給娜拉。此外，海爾默以前是他同學，但兩人互相討厭。海爾默瞧不起克羅斯塔，認識他幾乎讓海爾默覺得丟臉，主要原因是據說他曾偽造文書的謠言。對克羅斯塔來說，看到清高人士的妻子陷入他過去的困境，是一種甜蜜的復仇。海爾默當上銀行經理後開除克羅斯塔，主要是因為個人原則，另一個原因是娜拉膽敢認為她或其他人可以影響他明智的判斷。克羅斯塔因此被激起拚戰怒火。現在他要的不只是金錢。現在他想要羞辱或摧毀海爾默，自己在這世界出人頭地。他手中有武器，也將會使用它。

正如你所注意到，這個例子中的對立統合性是完美的。娜拉現在意識到自己行為會帶來的後果，但是太過恐懼而無法向海爾默坦白，因為她現在知道海爾默對如此嚴重的違背倫理行徑有何看法。另外一方面，克羅斯塔除了受到侮辱之外，也看到孩子們的家族名聲再度陷入危機，準備要全力奮戰，哪怕某人將因此而毀滅也不足惜。

這場衝突無法透過妥協平息。娜拉願意付錢，金額讓克羅斯塔自己開，但他現在情緒激動，再多金錢也不夠。他必須復仇。海爾默曾想要毀滅他，所以他打算要毀滅海爾默。

雙方之間無法被切斷的連結，將確保上升型衝突、危機與高潮會產生。本劇一開始，危機就已隱含其中；選用了這些特定的角色也奠定了危機的基礎。但如果任何角色因為某種原因而軟化，高潮仍然可能被毀掉。如果海爾默的愛大於他的責任感，他就會傾聽娜拉的懇求，讓克羅斯塔保住他在銀行的職位。但海爾默就是海爾默，他忠於自己的本質。

我們可以看到，危機與高潮先後相隨，後出現的總是比先出現的更有戲劇張力。

單單一場戲，鋪陳了這個場景的戲劇前提、呈現了角色，裡面還有衝突、轉折、危機、高潮與解決。你劇本裡的每一場戲都應該以這個方法來寫，愈後面的場景戲劇張力要愈強。讓我們來檢視《群鬼》裡的第一場戲，看看它是否如此。

在舞台布幕拉起之後，我們看到殷史川站在花園門口，雷吉娜擋著他的路。

雷吉娜：（低聲）你想幹嘛？不要亂跑。你全身滴著雨水。
殷史川：我的女兒，這是神賜的雨水。
雷吉娜：那其實是惡魔的雨水。

開頭三句台詞已經建立了兩人的對立關係。之後的每一句話都讓我們理解他們之間的關係，也讓我們明白了他們的生理、社會與心理層面的構造。我們了解到雷吉娜健康、美麗，殷史川則是個跛子，講話浮誇、愛喝酒。我們知道他曾有很多計謀要提升自己的社會地位，但全部都失敗了。我們知道他現在的計畫是開一家給水手住的旅社，用雷吉娜當成招徠客人的誘餌，讓半信半疑的客人為了接近她而付錢。我們發現殷史川的壞脾氣差點殺了妻子。我們進一步明白雷吉娜在阿爾文家服務的期間學習到不少東西，也知道她跟歐士華之間有些情愫。她現在準備要去殷史川工作的孤兒院當老師。

在劇本前五頁裡，我們可以看到上述戲劇場景七元素的完美

組合。殷史川的**戲劇前提**是不計代價把雷吉娜帶回家。雷吉娜的前提是留在阿爾文家。他的動機是利用她做生意，她的動機是嫁給歐士華。透過衝突，我們認識了角色（**鋪陳**）。每一句台詞都幫助我們理解他們的特質與人際關係。第一句對白就啟動了**衝突**，最後結果是雷吉娜獲勝。

雷吉娜想留在阿爾文家與殷史川決意要她走之間的小衝突，其中有完美的**轉折**。仔細閱讀他揭露自己帶她回家的願望之前的對白。從這之後，檢視雷吉娜變得義憤填膺之前的動態，此時她想起以前他用什麼名字叫她。然後他告訴她自己設立「高級餐館」的計畫，接著他建議她像她母親一樣跟水手拿錢。就在這句建議之後**危機**發生，**高潮**隨即出現。

雷吉娜：（走向他）出去！
殷史川：（往後退）好了！好了！妳應該不會打我吧？
雷吉娜：對！如果你這樣講媽媽，我就會打你。我叫你出去！
　　　（把他趕去花園門口。）

高潮自然地發生，解決在殷史川離去之前就已經明顯確立。他提醒她根據教會戶口紀錄，她是他的女兒，暗示他可以強迫她跟他回家。以上就是我們先前已經討論過的所有元素。

下一場是曼德斯與雷吉娜的對手戲，在故事時間上立刻緊接前場，也包含所有的必要元素。戲劇高潮是在雷吉娜向他表白的那一刻，害羞的曼德斯驚慌失措，他說：「能否麻煩妳讓阿爾文太太知道我到府上拜訪？」

在《群鬼》全劇中，你會發現不少結構清晰的高潮段落。

大自然以正反合的方式運作，它永遠不會突跳。大自然中所有的角色都被完善地排列組合。對立統合性牢不可破，而危機與高潮一波波形成。

人體充滿了細菌，是白血球控制了它們不造成危害。健康的身體是許多危機與高潮的場景。但如果身體的抵抗力降低，白血球的數量減少，細菌的數量會令人不安地快速增生，並開始發揮作用。細菌與白血球之間持續發生上升型衝突。當防禦力量崩潰的時候，危機出現，身體似乎將要毀滅。就像在劇本裡一樣，重大問題是主角（身體）是否會被毀滅。白血球雖然變弱，但還是展開攻勢，身體準備好要進行最後的決戰。最致命的細菌戰士進入戰局，讓人發高燒。使人發燒的細菌現在進入身體側面。最後的危機導致高潮，身體願意戰鬥到死為止。如果身體死亡，我們就有結論──葬禮。如果身體康復，我們同樣有結論──復原。

某人偷東西：衝突。他被追捕：上升型衝突。他被逮捕：危機。他被法院判罪：高潮。移送他到監獄是結論。

有趣值得注意的是，「某人偷東西」本身就跟「追求伴侶」或「懷孕」一樣是戲劇高潮。即便是次要的高潮，也可以導致劇本或人生的主要高潮。

沒有開頭也沒有結局。大自然裡的一切不斷持續下去。所以，在劇本裡的開場不是衝突的開始，而是另一場衝突的總結。當角色做出決定，他體驗到內在的高潮。他依據自己的決定行動，開啟不斷上升的衝突，衝突在發展的過程中改變，發展成危機與高潮。

我們很確定宇宙的組成具有同質性。星星、太陽，甚至幾百萬英哩遠的其他恆星，都跟地球一樣以同樣的那些元素構成。在我們不起眼的星球上發現的全部九十二種元素，都可以在三千光年之外的星球上發現。原生動物與自然中的一切也都是由這些元素組成。

星星之間的差異，就跟人與人之間的差異一樣：年齡、亮度、熱度等等，都取決於它們內部這些不同元素組成的比例。從大海汲取一滴水，你會發現其中含有構成所有海洋的相同元素。

對人類來說，同樣的原則一樣成立，對戲劇來說也成立。最短的場景裡也有三幕劇的所有元素。一場戲有其自身的戲劇前提，透過角色之間的衝突來呈現。衝突，則是以轉折、危機與高潮的進程發展。劇本中的危機與高潮反覆發生，就跟鋪陳一樣持續不斷出現。

讓我們再問一次這個問題：危機是什麼？我們可以回答：「轉捩點；往一方或另一方決定性的改變將要發生的狀態。」

在《玩偶之家》中，主要危機發生的時間點，是海爾默發現克羅斯塔來信，並發覺真相的那一刻。他將做什麼？幫助娜拉度過難關？他是否能理解她行為的動機？或者，他忠於自己的角色，是否會譴責她？我們不知道。雖然我們知道海爾默對這類事情的態度，我們也知道他很愛娜拉，這個不確定性仍將會是個危機。

戲劇高潮是故事堆疊的最高點，本劇中的高潮是海爾默不但不能理解娜拉，反而突然進入無法被控制的盛怒狀態。結論是娜拉決定離開海爾默。

《哈姆雷特》、《馬克白》、《奧賽羅》的解決都很短。幾乎立刻在高潮之後，劇本承諾觀眾有人會受懲罰、正義將會彰顯，然後故事就落幕。在《玩偶之家》中，解決占了最後一幕的大半部分。那種作法比較好呢？在這一點上，只要編劇能夠維持衝突進展，就沒有固定的規則，易卜生在《玩偶之家》中就做了如此示範。

第四部

通論

第一章　必備場景

　　某一天，有個曾為世界增添知識的科學家過世了。我要向你講述他的一生，然後你再告訴我，他生命史當中的哪個階段最為重要。

　　他母親懷孕有了他。他出生時很健康，但是四歲時得了傷寒，導致心臟受損。男孩七歲時，父親過世。母親不得不去工廠上班，把他交給鄰居照顧，但他仍有營養不良的問題。

　　有天他獨自在街上遊蕩時，發生了車禍。他兩腿都撞斷了，於是在住院期間，以及出院回家後，都必須臥床。為了打發時間，他讀書的時數比同年齡的一般男孩還要多。他十歲就在讀哲學，十四歲立志成為化學家。可他母親雖努力工作，還是供不起他上學。

　　他現已康復，並且幫人跑腿，這樣就可以去讀夜校。他十七歲時，以一篇生化學的小論文贏得二十五美元的獎金。他十八歲時遇到一位賞識他的伯樂，贊助他去上大學。

　　他學業進步得很快，卻因為談戀愛與結婚，而惹怒了贊助人。失去金援之後，男孩好不容易才找到差事，在一間化學工廠作工。他二十歲時當了爸爸，薪水卻遠不足以養家。他接下額外的工作，累壞了身體。他太太帶小孩離開他，回娘家去了。他憤恨不已，一度考慮自殺，但在二十五歲時又回到夜校，完成學

業。這時妻子已經與他離婚，此外他還有心臟衰弱的困擾。

他三十歲時再婚了。對方是大他五歲的女老師，而且了解他的志向。他在家建了一間小實驗室，在裡面發展自己的理論。他幾乎立即獲得了成功。有間大公司鼓勵他做發明，等他六十歲過世時，已被譽為當代最多產的發明家。

那麼，哪個才是他一生中最重要的階段？

年輕小姐：當然是遇見女老師。這讓他有機會能夠做實驗，並獲得成功。

我：那他撞斷腿的意外呢？他差點沒命。

年輕小姐：的確。要是他死了，就沒有後續的成功故事了。這也是個重要階段。

我：那妻子跟他離婚呢？

年輕小姐：我懂了。如果她沒有跟他離婚，他就不能再婚了。

我：記得嗎，他的身體還一度累垮。若非如此，妻子可能從沒想過離婚。要不是得了傷寒讓心臟受傷，他說不定可以同時兼好幾份差，太太就不會離開他。他或許會有更多小孩，而且繼續當勞工。那麼，哪個才是最重要的階段？

年輕小姐：他出生之時。

我：那母親懷上他的時候呢？

年輕小姐：我懂了。當然，這才是最重要的階段。

我：等一下，要是他母親懷孕的時候就過世了呢？

年輕小姐：你想說什麼？

我：我是試著找出這人一生中最重要的階段。

年輕小姐：這樣看來，好像根本沒有所謂最重要的階段，因為每個階段都出自前一個階段。每個階段都同等重要。

我：每個階段難道不都是許多事件在某個特定時間一起造成的結果嗎？

年輕小姐：是的。

我：所以，每個階段都取決於前一個階段，是嗎？

年輕小姐：看來是如此。

我：那麼我們可以篤定地說，沒有哪個階段比其他階段更重要，是嗎？

年輕小姐：是的——但是我們為什麼要用這種拐彎抹角的方式討論必備場景的問題？

我：因為每個教科書作者似乎都同意，必備場景就是一齣戲必須具備的場景。這是預料中的、每個人都在期待的場景，是從頭到尾都在允諾將會出現、不能刪減的場景。換句話說，打造這齣戲就是為了通往一個無可避免的場景，其重要性遠勝於其他所有場景。在《玩偶之家》裡，海爾默從信箱拿出信時，就是這樣的場景。

年輕小姐：你不同意嗎？

我：我不同意這個概念，因為一齣戲裡的每個場景都是必備的。妳了解為什麼嗎？

年輕小姐：為什麼？

我：因為海爾默如果沒有生病，娜拉就不會假造簽名，克羅斯塔就沒有藉口來他們家要錢，就無法帶出劇情糾葛。克羅斯塔就永遠不會寫這封信，海爾默就永遠不會打開它，而——

年輕小姐：你說得沒錯，但是我同意羅森所說的：「任何劇本都不得不提供一個引起最高期待的專注點。」

我：的確，但這樣說會讓人誤解。一齣戲若是有個前提，那麼只有驗證這個前提，才有辦法創造出一個「引起最高期待的專注點」。我們感興趣的到底什麼呢——是必備場景，還是驗證前提呢？既然劇本是從前提發展出來的，那麼驗證前提之時，自然就會成為「必備場景」。許多必備場景都因為前提模糊或沒有前提，讓觀眾沒東西可以期待，所以功敗垂成。

「殘忍的野心會毀滅自身」是《馬克白》的前提。**對這個前提加以驗證，將提供一個「引起最高期待的專注點」。**每股作用力都會引起一股反作用力。殘忍本身就導致了自身的毀滅——驗證這一點是必要的。若因為任何原因延遲了，或者遺漏了這個自然次序，劇本就會受害。

在一部劇本裡，沒有一個時刻不是從前一刻發展出來的。每個場景在演出的此時此刻，都是最重要的。只有與全劇融為一體的場景，才會具有生命力，讓我們迫不及待想看下個場景。場景之間的差別在於，其激烈程度逐場遞增。如果我們只顧慮必備場景，很可能就會只專注於劇中唯一充滿張力的場景，卻忘記了先前的場景也需要同等留意。每個場景都與全劇包含了相同要素。

就劇本整體而言，劇情會持續上升到某個程度，也就是整齣戲的最終頂點。這個場景會比其他場景都更有張力，但不能為此損及任何先前的場景，否則整部劇本就會受害。

我們前述那位科學家的成功，必定是相較於成功之前的階段

衡量出來的。他一生的任何階段都可能是最後階段，以失敗或死亡作收。羅森寫道：「必備場景就是劇本驅向的迫切目標。」不是這樣的。迫切的目標就是驗證前提，僅此而已。像羅森這種說法會模糊問題，讓人混淆。

這位科學家盼望成功，就如同劇本也必須驗證其前提，但當下的某些議題還是必須優先處理，而且要盡可能處理好。不能把必備場景當成獨立的問題分開處理。必須把角色以及決定角色的因素納入考量。羅森說：「高潮的根源在於社會觀念（social conception）。必備場景根植於行動，是衝突外顯的有形結果。」

一切行動，無論是不是外顯有形，其根源都必定來自社會觀念。花朵不會埋在土裡，但若沒有植根在土壤裡，莖上也不會開花。並不是只有一個，而是許多個必備場景，創造了最終的對決、最重大的危機——也就是對前提的驗證——只是羅森等人誤將這場驗證稱為必備場景而已。

第二章　鋪陳

　　有種錯誤觀念認為，鋪陳（Exposition）就是用另一種方式稱呼劇本的開場。教科書作者們對我們說，必須在展開行動之前，就把心境、氣氛、背景建立起來。他們告訴我們，角色應該如何登場、應該說什麼話、應該怎麼動作，才能讓觀眾有印象並維持注意力。而這些要領雖然一開始看似很管用，卻會導致困惑。

　　《韋氏辭典》怎麼說？

　　Exposition：闡述一篇寫作的意義或理由；有意傳達資訊。

　　瑪奇（March）的《同義詞典》（*Thesaurus*）[1]呢？

　　Exposition：展現（exposing）的動作。

　　那麼，我們要展現什麼呢？前提嗎？還是氣氛？角色的背景？情節？布景？心境？答案是，我們必須同時把這些全部展現出來。

---

1 譯注：瑪奇（Francis Andrew March）的《英語同義詞典》（*Thesaurus and Dictionary of the English Language*）。

要是我們只選擇「氣氛」，幾乎立刻就會碰到這個問題：是誰生活在這個氣氛裡？要是我們回答：一位來自紐約的律師，我們就往建立氣氛更靠近了一步。

要是我們繼續推進這個問題，追問這個律師是什麼樣的人，我們就會得知他是個正直、不妥協，而且失敗的人。我們會得知，他的父親是個裁縫，省吃儉用才讓兒子成為專業人士。我們在自問自答當中不曾提及「氣氛」，但已在營造氣氛。如果我們繼續探究這位律師的事，就會挖出關於他的一切：他的朋友、抱負、身分地位、此刻的前提，以及當時的心境。

我們對這人知道得愈多，對於心境、場所、氣氛、背景與情節也會知道得愈多。

於是我們想要展示的，似乎就是我們筆下的這個角色。我們想讓觀眾知道**他的目標**，因為他們知道了他想要什麼，就能深入認識他是什麼樣的人。我們無需展示心境或是其他任何老套題材。這些部分都要與整部劇本融為一體；在角色試圖驗證其前提的同時，就會把這些部分都建立起來。

「鋪陳」本身是整部劇本的一部分，並不只是個在開場用完就丟棄的固定配件。然而許多寫作課本討論鋪陳時，卻把它當作戲劇結構裡一個分隔的單獨元素。

再者，「鋪陳」應該持續進行，不受中斷，直到劇本的結局為止。

在《玩偶之家》的一開場，娜拉透過衝突，就展現出她是個天真又嬌慣的孩子，涉世未深。易卜生藉此就能達成效果，而不是安排一個僕人告訴新來的管家主子是什麼人、教他怎麼做事，

也不用在電話交談中告知觀眾，X先生的脾氣火爆，要是得知現況，天曉得他會幹出什麼事。

以大聲宣讀一封信來展示角色的背景，也是個彆腳的手法。這些權宜之計不但差勁，也毫無必要。

當克羅斯塔上門向娜拉要錢時，克羅斯塔隨後的威脅動作，以及娜拉面對威脅的反應，都準確展現了兩人的本性。他們透過衝突展現自己──在整齣戲中也將繼續展現自己。

喬治‧皮爾斯‧貝克是這麼說的：

　　首先我們用外顯有形的動作激發觀眾的情感；而這有形的動作也發展了故事，或是說明了角色，或是兩者兼具。

在一部好劇本當中，有形的動作不但要兼顧這兩者，還得做到更多。

珀西瓦‧懷爾德在他的《技藝》（*Craftsmanship*）當中，這樣提到「鋪陳」：

　　營造氣氛相當近似於建立心境。

這個見解可以如此具體說明：「在你關於挨餓佃農的劇本裡，千萬不能讓他們盛裝打扮。最好讓他們衣衫襤褸、把他們放在搖搖欲墜的棚屋裡，以營造氣氛。堅持不讓服裝設計師使用鑽石，以免給人富裕的印象，使觀眾感到困惑。」

懷爾德先生又繼續說明這項建議的重點：

具有同等或是更大用處的鋪陳，總是可以打斷行動。

不過如果你讀過任何好的劇本，就會注意到**鋪陳是持續不斷的，直到最後一次幕落為止**。再者，他說的行動指的其實是衝突。

無論一個角色做了或沒做什麼、說了或沒說什麼，都能揭露他自己。無論他決定要不要隱藏自己的身分，無論他決定說謊話或實話，無論他有沒有偷東西，他都在揭露自己。不管在劇本的任何部分，你停止鋪陳的那一刻，就是角色與劇本也跟著停止發展的時刻。

「鋪陳」是個常用的說法，卻會使人誤解。如果偉大的作家們採納了「權威人士」的建議，把鋪陳限制在劇本的開場，或是行動之間的突兀節點，那麼再偉大的角色也會胎死腹中。海爾默最重要的鋪陳場景出現在劇本的結尾——而且放在其他任何地方都行不通。阿爾文太太在《群鬼》的結局殺死了自己的兒子，因為我們已經看見她經過持續鋪陳、一路走來的發展。阿爾文太太的發展並不會在此結束，而是餘生都將持續展現自己，就像每個人一樣。

大多數教師將其稱作鋪陳，我們則偏好稱為「衝突攻擊點」。

問：我自己是同意你的建議。但是如果「氣氛、情緒與設定背景」能讓初學者釐清概念的話，我不覺得使用這些詞彙有什麼不好。

答：但是它們不能釐清任何東西，反倒令人混淆。如果你顧慮心

境，就會忽略研究角色。威廉‧亞契在他的《編劇技藝手冊》中說道：

> 這門藝術在於如此展開關於過去的戲，讓逐步揭露不只是引導或開啟了關於現在的戲，也是其行動不可或缺的一部分。

如果你聽從這項建議，就再也停不下來，在這裡、那裡或任何地方都不行，因為你的角色總是會捲入關鍵的行動，而任何的行動（衝突）都是在鋪陳角色。如果角色因為任何理由沒有碰到衝突，那麼鋪陳以及劇中每樣事物都會立即停滯在這裡。換言之，衝突就是真正的「鋪陳」。

第三章　對白

　　我編劇課的學生交上了關於「對白」的報告。珍妮・邁可（Jeanne Michael）同學寫得相當清楚扼要，以至於我們覺得有必要在此引述：

　　在一齣戲裡，對白是用來驗證前提、展現角色、帶來衝突的主要手段。把對白寫好至關重要，因為對觀眾而言，這是整齣戲裡最顯而易見的一部分。

　　但是編劇者既然認識到，對白若寫得壞，劇本就不會好，那麼他也必須認識到，對白必須明顯合理的像是該角色會講的話，並有助於以輕鬆自然的方式帶出對劇中行動有重要性的角色遭遇，否則就不會是真正的好對白。

　　唯有上升中的衝突才能產出健全的對白。我們都經歷過那種冗長無趣的時段，角色們坐在舞台上沒完沒了地談話，試圖填滿上一場與下一場衝突之間的空白。如果作者已經提供必要的轉折，就不需要用這種閒聊來過場了。而這種銜接用的對白無論多麼機靈巧妙，它永遠是不紮實的，因為它沒有穩固的基礎。

　　另一方面，言不及義的對白則是衝突陷入靜態平衡所導致的。沒有一方辯得贏這場僵持的交鋒，他們的對白也漫無方向。充滿機鋒的笑點一句蓋過一句，鬥嘴的人卻誰也沒打敗誰，角色

則凍結成再也不會發展的標準典型——雖然一齣戲的角色若是生動，就很少充滿「機鋒」。許多高尚喜劇（high comedy）的角色與對白都屬於此類，這就是為什麼很少有社會劇（society dramas）可以流傳久遠。

對白必須展現角色。每段台詞都應該是說話者三個面向的產物，告訴我們他是誰、暗示他將成為什麼樣子。莎士比亞筆下的角色自始至終都在發展，但他們並不會使我們感到驚訝，因為他們說出的第一段台詞就暗示了結局的樣子。因此，當夏洛克（Shylock）在第一次出場就表現出自己的貪婪，我們就有理由猜想，他最後的作為將會是他的貪婪與周遭勢力發生衝突的結果。

莎士比亞或索福克里斯都沒有為我們留下筆記，描述他們劇中的主角。我們也沒有丹麥王子或是底比斯國王寫的日記。但是我們有好幾頁充滿生命力的對白，用最清楚的方式說出哈姆雷特怎麼想、伊底帕斯的問題是什麼。

對白必須展現劇情的背景。索福克里斯筆下的安提戈涅（Antigone）說的第一段話就是：

> 妹妹，我親愛的妹妹！伊絲墨涅啊！
> 在伊底帕斯遺留的一切災禍當中，
> 宙斯還漏了降下什麼
> 給在世的我們倆？

這段台詞立刻表達了角色之間的關係、他們的血統、宗教信仰，以及當時的心境。

克利福德・奧德茨在《醒來歌唱》（*Awake and Sing*）的一開場，就熟練運用了對白的這項功能，讓拉菲（Ralphie）說：「我這一生都想要一雙黑白鞋卻得不到。真是荒唐。」於是你就了解了他的經濟背景，還有某方面的個性。對白必須做到這點，而且從幕一升起就必須開始進行。

　　對白必須預示即將到來的事件。在關於命案的劇本當中必須出現動機，通常還要有實際犯案之前的準備資訊。舉例來說：

　　有個甜美可人的小女孩，用一把指甲銼刀殺了壞人。夠單純了吧？可你得用合理的方式表現出，這女孩以某種方式曉得有這把銼刀，還曉得刀子夠銳利才行——否則她就不會拿來當武器了。而且必須以合理且站得住腳的方式，帶出她最早發現這把刀及其潛在用途的方式，不能草草了事。她必須本來就是會用上這件武器的個性——如果一直都在使用的話，還能說出關於這刀的見解。觀眾想要知道事態發展，而對白就是傳遞資訊的最好方式之一。

　　因此，對白出自角色與衝突，又能反過來揭露角色、帶出行動。角色與行動都是對白的基本功能，但這些僅是入門工夫。編劇者還必須懂得許多事，以免寫出死板無趣的對白。

　　詞句以扼要為宜。藝術是篩選而不是全盤複製，若能不讓多餘的廢話干擾，你的論點就會更深入。一齣戲若是「多話」，就表示有內在的麻煩——由於前置工作不足而造成的麻煩。一齣戲會多話，就是因為眾多角色都停止發展，衝突也停滯不前。所以對白只能在原地打轉，既讓觀眾覺得煩躁，也迫使導演要幫演員想花招來取悅倒楣的觀眾，但終歸徒勞無功。

若有需要，寧可為了角色犧牲「文采」，也不要為了文采犧牲角色。對白必須像是角色會說的話，為了名言佳句而毀掉你創造的角色並不值得。不損及任何一個角色的發展，還是有可能寫出活潑、機智、動人的對白。

　　讓人物說出他自己的世界會用的語言。讓技師說出機械的術語，讓賽馬場的票販子聊下注與賭馬。不要把特定職業的意象塑造到誇張可笑的地步，但完全沒有職業意象也不行，否則你寫出的任何對白都會流於淺薄且毫無價值。若要混雜不同意象，這種手法用在滑稽劇（burlesque）中或許是可行的。一板一眼的米蘭達阿姨要是說出黑社會的黑話，這在低級喜劇（low comedy）當中會讓人捧腹大笑，但是在正經戲劇裡就讓人不舒服了。

　　不要道貌岸然地說教。永遠不要把劇本當成政見發表會。你當然可以有某個意旨，但要傳遞得自然隱約。別讓你的主角發表不合角色設定的演說。觀眾會尷尬到受不了，轉而哄堂大笑。

　　從伊麗莎白一世的時代至今，都有人在呼籲改革社會不公與階級壓迫，呼籲得也相當好。但表達的方式必須呼應發言的角色，以及角色當時受到的刺激。在《埋葬死者》當中，發動起義反戰的是貧困的悍婦瑪莎・韋伯斯特（Martha Webster）。這並無不協調之處，反而恰如其分，且令人心碎。

　　我們也在保羅・格林（Paul Green）的《旭日讚歌》（*Hymn to the Rising Sun*）當中看到，鋪陳做得好，就完全不需要說教。格林先生的對白簡潔又有張力，足以傳達對於角色與情景的刻薄諷刺。

　　故事發生在七月四日黎明前的一座苦役監獄裡。其中一個新

來的犯人，因為被矮子（Runt）的遭遇嚇到，而無法工作也睡不著。矮子因為自慰，而被關進禁閉室十一天，只靠配給的麵包與水過活。新來的囚犯因為被人以「磨練他」為由毆打而慘叫著，但他遵照隊長命令唱起「美利堅之歌」（America）的旋律時，就顯現了劇情的高潮與反諷意味。從禁閉室拖出的矮子已死，報告上寫著：「自然死亡。」眾人拖著腳步前去上工了，這時神情木然的年長廚子則低聲哼起了「美利堅之歌」。就這樣。沒有一句話對支持了如此不人道現象的法律表示譴責。反倒是隊長用粗魯直白的方式做了演講，解釋為何要苛待苦役犯。然而這齣戲卻是對美國刑法體系最嚴厲的控訴。

你不必發表演講就能進行抗議。

要讓巧妙的台詞真正融入整齣戲。要記住，你寫的是戲劇不是雜耍短劇。為用而用的「笑點」會毀了連貫性。笑點必須完全與說話者的設定相容，而且除了「搞笑」之外，還必須發揮其他功能。莎士比亞在寫《錯誤的喜劇》（*Comedy of Errors*）時，讓德洛米奧兄弟（the Dromios）說的大多是很糟糕的雙關語，對整齣戲並無助益。但是到了《奧賽羅》，他就已經學會讓文字遊戲成為融入整體的一部分。奧賽羅在行凶前說：「掐滅這亮光，再掐滅這亮光。」（Put out the light, and then put out the light.）就同時暗示了發生的事件與他做出的反應。

三〇年代有齣名為《孩子學得快》（*Kids Learn Fast*）的戲，就因為幽默使用不當而為人詬病。編劇施弗林（Shifrin）先生有些話要說，但卻把自己的遣詞用字塞進小朋友口中。「警長一定是等私刑結束的第二天才會來啦」；「密西西比、田納西、喬治

亞、佛羅里達，都沒差，黑鬼都被追殺，什麼什麼的。」這些都不是他描寫的兒童會自然說出的句子。

我們目前已經討論過了對白的辯證法，也就是對白是由角色與衝突發展而來，且角色與衝突必定以辯證[2]的方式存在。但是對白本身也必須是辯證的，很少能與配合的對象分離。對白內部必須依照衝突緩升（slowly rising）的原則編排。當你列舉多項事物時，會把令人印象最深刻的放在最後。你會說，「市長來了，還有州長，還有總統！」就連音量也會隨之漸強，我們會說「一……二～三！」而不是「一！二～三……」。曾有個經典倒裝句警告說，謀殺會導致酗酒，酗酒會導致吸菸，吸菸會導致安息日破戒，真是罪大惡極。這當成笑話滿好，若是戲劇就很糟。

以辯證方式發展對白的絕佳例子之一，就是《白癡的樂趣》這部若不這麼寫就會很糟的劇（第二幕第二場）：

愛琳：（對軍火大亨説）……我必須避開自己的恐慌念頭。所以我觀察別人的臉孔當作消遣。就是些平凡無奇、索然無味的人。（她用一種親暱又殘虐的口吻説）比方説那對年輕的英國夫妻。用晚餐的時候我看著他們，坐在那裡，靠在一起，手牽著手，在桌子底下磨蹭著彼此的膝蓋。然後我看到那丈夫穿著體面帥氣的軍服，拿一支小手槍往一輛大坦克射擊。然後坦克就把他輾過去了。而他那勻稱健壯、曾經充滿雄風的身體，已成一堆壓爛的連骨帶肉──一攤汙紫的血跡──

---

2 譯註：指角色與衝突互相形塑、互相決定。

就像隻被踩碎的蝸牛。但他在臨死前還安慰自己，想著「感謝上帝，**她**還是安全的！她懷著我的孩子，孩子會活下來，看到一個更好的世界。」……但我知道她在哪。她就橫陳在一間被空襲炸毀的地窖裡，她那對年輕堅挺的乳房已和一個屍首不全的警察的腸子混成一團，腹中的胎兒則飛濺到一個死去主教的臉上。我就是想這種事當作消遣，阿齊爾。因此我只要想到自己跟你這麼親密，就覺得好驕傲，是你讓這一切成為可能。

薛伍德先生用「一種親暱又殘虐的口吻」打造了一場悲劇。他隨即加上一線希望，以反諷的手法更加強化悲劇性。反諷的方式就是，讓後段的描述比前段更恐怖。接著則是自我厭惡、作賤自己，以及刻意投身於恐怖之中帶來的最後高峰。若採取其他編排方式，效果就不會這麼好，屆時無可避免將形成反高潮（anticlimax），就慘不忍睹了。

正如同衝突必須來自角色，以及台詞的意義必須來自衝突與角色，台詞的口吻也必須來自前述這些要件。建立句子必須隨著建立劇情一起進行，用聲韻與字義傳達出每一個場景的節奏與意涵。在這裡，莎士比亞仍然是我們最好的範例。他哲學段落裡的句子是密實而審慎的；在愛情段落裡的句子，則是抒情而流暢的。而後，隨著行動的開展，句子也變得愈來愈短、愈來愈簡單，因此不只是句子的組成內容，就連詞語和音節的組成內容，也會在劇情的不同發展階段呈現出差異。

辯證方法並不會剝奪編劇者的創作特權。你的角色一經啟

動，他們的行事與說話方式就已大致確定；但是要放什麼角色進去則完全任你選擇。因此，你要考慮你筆下角色的慣用語、聲調、表達方式。要思考他們的性格、背景，以及這些因素對他們說話的影響。要排列組合（orchestrate）你的角色，這樣他們的對白就會自然成形。當你看《熊》看到大笑時，要記住契訶夫能達成浮誇又矜持到可笑的效果，就是因為他讓一個浮誇的角色對抗一個矜持到可笑的角色。而在《海上騎士》（*Riders to the Sea*）中，約翰·米林頓·辛額（John Millington Synge）則讓我們信服，眾人用各異的悅耳韻律說話，也能說出悲慘卻美麗的韻律。莫利雅（Maurya）、娜拉、凱撒琳（Cathleen）與巴特利（Bartley）都有阿倫群島[3]島民（Aran Islanders）的口音。但是卻聽得出來巴特利跛䠊、凱撒琳有耐心、娜拉因年輕而迅速、莫利雅則因年老而遲緩。這是英語中最美麗的對白搭配之一。

還有一件事，就是不要過度強調對白。要記住，對白只是劇本的媒材，絕不會比劇本整體更重要。對白應該與劇本相稱，不應產生扞格。在製作《鐵人》（*Iron Man*）時，諾曼·貝爾·蓋迪斯（Norman Bel Geddes）設計了很棒的布景，真的在台上搭了一座摩天大樓，卻因此備受批評。這套布景對這齣戲來說太精美了，反而分散了原本應該投往角色的注意力。對白也經常如此，脫離角色，自己把注意力吸引過來。例如《失樂園》（*Paradise Lost*）就因為太囉嗦，而讓許多景仰奧德茨的人失望。全劇充斥無謂的台詞，不像是角色真正會說的用語，硬生生插進來藉以強

---

3 譯註：愛爾蘭西岸的離島。

調對白。結果角色與對白都因此受害。

　　總而言之：若要得到好的對白，就要謹慎挑選角色，使角色能以辯證的方式發展，直到一路緩升的衝突終於驗證前提為止。

第四章　實驗

問：你立下的規範這麼嚴格，我看不出誰還有辦法做實驗
（experiment）。依照你的警告，要是哪個不幸的編劇遺漏了
任何一項你所說劇本必須涵括的成分，下場就會很慘。難道
你不知道，制定規則就是要拿來打破的——而且打破了也常
常沒事嗎？

答：是的，我們知道。你照著這個方法，要做什麼幾乎都可以
——儘管隨心所欲地做實驗；就像人也可以在水裡游、在空
中飛，住在極地或熱帶。但是他沒有心或肺就活不下去，你
要寫出好劇本也少不了基本要件。莎士比亞是他那時最敢做
實驗的人之一。打破亞里斯多德三一律（three unities）的任
何一條在當時都是重罪，而這三條準則：時間一致、地點一
致，以及動作一致，卻都被莎士比亞打破了。每個偉大的作
家、畫家、音樂家，都曾打破某些被人奉若聖物的鐵則。

問：你這樣說正好強化了我的論點。

答：那就檢驗看看這些大作家的作品。你會發現，角色是通過衝
突形成發展的。他們保留了基本規則，除此之外打破了一切
規則。他們從角色出發進行建構。三個面向兼具的角色，是
一切好劇本的基礎。你會在他們的作品中看見不斷進行的轉
折。最重要的是，你會找到方向；也就是清晰的前提。此

外，如果你知道自己要找什麼，那你也會找到對比鮮明的角色排列組合。他們都用上了辯證法，只是自己沒察覺而已。

　　沒有哪兩個人會用相似的方法交談、思考、說話。沒有兩個人會用類似的方法寫作。你如果想像，辯證方法試圖把每個人的劇本都變成同一個模子刻出來的，那你就大錯特錯了。相反地，我們請你不要把原創發想與奇技淫巧混為一談。**在追求特殊效果、驚奇、氣氛、心境之前必須明白，這一切效果，甚至更多東西，都要往角色當中尋找**。你要選什麼來做實驗都可以，但是必須符合自然法則。在自然法則的範圍內，要創造什麼都行。有趣的是，星體誕生的方式就像人類一樣：性質相異者互相吸引，使得呈現星雲般模糊樣態的物質彼此靠近，若遇到有利的條件即可演變成星體。轉折在此同樣隨處可見。每一片星雲、每一顆星體、每一個恆星都有差異，但是構成它們的元素都是相同的。星體也彼此依賴，一如人類。如果彼此的關係沒有固定下來，它們幾乎立刻就會相撞，互相毀滅。星體之中也有流浪漢——像是彗星，但是也受制於相同的法則。於是，就像萬事萬物都彼此依賴，角色也是彼此依賴的。角色必須具備某些共通的基本元素，也就是三個面向。除此之外，你可以盡情實驗。你可以特別強調其中一項特徵；你可以放大細節；你可以處理潛意識；你可以在形式上嘗試各種效果。你想到什麼都可以做，只要把角色呈現出來。

問：你怎麼認定威廉・薩洛揚的《我的心在高原》（*My Heart's in the Highlands*）？

答：當然是場實驗。

問：你認為這是齣好戲嗎？

答：不，它背離了生活。角色全都脫離現實。

問：所以你不贊成這樣嗎？

答：堅決不贊成。每場實驗，不管結果多糟糕，從長遠的眼光來看都不是白費力氣。大自然也是一直在做實驗。要是實驗性質的創作失敗了，就會被拋開，但是在這之前，必須先窮盡一切改良的可能性。如果你對自然史略有認識，就會驚訝於大自然竟能如此用盡一切想得到的方法來表現自己。

　　當馬諦斯、高更、畢卡索在繪畫上做實驗時，並沒有丟掉構圖的基本原則。他們反倒重申了這些原則。一個人強調色彩、另一個強調形式、第三個強調設計，但是每個人都是建構在堅實的構圖基礎上，只是在線條與色彩上大異其趣。

　　在糟糕的戲裡，人物過生活的方式彷彿可以自給自足、遺世獨立。但即使彗星也不能自給自足，流浪漢也不能，他也得乞討、偷竊或借貸維生。大自然與社會裡的萬事萬物都彼此依賴，不論演員、恆星還是昆蟲都不例外。

　　大自然曾對一棵樹做過這樣的一項實驗。如你所知，樹木即使遭遇阻礙，也會往太陽的方向生長。但有一顆橡實掉進了一塊陡峭岩石的縫隙裡。種子發了芽，長成樹苗，除了水平生長而不是朝向太陽之外，一切正常。岩床讓這棵小樹沒有機會伸展開來。但過了一陣子，它還是往上長，從岩層頂蓋底下冒了出來，但是變得頭重腳輕，看似肯定會折斷。接下來發生的事宛如奇蹟。樹梢的一根枝椏朝山坡的方向往

回長，鑽進另一道縫隙，抓穩了立足點。一根又一根的枝椏都跟著第一根倒長，直到整棵樹都獲得了穩固的支撐為止。**大自然進行的這場所謂實驗其實根本不算是實驗，因為它的發生事出必然，無可避免**。必然性也會讓角色做出他們在一般狀況下從沒想過自己會做的事。

藝術家與作家之所以做實驗，是因為他們覺得有必要這樣做，才能完全表現出筆下的角色。就算我們不認可他們做的實驗，實驗終究是好事，因為我們可以從中學習。

我們要再三強調的是，所有體現大自然的事物都有辯證的性質。即使是我們剛才提到的樹，也有它的前提。樹與地球引力之間的關係，就像角色的排列組合。在地球引力與樹的生存意志之間，就是衝突。在樹的生長、枝椏的行動當中，也有轉折。其中有危機、有高潮，並以樹的獲勝做為解決。大自然如何對待樹，編劇就可以如何對待角色。只要遵守辯證法的基本原則，他就可以做實驗。

第五章　劇本之時效性

問：你跟我說的關於編劇的事，我大部分都同意。但是要如何選擇跟得上時代（timely）的題材？我們也許找到了一個清楚又有道理的前提，預計可以製造豐富的衝突，卻被劇場經理退件，因為跟不上時代。

答：你開始擔心經理對你的劇本會有什麼意見的時候，就表示你迷失方向了。如果你有根深柢固的信念，就寫下來，別管觀眾與經理怎麼想。你在試圖代入別人的角度設想的那一刻，很可能也就停止寫作了。你的劇本夠好，觀眾就會喜歡。

問：難道不是有些題材跟得上時代，有些則跟不上嗎？

答：只要寫得好，什麼題材都能跟上時代。人類價值觀若是從周遭的力量自然發展出來的，就會維持不變。人命一向都很珍貴，未來也永遠如此。把一個亞里斯多德時代的人放進他的環境中，認真刻畫他的樣貌，他也可以跟任何一個現代人一樣觸動人心。我們也有了機會，對照他的時代與我們的時代。我們看得到從那時以來取得的進步，並且臆測我們要走上的路。你想必看過這樣的戲，雖然跟上了最新潮流，卻像兩個媽媽在列舉自己小孩有哪些優點一樣枯燥無聊？但是羅勃・E・薛伍德的《林肯在伊利諾州》（*Abe Lincoln in Illinois*）至今仍然重要；麗蓮・海爾曼的《小狐狸》把故事設定在一

九〇〇年代初，但這齣戲仍是該年度最優秀的作品，原因就是劇中的角色都獲得了發展的機會。《全家福》（*Family Portrait*）講的是耶穌的家庭，並不是什麼最新消息，但它扣人心弦。另一方面，也有考夫曼與哈特（Hart）的《美國之道》（*The American Way*），以及S·N·貝爾曼（S. N. Behrman）的《沒時間演喜劇》（*No Time for Comedy*）。這兩齣戲討論的都是當年實際的迫切問題，但如今都已不再新鮮，也不復存在。令人信服且用心編寫的劇本，像是《玩偶之家》，則永遠都能歷久彌新。

問：我還是覺得有些議題比其他議題更跟得上時代。舉例來說，諾爾·考沃德有部劇本講的是一些無用之人，社會主流如何進步都與他們無關。這種人值得花時間去描寫嗎？

答：值得，不過當然要在好劇本裡才行。在考沃德的劇本裡，沒有一個角色是寫實的。如果他創造了擁有三個面向的角色；如果他深入探究了這些角色的背景、他們的動機、他們與社會的關係、他們的前提、他們的失望，這齣戲也許就值得一看了。

　　儘管文學探討人類已經幾百年了，我們卻要到十九世紀才開始了解角色。莎士比亞、莫里哀、萊辛，甚至是易卜生，認識角色的方式都是依靠直覺而不是條理。亞里斯多德曾宣稱，相對於行動來說，角色只是次要的。亞契則說，要透過作者才能深入探究角色。其他的權威人士則承認，角色對他們來說是個難解的謎團。我們欣然得知，像我們這樣挑戰亞里斯多德及其眾多詮釋者的見解，在科學界已有前例。美國最偉大的科學家之一、諾貝爾獎得主密立根（Millikan）

幾年前曾表示，轉化原子能來利用是個白日夢，永遠無法實現，因為我們為了打破原子核所必須使用的能量，就已經比可望擷取的能量還要多。但是另一位諾貝爾獎得主亞瑟‧H‧康普頓（Arthur H. Compton）則稱，如果能夠把鋼鈾[4]（actino-uranium）的能源完全轉化出來，每個原子將可產出兩千三百五十億伏特的能量。以一顆夾帶能量約僅四十分之一伏特的中子加以撞擊，會使鋼鈾裂解成兩個各自帶有一億伏特的巨大子彈，如此釋放出的能量將是原本輸入的八十億倍。角色也擁有取之不盡的能量，只是許多編劇尚未學會如何依照自己的意圖釋放，並且運用這股能量。只要有人物，不論過去、現在、未來，都可能形成有影響力的劇本——只要這個角色是從他全部三個面向刻畫的。

問：那麼，如果我創造出具備三個面向的角色，不管處理的是哪個年代都沒有差別嗎？

答：當你說具備三個面向的時候，我們希望你了解到，要把環境納入考量，而這個意思就是，你要完整地認識當時的習俗、道德規範、哲學、藝術和語言。舉例來說，如果你要寫西元前五世紀，你對那個時代就應該像對你自己的時代一樣瞭若指掌。我們自己會建議，你就待在二十世紀，或許就在你自己的鄉鎮或城市，寫你曉得的人。你的任務會輕鬆得多。如果你從角色的生理學、社會學與心理學面向創造他們，你這齣戲就能永不過時。

---

4 譯注：即鈾235，鈾的同位素。

第六章　登場與退場

問：我有個編劇朋友，在角色的登場與退場碰到很大的困難。你
　　能不能給他一些指點？

答：告訴他，要比原本更徹底地讓他的眾多角色融為一體。

問：你怎麼知道他沒有讓角色融為一體？

答：當你在一陣暴風雨過後發現窗邊的地板濕了，猜測窗子在暴
　　雨期間開著，就是合乎邏輯的。在登場與退場上有麻煩，就
　　表示這位編劇不夠了解他筆下的角色。在《群鬼》裡，當幕
　　升起時，我們在舞台上看到殷史川與他在阿爾文家幫傭的女
　　兒。女兒幾乎同時就警告他，不要大聲說話，以免吵醒剛從
　　巴黎回來、疲倦不已的歐士華。殷史川發表意見的時候，她
　　也覺得歐士華要睡多久不關這老頭子的事。殷史川狡猾地暗
　　示，她可能對歐士華有意思。雷吉娜怒不可遏，顯示被說中
　　了真相。這段對話的功用之一，就是讓我們對歐士華隨後登
　　場做好準備。我們又從殷史川那裡得知，曼德斯就在城裡，
　　再從雷吉娜那裡曉得，曼德斯隨時會來。曼德斯的登場便有
　　了穩固的基礎，但這不只是個取巧的手法而已。這齣戲完全
　　有充分的理由讓曼德斯在此刻現身。雷吉娜把殷史川推了出
　　去，曼德斯就登場了。她有許多話要對曼德斯說——其中沒
　　有一句是閒聊。這段交談是從先前的場景發展出來，又融為

一體。曼德斯不得不把阿爾文太太叫來，以躲避雷吉娜的含沙射影。在阿爾文太太進來之前的空檔，曼德斯拿起了一本書——這個動作將帶動接下來的一個重要場景。阿爾文太太被曼德斯叫來了。目前我們已經有了兩次登場與兩次退場，每一次都是這齣戲必要的一部分。在歐士華真正登場之前，別人已經談了許多關於他的事情，所以我們就會期待他的登場。

問：我懂你意思了。但並不是大家都能當易卜生。我們現在寫作的方式不同了。我們劇本的節奏更快。我們沒時間做這種繁複的準備。

答：在易卜生那個時候，編劇幾乎就像現在一樣多。你還能叫出幾個人的名字？其他那些寫出受歡迎但糟糕劇本的人，後來遭遇如何呢？他們都被遺忘了，想法跟你一樣的人也會如此。是的，時代變了，風俗習慣也變了，但是人還是有心有肺。你的步調（tempo）會改變，**也應該改變，但是驅動力（motivation）要保持不變**。事件的起因和結果可能已經與一百年前不同，但還是必須以清楚合理的方式呈現出來。舉例來說，環境造成的影響至關重要，過去是如此，現在仍是如此。若是只為了讓兩個角色私下交談，就叫另一個角色離開房間去倒杯水，等談完再讓他回來，這樣安排在過去就很糟，現在還是不可原諒。

人物不能像在《白癡的樂趣》裡一樣莫名其妙地晃來晃去。登場與退場乃是劇本框架的一部分，就像門窗之於房屋結構一般。若是有人進來或是出去，他必須是**出於必然**。**他**

的行動必須有助於衝突的發展，並且是該角色自我揭露過程
的一部分。

第七章　某些爛戲為何賣座

　　準編劇常常會疑惑，為了寫部好劇本而做功課、拼命努力，究竟值不值得，因為有些劇本的價值連他們拿來寫字的白紙都不如，卻能賺進幾百萬。這些「賣座」背後的原因是什麼？

　　讓我們看看其中一個大賣的案例：《愛爾蘭之花》（*Abie's Irish Rose*）。這部戲雖然有明顯的缺點，但是前提、衝突與角色排列組合都齊備了。對於作者處理的人物，觀眾從現實生活與雜耍短劇當中都已知之甚詳。對角色的刻畫雖然薄弱，卻也讓觀眾這方面的知識給平衡了過來。觀眾會覺得這些角色很真實，實則只是對這些角色感到面熟而已。再來，觀眾也相當熟悉劇情涉及的宗教問題，並從自己「屬於知情者」感覺到優越感。劇情的高潮部分又加強了這個效果。觀眾著迷於孩子要信仰什麼宗教的問題，並在心裡選邊站。當劇情高潮——也就是雙胞胎——出現時，雙方立場的人都得到了滿足。這時可謂皆大歡喜：祖父母、父母、觀眾都開心了。我們認為這齣戲之所以成功，是因為觀眾主動參與了賦予角色生命。

　　而《菸草路》則是個完全不同的案例。《菸草路》無疑是部很糟的劇本——但是它塑造了角色。我們不但看得見他們——還聞得到他們。他們性生活的墮落、動物般的生存方式，都引人遐想。觀眾看著他們的樣子，好像站在舞台上的人是從月球來的一

樣。就連全紐約最貧困的觀眾，也會覺得自己的命運比萊斯特好太多了。觀眾在此再次得到了優越感。但是強調角色的扭曲，卻掩蓋了關鍵的問題，就是對於社會的重新調適。**這齣戲塑造了角色，卻沒有發展角色，這就是為什麼它會陷入停滯，讓全劇的主要目的變成展示這些殘暴又不道德的生物**。而著迷的觀眾只是聚集來看這些外貌剛好像人的畜生而已。

而諾爾·考沃德能獲得非凡成功，則是因為**他用來嚇人的事物更讓人愉悅**：誰要跟誰睡？是他會得到她，還是她會得到他？要記得，考沃德發跡是在世界大戰之後，靠的是世故有錢的英國觀眾，他們如此渴望享受人生的一切。他們厭倦了戰爭，受夠了流血與死亡，對他那些鬧劇愛看到欲罷不能。他的台詞顯得聰明，因為有助於觀眾忘卻這世界所遭受的打擊。考沃德與許多類似的人都在安撫受到驚嚇的觀眾，讓他們進入一種麻痺的放鬆狀態。換作今日，他受到的反響就不會那麼熱烈。

考夫曼與哈特的《你不能帶走》（*You Can't Take It with You*）不是齣糟糕的戲，因為它根本不算齣戲。這是部以巧妙手法建構起來的雜耍短劇，只是有個前提而已。劇中角色都是諧趣、漫畫式的，彼此之間毫無關聯。角色都有各自的嗜好、需求與怪癖。作者也是費了一番力氣，才把這些角色都塞進一套架構裡。這齣戲會成功，是因為它提出的道德教訓是每個人都會贊同卻無需遵守的；而且它把觀眾逗笑了，這也就是它的目的了。

別忘了，大多數成功賣座的劇本**並不**糟糕。像是薛伍德的《林肯在伊利諾州》、金斯利的《死巷》、豪斯曼（Housman）的《維多利亞女王》（*Victoria Regina*）、貝因（Bein）的《自由鐘聲》

（*Let Freedom Ring*）、卡羅爾的《陰影與實體》、麗蓮‧海爾曼的《守望萊茵河》等等劇本，雖然都有明顯的缺點，但仍值得認真以待。而這些劇本都建立在角色上。真正糟糕的戲會有一些奇異、古怪的地方引人注意，且**不顧**其缺陷。若有兼具三個面向的角色，則會使其更加成功。

如果你的興趣不在於寫出好劇本，而是快速賺到錢的話，那麼你是沒有希望的。你不但寫不出好劇本，也賺不到任何錢。我們見過數以百計的年輕編劇疾速工作，寫著半生不熟的劇本，好像寫出來就有製作人在排隊等著搶一樣。我們也看到他們因為最後被退稿而灰心喪志。就算是在商場上，占優勢的也是交出的成果能夠超出客戶預期的人。如果一齣戲只是為了賺錢而寫出來的，它就會缺乏誠意。誠意是無法編造的，也無法將其注入一齣你沒有感情的戲裡。

我們建議你寫一些自己真心相信的東西。還有，拜託你，慢慢來，不要急。好好玩賞自己的腳本，要自得其樂。觀察你筆下角色的發展。你要描繪的角色都生活在社會之中，都受到必然性的驅策而行動，而你會發現，你把劇本賣掉的機會也變多了。不要為了製作人或觀眾而寫。為你自己而寫。

第八章　通俗劇

　　現在來說說戲劇（drama）與通俗劇（melodrama）的差別。在通俗劇中，轉折做得不好，甚至完全付之闕如。衝突則被過分強調。眾角色以閃電速度從一個激情高峰跳到另一個激情高峰——因為這些角色都只有單面向。警方追捕的殘忍殺手突然停下來協助一位盲人過馬路。這就顯得很不真實。一個在逃命的人甚至根本不太可能發現有個盲人，何況協助他。而且，一個殘忍的殺手肯定更有可能射殺這個擋路的盲人，而不是對他表示友善。即使是具有三個面向的角色，也必須呈現轉折，才能使其可信。缺乏轉折，就會變成通俗劇。

第九章　論天才

讓我們檢視看看天才（genius）的定義。

> 天才就是一開始就能解決麻煩的超凡能力。
>
> ——湯瑪斯‧卡萊爾（Thomas Carlyle），
>
> 《腓特烈大帝》（*Frederick the Great*）

我們同意。

> 有才能的人從最多的觀察得出最少的結論，而天才則從最少的觀察得出最多的結論。
>
> ——奧西亞斯‧L‧施瓦茲（Osias L. Schwarz），
>
> 《卓越人物的一般類型》（*General Types of Superior Men*）

我們也同意。

> 天才就是綜合許多條件的幸運結果。
>
> ——哈夫洛克‧埃里斯（Havelock Ellis），
>
> 《英國天才研究》（*The Study of British Genius*）

這個我們稍後再回來談。

Genius：個體在心智上的特殊天資；使某人能夠在特定才藝上做出某種行動或取得特別成功的心智秉賦或能力；心智上的非凡優越性；任何不尋常的發明或創造力。

——《韋氏國際辭典》

「天才」能夠學得比一般人更快。他擅於創新，能辦到一般人辦不到的事。他在心智上更為優越。但是這些都不表示「天才」不必認真學習就能成為真正的天才。我們見過資質平庸的人超越懶得學習與工作的天才。像後者這種「不上不下的才子」，在這個世界上遍地都是。為什麼智能強大的人會沒沒無聞？為什麼他們有這麼多人悲慘以終？看看他們的出身背景、他們的生理學，你就會得到答案。很多人從來沒有上學的機會（貧窮）。其他人交了壞朋友，他們非凡的才華都浪費在無用或是邪惡的鋌而走險（環境）。還有些人雖然讀過書，卻對所學科目有著不實的想像（教育）。你或許會宣稱，真正的天才總是會找出成功之道，但這並不是真的。每個取得成功的人，就算遭遇逆境，也都曾獲得成功的機會。

天才的非凡智能不見得足以創造他的成功。首先，一個人必須有個起步，一個在特定專業加深知識的機會。天才有能力比別人做得更久也更有耐心。

這個意思也就是指天才並不罕見。《韋氏辭典》說，天才是「使某人能夠在特定才藝上做出某種行動的心智秉賦或能力」。但

許多有能力的人卻未能做出「某種行動」。要是這種人因為環境條件所迫，而投入與他能勝任的「某種行動」截然相反的行動，他又會做出什麼呢？在這裡，「某種」這個詞就極為重要了。天才只有在一件事情，也就是「某種行動」上，才是天才。當然也有些例外：達文西、歌德——或許還有十幾個人類歷史上的奇才，就可以在不只一個領域出類拔萃。但是我們要說的是其他人：像是莎士比亞、達爾文、蘇格拉底、耶穌——每位天才都只專精一個領域。莎士比亞夠幸運才得以與劇場建立關係，雖然一開始並不受人重視。達爾文家境優渥，雖然他取得大學文憑，家裡卻覺得他沒用。後來他前往熱帶探險，這顆能夠「勝任某種行動」的頭腦才有了機會展現能力。其他人也是如此。

沒有人天生注定偉大。我們愛某一門科目的程度會勝過其他科目。我們若能獲得一切所需以拓展我們的知識，我們就很可能大幅進步；若是被迫做其他的事，我們就會憤恨不平、心灰意冷、終歸失敗。

蘋果樹尚未結果之時，我們照樣稱之為蘋果樹。但天才則是另一回事吧？天才是取得成就的人，而不是幾乎取得成就，或是想取得成就卻半途而廢的人，這樣說難道不對嗎？

如果前面的引文說得都有道理，這樣說就不對。其中沒有一項提及了成就，都只是試著分析造就天才的資質。成功就是有利條件的幸運組合，協助天才擴增、生產他擁有無限才能的事物。埃里斯那段話就是這個意思。史瓦茲說「天才從最少的觀察得出最多的結論」，他的觀察也沒錯。但是這只有在天才碰巧成功的情況下才有效，不是嗎？要是一粒蘋果籽被帶去市中心、落在堅

硬的柏油路上、被車輪輾碎，難道它就不再是蘋果籽了嗎？不，它終究是顆蘋果籽，只是沒有機會完成它的使命了。

　　一條魚會產下幾百萬顆卵，存活下來的都是千中選一。孵化的卵當中，只有少數能夠長大。儘管每顆魚卵都如假包換，都有發育成一條魚的一切必須特性。但許多卵都被別的魚吃掉了，倖存的也不是因為特別聰明。埃里斯說得對：「天才就是綜合**許多條件的幸運結果**。」存活下來是其中一項條件，遺傳是另一項。第三項是免於貧窮，雖說人類歷來也有許多知名天才出身社會的較低階層，分秒不懈才邁向輝煌。貧窮沒有困住這少數人，但絆住了其他成千上萬的人，那些人若是獲得了「綜合許多條件的幸運結果」，原本也能取得成功。

　　對於那些自吹自擂、跑來跑去，每個都搥著胸膛自稱是天才的人，我們也不能一下子就全盤否定。他們很討人厭，但其中也可能有些真貨。

　　據說每個謀殺犯都會自稱無辜，或是堅稱他們是被逼的。犯罪史則告訴我們，無論「自認很懂」的人如何譏笑，但有些嫌犯真的是無辜的。

　　我們不能忘記的是，天才有一項重要特質：在他有興趣的領域無限忍受痛苦的能力。大多數自吹自擂的人都是花在吹噓上的時間太多，留下來埋頭苦幹的時間太少。

　　我們如何強調都不為過的事實則是，儘管天才在他們的特殊領域，心智上都具有非比尋常的吸收力，其中還是有許多人**從未獲得機會**接觸他們有興趣的事物。要記住，大多數天才都只有一種強項，所以你會發現，他們換了一個陌生環境，就沒有機會發

展了。

　　魚離開水就成了死魚，天才一離開他的藝術通常都是個傻瓜。

第十章　何謂藝術？一段對話

問：你會不會說，在單獨個人的身上，就同時體現了善與惡、正
　　念與邪念？每個角色都可以選擇以身殉道，或是成為叛徒
　　嗎？

答：是的。一個人不只代表他自己與所屬的種族，也代表了全人
　　類。從小尺度觀察到的他個人的生理發展，與全人類的發展
　　都是相同的。他從母親的子宮開始，經歷了人類從原生質狀
　　態開始走過的整趟漫長旅程。同樣的法則適用於人，也適用
　　於國家。人在摸索中穿過迷霧，踏上未知的道路，一如眾多
　　部落、團體、種族也曾如此。他在童年、青少年、成年，都
　　與國家一樣經驗了磨難，一樣為了爭取幸福而奮鬥。單一個
　　人就再現了全體。他的脆弱就是我們的脆弱，他的偉大就是
　　我們的偉大。

問：我一定要當我弟弟的保姆嗎？我不想為他的行為負責。我是
　　獨立的個體。

答：貓或老鼠或獅子、昆蟲都是如此。以白蟻為例。牠們之中有
　　的雌蟻除了產卵不做別的事。牠們有工蟻、負責警衛與戰鬥
　　的兵蟻，還有一些其他的個體，唯一的職責就是擔任群體的
　　胃。富含纖維的食材要先經過牠們咀嚼、消化，才適合食
　　用。這個昆蟲社會的全體成員都會群集過來，到這隻個體、

這個活生生的胃旁邊，吸吮調理好的食物維生。每隻白蟻都有特定的功能，每隻都不可或缺。這個社會的組織完善，要是摧毀其中任何一個部門，全體都會隨之滅亡。牠們被拆散就無法存活，就像神經、肺臟、肝臟，沒有身體的其餘部分也活不下去。讓這些昆蟲個體湊在一起，牠們就又形成了一個個體，也就是社會。你的身體也是如此。每個部分都分開運作；將這些個別的部件協調在一起，就組成了一個人。而人也是全人類這個整體的一個部分。白蟻家族裡的每隻個體都有其性格，就像每條腿、每隻手臂、每副肺臟都有其特性，但仍然只是整體的一部分。正因如此，你最好還是當你弟弟的保姆；他跟你都是相同整體的一部分，而他要是發生不幸，也必然影響到你。

問：如果一個人身上就具備了全人類的所有特質，我怎麼做得到全面描寫他？

答：這怎麼說都不是件簡單的工作，但是你就是要做到逼近「全面」的地步，你對角色的描繪才會好。只有在藝術上追求完美才會成功，即使你永遠也達不到這個目標。

問：藝術到底是什麼？

答：從微觀的形式來說的話，藝術不但是全人類，也是宇宙的完美境界。

問：宇宙？你扯得有點太遠了吧？

答：原生質與人體細胞是相同的成分組成的。數以百萬計的這種細胞聚合而成的人體，與個別細胞的成分也是相同的。在細胞的社會中，每個細胞都有其特定的功能，就像每個人在人

類社會，也就是世界當中，都有他的功能。於是，就像細胞代表了人，人代表了社會，社會也代表了宇宙。支配宇宙的普遍法則，也支配了人類社會。化合反應、運作機制、作用力與反作用力，都是一樣的。

　　當一個劇作家創造出一個完美的人，他複製的不只是一個人，也是他所屬的社會，而這個社會在宇宙中也不過是個原子而已。所以創造了這個人的藝術，也反映了宇宙。

問：你所謂的「完美境界」可能變成對大自然的盲目模仿，或是羅列人類種種本性的流水帳。

答：你害怕知識嗎？一位工程師懂得數學、重力法則、運用材質的張力，難道有害嗎？他必須先認識與他專業相關的一切，然後我們才能問他有沒有才能打造一座美觀又實用的橋樑。**具備精密科學的知識，並不表示他實際執行時就沒有想像力、品味與優雅**。相同的道理也適用於編劇。有些人可能會遵守技術上的每一條規矩，但作品卻死氣沉沉。也有些人——的確有過這樣的人——運用一切可取得的資訊，遵守他們覺得有效的規則，將這些資訊融入自己的情感。他們讓知識乘著想像力的翅膀翱翔，遂創造出了傑作。

第十一章　當你寫劇本時

務必構思一個**前提**。

你的下一步，就是選出將促成衝突的**核心角色**。如果你的前提剛好是「嫉妒會毀滅自身以及所愛的對象」，那麼即將表現嫉妒的男人或女人，應該本來就包含在你的前提之中。核心角色必定是個會不擇手段為自己受的傷害復仇的人，不論這個傷害是真有其事，還是想像出來的。

下一步是安排其他角色。但這些角色必須經過**排列組合**。

這裡的**對立統合性**必須具有約束力。

小心選取合適的**衝突攻擊點**。這必須是你劇中一個或更多角色生命中的轉捩點。

每個攻擊點都是從**衝突**開始的。但別忘了衝突有分成四種：停滯、突跳、預示與緩升。你要用的只有上升型衝突與預示型衝突。

要使衝突上升，不能沒有**不斷鋪陳**，也就是**轉折**。

上升型衝突是鋪陳與轉折的產物，將可確保角色的**發展**。

陷入衝突的角色將從一個極點擺動到另一個極點——像是從**恨**到**愛**——並將造成**危機**。

如果發展能夠穩定上升，**高潮**就會接著危機而來。

高潮的後果就是**結局**。

要確保對立統合性夠強，以免角色弱化，或是在劇本中段就與劇情脫節。每個角色都有某些要力保的事物，例如財產、健康、前途、榮譽、生命。對立統合性愈強，你筆下的眾角色就愈肯定將會驗證你的前提。

　　對白和劇中其他任何部分同樣重要。劇中說出的每個字都應該源自相關角色。

　　布蘭德・馬修斯在他的《劇場理論》（*The Theory of the Theatre*）當中，和他的學生克萊頓・漢彌爾頓（Clayton Hamilton）堅稱，只有進了劇場，在觀眾面前，才能評判一齣戲。

　　為什麼呢？我們承認，從有血有肉的演員身上，比在白紙黑字上更容易看出作品的生命，但是這怎麼會是**唯**一的認識方式呢？要是建築工也用相同的方法下判斷，豈不是嚴重的浪費。未來的屋主都還沒決定要不要那種房子，房子就以實際的尺寸與材料蓋起來了；政府都還沒通知工程師是否核准他的橋樑設計，就在河道上架橋了。

　　一齣戲在實際投入製作之前就可以評斷了。首先，必須從一開始就能看出前提。我們有權知道作者要將我們帶向何方。從前提發展出來的眾角色必然會因為劇本指向的目標而顯露自己的身分。他們會透過衝突驗證前提。這齣戲必須從衝突開始，而衝突將緩步上升，直到高潮。角色必須詳加描繪，如此一來，不管作者有沒有明說個別角色的背景，我們也能準確看出每個角色各自的過往。

　　不論讀的是什麼劇，如果我們知道角色與衝突的組成方式，

就會知道要期待什麼。

在攻擊與反擊之間、衝突與衝突之間的，就是轉折，把這些單位都黏合在一起，就像砂漿黏合磚塊一樣。我們期待角色的同時，也期待著轉折，要是我們找不到轉折，就知道劇情為什麼會急速躍進，而不是自然發展。而我們要是發現太多鋪陳，就知道劇情會陷入停滯。

如果我們在讀一部劇本時發現，作者講遍了他這些角色的細節，卻沒有展開衝突，我們就知道這位作者連戲劇技巧的基本概念都不懂。要是角色面目模糊、對白冗長空洞又亂成一團，那麼我們無需投入製作，就能判斷這齣戲好不好。肯定不會好。

一齣戲應該從其中一個角色的人生轉捩點展開。我們讀了前幾頁後，就能看出這齣戲是不是如此。與之相似地，我們在首次讀劇的前幾分鐘，就曉得角色有沒有好好排列組合。我們不用進行製作，就能知道這些。

對白必須源自角色，而不是作者。對白必須顯示出角色的背景、性格與職業。

如果我們讀到一部劇本，其中充斥著完全不往終極目標推進的人物，出現只是為了做滑稽娛樂或綜藝表演，我們就知道，這齣戲從根源上就是糟糕的。

再怎麼說，聲稱要有了製作才可以評判一齣戲，只會引出更多的問題。這種說法顯示出對編劇基本原理的無知，並且需要借助外來的刺激，才下得了關鍵的決定。

的確，有許多好劇本都被不好的選角或是不合適的製作給毀掉了。同理，許多好演員也因為碰上壞劇本而表現失常。就算給

小提琴名家弗里茨‧克萊斯勒（Fritz Kreisler）拉一把伍爾沃斯牌[5]（Woolworth）的琴，也無損於他的造詣。但要是反過來，拿一把史特拉底瓦里（Stradivarius）的琴給一個對音樂一竅不通的人，那就慘不忍睹了。

我們不是不知道，上述質問會得到什麼樣的回答。有些人說過、以後也還會說：「藝術不是造橋或建築那樣的精確科學。藝術是被心境、情感、個人取徑支配的。藝術是主觀的。創作者有了靈感，你就不能規定他套用哪個公式。他靈感的火花點亮什麼，他就用什麼。沒有什麼固定的規則。」

當然，每個人都可以用他喜歡的方式寫作，但他還是必須遵守某些規則。比方說，他一定要使用某件書寫工具，寫在某些東西上。這些器材可能古老也可能現代，但是你缺了它們就不行。此外還有文法的規則，就連使用意識流技巧的作家，也都要遵照一定的句構規則。事實上，像詹姆斯‧喬伊斯（James Joyce）這樣的作家制定的規則甚至更加嚴格，連一般的作家都無力遵守。因此，在劇本寫作中，個人取徑與基本規則並不衝突。你如果知道原理，就可以成為更好的巧匠與藝術家。

學會字母並非易事。你記不記得，B看起來跟D像得要命，W就像醉倒了的M？當你連辨別字母都忙不過來時，要弄懂自己在讀什麼就更難了。你那時又可曾想到，你有朝一日能夠流暢寫作，再也不用停下來煩惱A或W這種事？

---

5 譯注：當時類似五十元商店的平價零售品牌。

第十二章　如何想點子

　　當你有一個急切想要某種東西的完滿角色時，你就有了劇本。你無需思考情境。這個充滿動力的角色會創造自己的情境。

　　在本書第一七八頁，列出了一份抽象名詞的清單，讀一遍。

　　你首先要記住，**藝術要做的不是反映人生，而是凝煉人生**。當你處理一個基本情感時，也可以更強調那分情感或特徵。

　　如果你要寫**愛**，就該寫**偉大的愛**。如果你要寫**野心**，就該寫**殘忍的野心**。如果你選擇了**眷戀**，就應該是**獨占的眷戀**。這樣才會產生衝突。

　　我們就拿「眷戀」（affection）這個單純的名詞來看。這是驅動《銀索》的情感。這不是普通的眷戀或愛，而是一個母親對兒子們自私的、占有欲過強的愛。

　　當然，光知道一個人有過分的占有欲還不夠；你還必須知道**為什麼**。一般來說，**不安全感**和想要有**重要性**的欲望，就是一切誇張特質的基本原因。母親想要成為關注的焦點，而不是讓她兒子們帶回家的那些女人得到理所當然的重要性。

　　眷戀是人類的基本需求，但是過度的眷戀卻可能有毀滅力。如果你希望逃離過度的眷戀，你會發現這幾乎是不可能的。畢竟，你能對一個愛你的人做什麼呢？如果你是個正派的人，面對愛你的人就會無可奈何，就算你本來可能想躲到天涯海角。

戲劇不只要娛樂人，還得要教育人。劇作家要詮釋人，給人看。當你看到舞台上的某個角色正在引起不幸，你可能也會從這幕戲中認出自己。

讓我們回到一七八頁，從**愛罵人**（abusive）這個詞開始舉例。

愛罵人：一個角色動輒怒罵別人，意味著他沒認識到自己的缺點。他目光短淺、心胸狹窄、缺乏想像力。他想把事做好卻辦不到。他不知道要怎麼做。此人無可避免會把你帶入衝突。

精準（accuracy）：你能不能想像自己一天二十四小時都跟一個講究精準的人一起生活？這種人想必惹人討厭；他自己完美，就要求每個人也都完美。你一定會注意到，一個凡人要做到百分之百完美是不可能的，但是這個完美主義者當然沒有意識到自己也是個凡人，也有缺陷和弱點。所以，這樣的人與周遭的人**必定會發生衝突**。

自負（conceit）：一個自負的人（不是一般等級的虛榮，而是自大狂）必然過度敏感。任何真有其事或是他想像出來的批評，都會立刻冒犯到他。他有嚴重的不安全感，所以必須一直膨脹自我，才能確信自己的重要性。什麼事情一定都要順這種人的意，要有很機靈的手腕與應對技巧才能與他共事。這樣的人無可避免會失去周遭人們的愛、眷戀與尊敬──也就有了你的劇本。

尊嚴（dignity）：一個自尊過強的人（要記住我們必須誇大這項特徵）會成為喜劇的好素材。你的角色將自以為是、自命不凡，就算只是出格一丁點，都讓他怕得要死。讓他跟一個完

全與他相反的人發生衝突，並且務必在兩人之間製造對立統合性，讓這兩人無法分離，你就有了一齣好笑的戲。

智慧（wisdom）：不論是什麼東西，就算是好東西，一旦過量都會惹人厭煩。你筆下的智者永遠正確、從不犯錯，弄得他身邊的普通人都覺得自己很笨且無足輕重。就算旁人都欽佩他、尊敬他，但他只是讓大家都感到自卑，而不是愛他，雖然他最渴望大家愛他。他讓大家都違逆、憎恨、惱火他。

有些人開始做事之後，從來不曾貫徹始終。有些人永遠在拖拖拉拉，什麼事都要留到**明天**才做。有些人總是衝動行事，出手之前不思考。事實上，人性有成千上萬的特徵、情感與素質，都可以創造出劇本、小說或故事。

你可以寫一個真實不虛的人、一個實際存在的個體，但要誇大其中一項特徵。你就會得到許多可以用於劇本或小說的角色，讓你寫一輩子都寫不完其中的一半。

本書一七八頁列出的每個詞都代表了一個角色。讓我們再來看一個詞：**笨拙**（clumsy）。你不見得要選個老套的「笨蛋」角色。也可以選個漂亮又聰明，但卻笨拙的女人。

任何人只要做事做得太過頭，他就是發展成故事的好素材。要記住：你的角色必須充滿動力。充滿動力的人注定會透過衝突展現自己。幸福的祕訣就是了解到人無完人；我們永遠都要認識到，我們每個人都有改善的空間。

你必須對自己的故事感受甚深——事實上，這應該是你自己的信念。你絕不能害怕在寫作中放進衝突，因為你若是害怕，那

麼無論採取的是什麼形式，都將寫出乏味又停滯的作品。

點子再好，也只是個點子。點子究竟是什麼？它就是顆種子，如此而已。要拿它來做什麼，完全取決於你。不論什麼樣的點子，要是沒有具備三個面向的角色，就一文不值。

寓言或是任何架空的概念，都要能夠展現人性的渴望，才會是好的。

在任何類型的寫作中，想點子都是最簡單的部分。看看你的四周，留意觀察。於是你就不得不承認，這世界簡直是個取之不盡的糕餅鋪，美味佳餚任你挑選享用。

這裡有些角色或許可以讓你試試身手。我試著找出了可以形成角色的材料。下面列出的都是類型而已。你應該用這些來打造活生生的人。

什麼造就了殘忍的角色？
（殘忍的角色不見得是壞人）

要力保的某樣東西

回不了頭

堅決

野心

迫切

沒有退路

害怕失敗

真誠（積極主動）

強烈的激情（愛、恨、貪婪、嫉妒，等等）

執著於目標

自我中心

剛愎自用

有遠見

一心復仇

機會主義

貪婪

懷恨在心

這裡集合了許多殘忍的角色。選你要用的。

沒用的人意味著：

白日夢

缺乏主動性

懶散

人生沒有目標

吊兒郎當

聰明的人意味著：

機伶

敏捷

有說服力

善於觀察

才智

天分

懂得人心

無聊的人意味著：

遲鈍

自大

自我中心

擔憂或恐懼

缺乏見識、眼光或才智

意興闌珊

壞脾氣意味著：

不體諒人

暴躁

神經質

缺乏理解

沒耐心

沮喪

恨意

病態

任性

驕縱

機敏

反社會意味著：

殘酷

掠奪

內向寡言

沒人性

殘忍

傷害人類的任何事

固執

反常

愛好奢侈意味著：

自我放縱

感官享樂

自我表現

渴望美麗

頹廢

過度放縱

自命清高意味著：

吹毛求疵

固執

恐懼

不安全感

自卑感

擅權跋扈

自大

自私

長舌

好鬥

多疑意味著：

不安全感

罪惡感

心存疑慮

鬼鬼祟祟

虛榮

怯懦

不快樂

沒有判斷力

自卑感

固執意味著：

狹隘，用單一標準評斷別人

墨守成規、自命清高、沒有想像力

暗自生氣

舉止得體

沒有彈性

反動

拘謹

謙恭

有禮貌

狂熱（狂熱者一定固執，但是固執者不一定狂熱）

罪惡感

粗鄙意味著：

自大

無恥

自私

艷羨

不安全感

虛榮

反覆無常

孤單

自卑感

欠缺創造力

野心意味著：

違抗現狀

想出人頭地

想活得理直氣壯

不滿

極欲改變

極欲成名

逃避挫折

極欲掌權

嫉妒

控制

想取悅人

自我實現

殘忍

想要安全感

　　你可以由此開始，尋找新鮮、動人且無窮無盡的點子，直到你老邁年高或是想像力不夠用了為止。

問：我想，這些例子都有助於我想出點子，但是……我不懂為什麼人物、角色，都必須成為那一類人的典型（epitome）。現實生活中的人不見得都很瘋狂，或是像你說我們應該追求的角色那麼極端。我擔心，要是照你的建議，我們的故事或劇本會誇張到不正常。

答：有人認為你失心瘋的時候，你生氣嗎？不氣嗎？別人就會。你有沒有妒意強烈到快要受不了過？如果你的答案是「沒有」，那你就是稀有案例，而且你永遠也不會懂得平凡人的驅動力。

　　就連最正常的人有時也會覺得，從事最可怕的復仇絕對有其

必要。身為作家，應該找出的就是身陷危機的人。不幸的是，身陷危機時，沒有人還能舉止正常。如果你經歷過重大災難，那麼你不但能理解你這些角色身陷危機的心理狀態，還能理解他們的驅動力，以及他們是繞經如何曲折的道路，才抵達各自失意或得意的結局。

當我們從書上讀到，或是在舞台上看到一則故事裡的殘酷、暴力、凌虐，以及所有使人變成禽獸的激情，這時我們其實看到了自己，因為我們這一生中也經歷過幾次，就算只有一瞬間。

無庸置疑，殘忍的角色在史上不絕於書，而他們也影響了人類的命運，不論這影響是好是壞。

讓我再強調一次——去寫那些抵達了人生轉捩點的人物，這是值得的。我們能夠從他們的示範中得到警惕或啟發。

第十三章　寫電視劇

任何人只要曉得如何寫好一齣單幕劇（one-act play），就不必擔心他是否需要額外的天分，才可以為電視這種令人興奮的新媒介寫劇本。

他們會跟你說，從一齣戲在電視上開始播出的那一刻起，它的故事就必須令觀眾著迷，直到結束。這對一位好編劇來說並不新鮮。我們運用「衝突攻擊點」處理的就是這項原則。在電視上引起興趣與衝突的方法，與劇場裡的好劇本完全一致。其原則並無差異：懸念、預示衝突，都從一開始就要用在每件事情上。

在單幕劇與半小時的電視劇之間**是有**其差異，單幕劇通常只會使用一套布景，而電視劇則會用上三至四套，而且可以應劇情要求頻繁更換布景。

電視製作人傾向於讓角色愈少愈好。

電視劇本的作者不需擔心某部製作的攝影機角度或是其他任何的技術特性。他的腳本不應指示攝影機的方向。不過，為了讓人可以隨後加入方向，他的腳本應該只占紙張的一半版面，而且只在單面打字。電視腳本的長度通常是四十至五十個像這樣的半頁。所有的指示都要以大寫字母繕打。

這裡是我的兩個學生為哥倫比亞廣播公司（CBS）的《危險》（*Danger*）寫的一集電視劇的開場。這會讓你對呈現腳本的

方式有點概念。

紀念日

電視劇本

依芙琳·康奈爾（Evelyn Cornell）與約翰·T·查普曼（John T. Chapman）編劇

角色

凱薩琳·麥克勞（Katherine McCloud）

艾倫·麥克勞（Alan McCloud）

查理·迪恩（Charlie Dean）

布萊斯太太（Mrs. Bryce）

約瑟夫·庫查斯基（Josef Kucharski）

檢察官

法官

送貨男孩

麥克勞一家整修了位於康乃迪克州的農莊。前門裝了片厚重的玻璃鑲板，門後通往寬敞的大廳。大廳內有兩扇門，左邊的門通往餐廳，右邊的門則通往客廳。大廳內的階梯通往二樓。通往廚房的門在餐廳裡。臥室與法庭可做成小型布景。

現在是春天的某個早晨。

（布萊斯太太從廚房走進餐廳，拿著咖啡用具要放進櫥櫃。她年約四十幾歲，是典型的新英格蘭鄉下人。大廳傳來了響聲，

她轉身朝向那兩扇門，這時艾倫‧麥克勞走了進來，把帽子、外套、公事包扔在椅子上。他年約三十五歲，消瘦又疲憊——此刻看來明顯煩躁不已。）

布萊斯太太：早安，麥克勞先生。

艾倫：早，布萊斯太太。咖啡好了嗎？

布萊斯太太：是的，先生。您要吃些蛋嗎？

艾倫：（在桌邊坐下）我怕沒時間了，布萊斯太太。我得搭早班火車去鎮上。今天早上要開庭，而我負責的案子排在第一件……（她在倒咖啡，他雙手掩住臉，放手時她端來了杯子）我來看看……禮拜四……我在想，妳介不介意今天下午不能放假？（她盯著他看，準備拒絕）麥克勞太太她……她不太舒服，而且沒睡好……

電視術語

B.C.U.：大特寫（Big Close-up）的縮寫。

銜接（Bridge）：場景或行動之間的連結。大多用於非戲劇類寫作；戲劇寫作的說法是「轉折」。

特寫（Close-up）：攝影機專注在某個物件或人上面。如果拍攝的是人，他的頭部至肩膀會占滿整個景框。

Cold：只聽得到單獨或是清晰的音樂、聲響或是人聲。

交叉淡入淡出（Cross-fade）：淡出一個畫面，並淡入另一個畫面。用在音訊上則是指淡出一段聲音，並淡入另一段聲音。

卡（Cut）：停止鏡頭、動作等等。

切換（Cut to）：從一台攝影機切換到另外一台，也就是所謂切換畫面[6]。

溶接（Dissolve）：淡出一個畫面的同時淡入另一個畫面。

溶入（Dissolve in）：淡入一個新畫面。

溶出（Dissolve out）：淡出一個畫面。

直接切換（Direct Cut）：突然從一台攝影機的畫面跳到另一台的視訊轉換。

推鏡頭（Dolly to）：靠近或遠離拍攝對象的攝影機動作。

推入（Dolly in）：將攝影機推向某物或某人。

拉出（Dolly out）：將攝影機從某拍攝對象旁拉回。

淡入（Fade-in）：從黑螢幕中逐漸浮現一個畫面。在音訊上是指人聲、聲響或音樂的音量逐漸增大。

淡出（Fade-out）：畫面逐漸暗下來變成黑螢幕。在音訊上是指人聲、聲響或音樂的音量逐漸縮小，直到聽不見。

Film Clip：直播時插入播出的預錄影片。

景框（Frame）：攝影機從固定位置看到的範圍。

拉遠（Full back）：從特寫拉回來。

遠景（Long Shot）：將前景與背景都納入的鏡頭。

In：放音樂。

In Clear：與 cold 相同。

畫外音（Over Frame）：在景框裡看不到說話者或聲源。

---

6 譯注：本書寫作時尚未發明磁帶技術，電視節目多為直播。

搖鏡頭（Panning）：鏡頭拍攝時不間斷地從一個位置移到另一個位置。

Sneak：使音樂、聲響或人聲保持在極低的音量。

Sustain：繼續放音樂。

Under：在講對白或敘述時繼續放音樂。

音樂襯底（Back with Music）：在背景音樂中說話。

Down：調低音樂的音量。

背景音樂（Music in B.G.）：背景裡的音樂。

Over Music：在背景音樂中說話。

Out：音樂停止。

插入（Sting）：突然放進一個樂句（musical phrase）或和絃。

Up：調高音樂的音量。

第十四章　結論

　　如果你不能辨別氣味，就不能擔任調香師；如果你沒有雙腿，就不能擔任跑者。如果你是音痴，就不能擔任音樂家。

　　要成為編劇，你首先應該是個有想像力與常識的人。你必須有觀察力。你必須永遠不滿足於膚淺的知識。你必須有耐心去追究原因。你必須有協調感與好品味。你必須懂得經濟學、心理學、生理學、社會學。你可以憑著耐心與努力用功學會這些知識——如果你不學，別無他途能使你成為一個好編劇。我們經常驚訝於，人們可以多麼隨隨便便地就決定要成為作家或編劇。成為一個好鞋匠，要當三年的學徒；木匠或其他技能也是如此。那麼，編劇——世上最困難的職業之一——又怎麼可能不用認真研習，就能一夜學會呢？辯證的手法將有助於已準備好從事這項工作的人。這套手法也將有助於初學者清楚認識即將面臨的阻礙，以及他如果要實現抱負，就必須走過的道路。

附錄

劇本分析

一、《偽君子》

莫里哀的三幕喜劇

劇情概要

塔圖夫是個身無分文的無賴,他偽裝成宗教狂熱的信徒,博得了富裕的國王衛隊退役軍官奧岡的青睞。

塔圖夫一在奧岡家裡確立地位,就開始著手改造這戶人家,想方設法讓他們脫離交際應酬,改過禁慾的生活。其實塔圖夫對奧岡年輕貌美的續絃妻子有非分之想。塔圖夫唆使奧岡,讓女兒瑪麗安與心愛的瓦列荷解除婚約,聲稱她需要一個虔誠的丈夫引導她過純潔的生活。此事激怒了奧岡之子、正與瓦列荷的妹妹談戀愛的達米斯。

達米斯逮到了塔圖夫在勾引他的繼母。他當著塔圖夫的面將此事秉報父親,但父親不肯相信。父親堅決要求達米斯向塔圖夫道歉。達米斯拒絕,父親則在盛怒下與他斷絕關係。

就在全家陷入一片混亂之際,奧岡把流亡友人託付給他的一口箱子託付給塔圖夫。箱子裡藏著重要的訊息,洩漏這些訊息就等於背叛奧岡,很可能還會把友人也害死。

奧岡對塔圖夫的誠實與虔誠堅信不移,以致於把名下所有財產都委託給他代為管理。為了親上加親,他還希望塔圖夫迎娶自己的女兒。

奧岡的妻子艾爾咪對發生的這些事感到氣憤難平,遂刻意讓奧岡躲起來偷聽,再引誘塔圖夫向她求愛。幻滅又氣憤的奧岡命令塔圖夫滾出他家,卻忘記自己已將財產交給塔圖夫掌管。

次日，塔圖夫行使法律權利，把奧岡與家人逐出大宅，並準備把財產占為己有。他還將裝有奧岡友人祕密的箱子交給國王。國王認出塔圖夫是個在其他城市有過前科的無賴。塔圖夫被關進大牢。國王鑒於奧岡在部隊服役時忠心耿耿，遂原封不動歸還了箱子。

分析

前提

坑害他人者終將自陷其中。

核心角色

塔圖夫促成了衝突。

其他角色

奧岡是個富裕的退役軍官，控制欲強、愚笨、盲目信賴別人、篤信宗教——但我們永遠不知為何。

塔圖夫是個寫得很好的角色，文謅謅、好聲好氣，是個聰明的心理學家。不過我們至此只看到了他的兩個面向——生理與心理。他的出身背景仍然一片空白。我們希望知道，像他這樣多才多藝的人，是如何走上詐騙生涯。我們不曉得他的背景，只看到了結果，而不是讓他成為這種人的原因。

艾爾咪是個好繼母與好妻子。她比丈夫年輕許多。嫁給他是為了愛、為了錢，還是兩者都有？為什麼奧岡滿腦子都在想塔圖夫、讓她備受冷落之時，她還能當一個如此模範的妻子？

兒子**達米斯**精力充沛又固執。我們寄望他扭轉乾坤。但他只

是成功激怒了父親，被趕出家門。他一走了之，留下一個他明知會禍害他全家的人。他回家時問題已解決，一切都得到原諒。這個角色並沒有發展。

女兒**瑪麗安**是個軟弱的女孩，她缺乏膽量，甚至不敢為了自己所愛的男人出面抗爭。雖然在那個時代，社會規範就是要嚴格遵從家長的期許，但她至少可以為了愛情做出激烈的抗爭。面對父親的期許時，她也說不出話，只表示了聊勝於無的抗議。要靠女僕來推動，她才先是與情人言歸於好，再暗地裡挑戰父親；而我們對她還是沒什麼信心。她完全是停滯不動的，要女僕推她才會行動。

艾爾咪的哥哥**克萊昂特**對劇情並無貢獻。他只是像其他人一樣，試圖勸奧岡不要盲信。他在第一幕下場了一段時間，卻什麼也沒有完成，就跑回來想說服塔圖夫，讓奧岡原諒兒子達米斯。他並未成功，我們又在第三幕看到他，又多說了一些對白。他對產生衝突沒有幫助。

奧岡的母親**佩內爾夫人**則是用來在這齣戲開場時進行鋪陳，結尾時再回來表現一點喜劇性；對衝突沒有貢獻。

而瑪麗安的情人**瓦列荷**至少下定了決心，不會讓她嫁給別人。瑪麗安要是具備爭取愛情的力量，就不需要瓦列荷這個角色了。她沒有這樣的力量，所以瓦列荷必須在劇中為她奮鬥。他幫忙證明了奧岡多麼盲信，協助奧岡躲過警察時也表現出自己是個真正的朋友。然而此時奧岡完全認識到自己錯了，而展現友誼的這個舉動只證明了他早已知道的事。

粗俗、直率又敏銳的女僕**多琳**對這部劇本而言是必要的，因

為要是沒有她，就很難推動許多角色。但是她雖然機智，卻是個老套的角色，因為我們更想看到人物出於自願採取動作——而且要具備三個面向、在合適的衝突裡這樣做。

角色排列組合

奧岡與塔圖夫搭配得很好，一人單純可靠，另一人詭計多端。與丈夫不太相稱的艾爾咪，則能夠與塔圖夫鬥智獲勝。達米斯與瓦列荷屬於相似的類型，都無法挺身反抗核心角色。瑪麗安的形象蒼白，弱不禁風。只有女僕多琳勇敢站出來，又夠精明。她與塔圖夫組合搭配得最好，我們都會樂見他們在衝突中對決。

對立統合性

這是維繫整齣戲最強力的要件。瑪麗安與達米斯各自的戀情對他們至關重要。全家人都渴望維持平靜生活，不受塔圖夫擾亂，這一點讓大家都留在場景裡。當然，艾爾咪可以離開她的丈夫，而我們也不懂她為何不這樣做，因為我們對她所知甚少，她留下或許是為了愛，或為了錢。我們假定理由是其中之一，或兩者皆是。

衝突攻擊點

危機發生在第一幕中段，奧岡決定解除女兒與瓦列荷的婚約，並把她嫁給塔圖夫。該幕前半段是純粹的鋪陳，因此真正的攻擊點應該是奧岡下的決定，也就是某事處於危急關頭之時。

衝突

第一幕的前半段是停滯的。在這之後，劇情一波接著一波，

往危機與高潮發展，但是衝突的力道不夠強，因為家人與奧岡的對立只在抗議的層次，還沒進展到公開挑戰。

轉折

奧岡與塔圖夫身上的轉折都做得很好。在第二幕，塔圖夫靈巧地從信仰虔誠轉變成對艾爾咪公開求歡示愛，但仍試圖為自己的激情披上一層神聖情懷做為偽裝。

奧岡的角色對塔圖夫的盲信愈來愈深。

全劇中，除了少數例外，轉折都處理得很好。

角色發展

塔圖夫從欺騙發展到羞辱，奧岡則從信任發展到幻滅。

其他家人則沒有發展。他們一開始就憎恨塔圖夫，到結尾還是恨他。唯一有發展的是年輕妻子艾爾咪。她從原本的處事被動，發展到採取實際行動，騙塔圖夫上鉤。但是她的情感則維持不變。我們可能會期待她在丈夫眼中的地位上升，或是從原本的順從個性變成獨立自主的妻子。但她並未如此。

危機

艾爾咪說服奧岡躲起來，用計使塔圖夫事跡敗露的時候。

高潮

塔圖夫被揭穿。他把奧岡與他們一家人趕出去。

解決

到最後，塔圖夫就要大獲全勝時，被國王認出是個惡棍，曾

經冒名在里昂犯下一連串的罪行。塔圖夫遭到拘捕。

本劇前提是：「坑害他人者終將自陷其中。」不過，藉由國王的介入驗證前提，則是個薄弱的手法。

對白

寫得很好，尤其是在塔圖夫與奧岡的部分。兩人的台詞都能切合角色。

二、《群鬼》

亨利克‧易卜生

劇情概要

阿爾文太太以獻給先夫的名義建了一所孤兒院。牧師曼德斯先生前來造訪，與她商量是否應該為這棟建築物投保。投保可能暗示他們對上帝沒有信心；但不投保又風險太大。阿爾文太太同意不要投保，但也說一旦房子失火，她將不再出錢貼補。

阿爾文太太的兒子歐士華兩天前剛剛歸國返家。他是個藝術家，從七歲起就離開了父母。他從自己的經歷裡學到的觀念，與他母親從書上讀到的觀念是一樣的──但曼德斯先生卻覺得這些觀念很可怕，因為這些觀念優先講究事實，而非責任。

殷史川是個名聲不佳的老頭，他女兒雷吉娜在阿爾文家裡幫傭，也受過阿爾文太太的教育。殷史川想開一間水手旅社，並希望雷吉娜回來工作。但是雷吉娜有別的想法，原因就是歐士華。

殷史川請求牧師幫忙，迫使雷吉娜履行責任。阿爾文太太則拒絕讓雷吉娜走。

曼德斯先生感到有義務與阿爾文太太談談她的行為舉止。他提醒阿爾文太太，她不是個好妻子，當初結婚才一年就離開丈夫，跑來尋求曼德斯的愛與保護。而他很自豪把她送了回去。現在他又說，他發現阿爾文太太竟然贊同兒子的邪惡觀念，認為就算不受教會管制，也能活得堂堂正正。阿爾文太太則向他透露了自己婚後生活的祕密。她透露她的丈夫從未改過遷善，他的好名聲全是她營造出來的。他婚前就染上了梅毒，婚後還更加放蕩。最過分的是他還勾搭家裡的女傭，也就是雷吉娜的母親。阿爾文上尉才是她的生父，而不是殷史川。才剛說完這段話，就聽到了歐士華與雷吉娜從餐廳傳來的聲音，宛若他們父母的鬼魂。

歐士華告訴母親他病了。他去看了醫生，醫生跟他說了病因，還說這是「父債子還」。只從母親來信裡認識到父親光榮形象的歐士華，為此勃然大怒。他相信自己偶爾的玩樂才是病因，而他一想到這是自作自受，就悔恨不已。他想要與雷吉娜成婚，讓餘生幸福快樂。

阿爾文太太決定告訴兩個年輕人真相，但卻被孤兒院失火的消息打斷。孤兒院被燒成廢墟了，我們則得知曼德斯與殷史川曾在旁邊的木工工作坊做過禱告。殷史川堅稱，是牧師讓還在燃燒的燭芯掉進了木屑堆裡。曼德斯驚慌不已，唯恐此事損及他在鎮上的地位，殷史川則逮到了勒索的機會。他提議，只要曼德斯從阿爾文上尉的私人財產裡拿錢幫他蓋旅社，他就出面頂罪。曼德斯欣然同意。

阿爾文太太把故事說了出來，激怒了雷吉娜。她覺得自己應該被當成阿爾文家的親生女兒教養長大才對。現在她得知歐士華病了，也很慶幸沒有嫁給他，並決定要跟殷史川患難與共。與母親相依為命的歐士華，則說出了最讓人害怕的事。他不只是病了，他的腦子也在萎縮，隨著時間流逝，他會變得愈來愈動彈不得。他知道，如果走到這一步，雷吉娜會願意殺死他，而他希望母親承諾也會這麼做。他拿出嗎啡藥錠時，母親驚恐不已，拒絕了要求。但是黎明將至時，歐士華再次發病，失明了，坐在那裡找著陽光。母親了解到死亡才是慈悲的解脫，遂開始尋找藥錠。

分析

前提

父債子還。

核心角色

曼德斯。

其他角色

阿爾文太太是個完滿的角色。我們可以回溯她的一生，從一個盡責的女兒，變成一個害怕的妻子，忍受龐大的苦難，捨棄了自由，履行她的「責任」。從那時起，她唯一的目的，就是為了兒子維護丈夫的名譽。在這些年裡，她的心靈境界有了驚人的成長，讓她可以輕易拋開過去那些站不住腳的信念。她是個堅強、有決心的女人。

曼德斯先生展現了他的虔誠，但卻徹底逃避現實。他這輩子都遵照良知的指引，但是名聲一旦受到威脅，這個一直代言真理的人，就容許了自己必要的墮落。

　　歐士華聰明、有藝術氣息、相信現實。他依照自己認為適合的方式過活，並依照自己親眼所見，而非聽來的傳聞下判斷。

　　雷吉娜是個堅強、粗俗又精明的女孩子。

　　殷史川是個狡猾的騙子，天生精明幹練。但他心地並不壞──其實他還頗具魅力。

　　所有角色都兼具三個面向。

角色排列組合

　　角色的排列組合調配得很好：阿爾文太太的神智清明對上曼德斯先生的盲目虔誠；殷史川的狡猾與曼德斯先生的信任相對；雷吉娜的獨立和精明與殷史川的精明相對。歐士華聰明而堅定。

對立統合性

　　阿爾文太太與曼德斯先生都要維護阿爾文上尉高貴人格的傳奇，並且都不計代價要阻止雷吉娜與歐士華結婚，因為他們其實是同父異母的兄妹。

衝突攻擊點

　　第一幕是透過穩步增強、逐漸上升的衝突進行鋪陳的絕佳範例。

衝突

　　衝突在開場時處於低潮狀態，但逐漸攀升擴大。曼德斯與殷

史川那一場戲暫時預示了主要議題，然後在第二幕結尾再次上升到充滿張力的程度。第三幕再度從低潮狀態開始，但仍然充滿張力，隨後再全力升高，直到獲得解決。

轉折

從一開始，衝突之間的轉折都做得非常好——首先是帶出了阿爾文太太揭露自己的丈夫從未改過遷善、雷吉娜則是他的私生女，然後是曼德斯與殷史川那場戲，再來是歐士華決定要娶雷吉娜。最後曼德斯被殷史川說服，讓他為孤兒院失火頂罪；儘管這種做法違背了他平常的原則。在第三幕中，轉折逐漸上升，直到高潮。

角色發展

阿爾文太太從自己這麼多年來掩蓋丈夫的本性當中，意識到自己的愚蠢。

曼德斯先生從嚴守倫理道德，變成為了挽救名聲而撒謊。

歐士華從正常變成瘋狂。

雷吉娜從尊敬阿爾文太太與歐士華的盡責女孩，轉變成拋棄他們。

殷史川成功拿到錢蓋他的水手旅社。

危機

歐士華決定迎娶雷吉娜。

高潮

歐士華精神崩潰。

解決

阿爾文太太尋找嗎啡藥錠。

對白

寫得很好；所有台詞都來自角色的個性。

三、《悲悼伊蕾特拉》

三部曲之第一部《回家》（*Home-coming*）

尤金・歐尼爾

劇情概要

　　一群人在新英格蘭地區尋找曼濃的家，透過他們的對話，我們得知曼濃一家很富裕，父親與兒子離家打南北戰爭，母親和女兒則留在家裡。我們得知鎮上的人不喜歡母親克莉絲汀，原因是她有外國血統。我們也聽到了不能外揚的家醜：艾茲拉・曼濃的叔父大衛曾與一個他「招惹上」的法裔加拿大護士結婚。

　　女兒拉芬妮雅的舉動顯示，她對母親的恨，就像對父親與哥哥的愛一樣深。她陪克莉絲汀去了趟紐約，證實了自己的懷疑，發現克莉絲汀與亞當・布蘭特（Adam Brant）是情人關係。布蘭特是個船長，曾來過家裡，假裝要討好拉芬妮雅。拉芬妮雅進一步懷疑，布蘭特就是那個遭到背叛的護士之子。她用計使布蘭特承認此事，他們遂陷入爭吵。拉芬妮雅隨後找上母親，除非她放棄布蘭特，盡本分當艾茲拉的妻子，否則拉芬妮雅就會讓父親知

道這段情事，並讓布蘭特被所有帆船列入黑名單。克莉絲汀同意了，並對拉芬妮雅透露了自己對丈夫的憎恨。

克莉絲汀逼迫布蘭特參與一項對艾茲拉下毒的計畫。布蘭特負責去買毒藥，再由克莉絲汀來投毒。

艾茲拉回來了，受到女兒的擁抱迎接。她不想留父母獨處，但不得不如此。艾茲拉向克莉絲汀訴說對她的愛，以及渴望展開更美好的人生。她否認自己有任何冷淡之處，或是兩人之間有什麼阻礙，試圖藉此讓丈夫安靜下來。

那天夜裡他們在房間裡談話。艾茲拉覺得受傷，因為克莉絲汀雖然對他盡責，但卻十分冷漠。克莉絲汀故意表現殘忍，並揭露自己與布蘭特有染。艾茲拉心臟病發作，克莉絲汀又對他強行灌毒。他呼叫拉芬妮雅，拉芬妮雅衝入房間。艾茲拉說：「有罪的是她，不是藥！」隨後死在女兒的臂彎中。

拉芬妮雅質問克莉絲汀，克莉絲汀崩潰。女兒在地板上發現毒藥丸，證實心中的懷疑。她哭求亡父指引，此時幕落。

四、《八點鐘晚宴》

三幕劇

喬治・S・考夫曼與艾德納・費柏

劇情概要

米莉森・喬丹（Millicent Jordan）是位社交名媛，計畫為社交名流芬克里夫勳爵伉儷（Lord and Lady Ferncliffe）舉行晚宴。

她邀請了塔伯特醫師夫婦（Dr. and Mrs. Talbot）、丹·派克與夫人凱蒂（Dan and Kitty Packard）、卡洛塔·凡斯（Carlotta Vance），以及賴瑞·雷諾（Larry Renault）。她女兒寶拉（Paula）則不在受邀之列。

這齣戲講的是這些賓客、主人、寶拉以及喬丹家傭人等等各自的悲劇。我們發現奧立佛·喬丹（Oliver Jordan）的事業岌岌可危，他本來希望丹·派克會對他伸出援手，這人卻想欺騙他。我們還得知奧立佛的心臟有毛病，即將不久人世。

而丹·派克也被他那卑劣的年輕妻子欺騙了。他讓妻子凱蒂享盡榮華，卻忽略了她，她遂與塔伯特醫師過從甚密。在一陣爭執中，她讓丹得知她出軌了，但並未說出塔伯特的名字。丹不敢與她離婚，以免她把丹的詐騙伎倆昭告天下。凱蒂的女傭蒂娜則回過頭來開始威脅她，要揭露她愛人的身分。

塔伯特醫師已經厭倦了凱蒂。這男人雖然愛著妻子，卻與許多人有染。妻子露西·塔伯特（Lucy Talbot）已察覺他的不忠，但仍希望他會改過重來。

卡洛塔·凡斯是個過氣女演員，在喬丹的公司有持股，並承諾不會拋售。然而她違背了諾言，把股份賣給了派克操縱的代表人。

特地請來擔任卡洛塔男伴的賴瑞·雷諾是個人氣衰退的電影演員。他曾與寶拉·喬丹談過戀愛，不過。他的傲慢與醉意，讓他與正在幫他爭取主演機會的經紀人麥克斯·肯恩（Max Kane）大吵一架。肯恩告訴他，他是可憐他，才一直都沒跟他說：雷諾早就成了製片人之間的笑柄。明白了自己已經不紅又沒錢之後，

賴瑞就自殺了。

　　喬丹的司機李奇（Ricci）與管家古斯塔夫（Gustave）都想獲得女傭朵拉（Dora）的芳心。朵拉比較喜歡古斯塔夫，但堅持一定要結婚。他們在晚宴前一天成了婚。李奇得知此事，就上前毆打古斯塔夫，兩人都掛彩了。接下來，卡洛塔在管家與女傭面前，提到她認識古斯塔夫的妻子與三個小孩。

　　在僕人們打鬥不休期間，龍蝦肉凍壞掉了。米莉森得知此事，還發現這兩個男僕都在晚宴之前「出事」了。芬克里夫伉儷還放她鴿子，去了佛羅里達州，使得米莉森陷入歇斯底里。此時，（還不知雷諾已死的）寶拉又試圖告訴母親她喜歡雷諾，奧立佛也問能否不參加晚宴後的派對，因為他覺得不適。米莉森對他們發飆，說現在晚宴都只剩八個人了，他們竟還敢拿自己的小毛病來找她的碴。她邀請了自己的姊姊與姊夫遞補，並把晚宴時間延到八點整。

五、《白癡的樂趣》

羅勃・薛伍德

劇情概要

　　一群人待在阿爾卑斯山區的一間旅館裡，當地曾屬於奧地利領土，但現為義大利的一部分。戰爭的威脅正在逼近，義大利軍官不斷出沒。旅館裡的人包括：德國科學家瓦德賽醫生（Dr. Waldersee），此人極欲前往蘇黎世，繼續實驗找出抗癌療法；來

度蜜月的英國人切利夫婦（Mr. and Mrs. Cherry）；法國的激進社會主義者齊勒希；雜耍藝人哈利．凡與他旗下的六人表演團「金髮女子組」（Les Blondes）；軍火大亨阿齊爾．韋伯，以及他的旅伴愛琳。

哈利凡確信愛琳就是某個在奧馬哈與他睡過一晚的女孩。愛琳否認此事。齊勒希到處跑來跑去，大喊反對英國、法國、義大利或任何國家從事戰爭。後來法國與義大利宣戰時，齊勒希又變得激烈愛國，而且仇恨義大利。他被槍殺了。眾人的護照在早上送達，除了愛琳之外的人都可以離開。博士要回德國，並為自己的人道工作受阻與這個世界感到憤恨不平。切利先生要回國入伍打仗。韋伯要擴大他的窮兵黷武賺錢事業。但是由於愛琳最後還是告訴了他，她有多麼鄙視他的作為，他就將她拋下了。

愛琳向哈利坦承，自己就是哈利認識的那個女孩，哈利則在其他人都離開後回到旅館。就像愛琳說的，全世界都投入了這場「打小老百姓」的戰爭。她與哈利吟唱與伴奏聖歌「基督精兵前進」（Onward, Christian Soldiers）之時，戰火已然籠罩、席捲他們四周。

致謝

　　我要感謝：科沃德－麥肯出版社（Coward-McCann, Inc.）允許引用摩西·L·馬勒文斯基的《編劇學》。柯維奇－弗列德出版社（Covici-Friede, Inc.）允許引用保羅·彼得斯（Paul Peters）與喬治·史克拉（George Sklar）的《卸貨工》。米力斯拉夫·狄美瑞博士允許引用他一九三八年十二月三十日以遺傳（Heredity）為題對美國科學促進會（American Association for the Advancement of Science）發表的演講。陶德米德出版社（Dodd, Mead & Company, Inc.）允許引用威廉·亞契的《編劇技藝手冊》。法羅萊因哈特出版社（Farrar & Rinehart, Inc.）允許引用作者杜波斯·海沃德一九三一年授予版權的《銅腳踝》。艾德納·費柏（Edna Ferber）與喬治·S·考夫曼（George S. Kaufman）允許引用他們在道布爾戴出版社（Doubleday Doran & Company, Inc.）出版的劇本《八點鐘晚宴》。國際出版社（International Publishers Co., Inc.）允許引用阿多拉茨基的《辯證法》。利特爾布朗出版社（Little, Brown & Company）允許引用珀西瓦·懷爾德的《技藝》。麥克米倫公司（Macmillan Company）允許引用洛蘭德·L·伍德夫（Lorande L. Woodruff）的《動物生物學》。《紐約時報》允許引用一九四一年四月二十一日羅勃·范·蓋爾德對麗蓮·海爾曼的採訪。普特南出版社（G. P. Putnam's Sons）允許引用約翰·霍華·羅森一九三

六年授予版權的《編劇理論與技巧》；以及該社與作者亞伯特‧馬爾茲允許引用劇本《黑坑》。尤金‧歐尼爾與他的出版商藍燈書屋（Random House, Inc.）允許引用他的劇本《悲悼伊蕾特拉》。藍燈書屋允許引用艾爾文‧蕭爾的劇本《埋葬死者》。史克萊柏納出版社（Charles Scribner's Sons）允許引用羅勃‧薛伍德的劇本《白癡的樂趣》。約翰‧C‧威爾森（John C. Wilson）允許引用諾爾‧考沃德一九三三年授予版權、由道布爾戴公司出版的劇本《愛情無計》；以及一九二五年授予版權的《乾草熱》。德懷特‧迪瑞‧威曼（Dwight Deere Wiman）與《紐約先鋒論壇報》（*New York Herald Tribune*）允許引用威曼先生一九四一年四月六日的文章〈建議：從生產者到編劇〉（Advice: Producer to Playwright）。

【Act】MA0041
編劇的藝術
The Art of Dramatic Writing: Its Basis in the Creative Interpretation of Human Motives

作　　　者	拉約什・埃格里 Lajos Egri
譯　　　者	黃政淵、石武耕
封 面 設 計	楊啟巽工作室
版 面 編 排	張彩梅
總 編 輯	郭寶秀
責 任 編 輯	陳郁侖
行 銷 業 務	力宏勳

發 行 人　涂玉雲
出　　　版　馬可孛羅文化
　　　　　　104台北市民生東路2段141號5樓
　　　　　　電話：02-25007696
發　　　行　英屬蓋曼群島商家庭傳媒股份有限公司城邦分公司
　　　　　　台北市中山區民生東路二段141號11樓
　　　　　　客服服務專線：(886)2-25007718; 25007719
　　　　　　24小時傳真專線：(886)2-25001990; 25001991
　　　　　　服務時間：週一至週五9:00～12:00；13:00～17:00
　　　　　　劃撥帳號：19863813　戶名：書虫股份有限公司
　　　　　　讀者服務信箱：service@readingclub.com.tw
香港發行所　城邦（香港）出版集團有限公司
　　　　　　香港灣仔駱克道193號東超商業中心1樓
　　　　　　電話：(852) 25086231　傳真：(852) 25789337
　　　　　　E-mail：hkcite@biznetvigator.com
馬新發行所　城邦（馬新）出版集團
　　　　　　Cite (M) Sdn. Bhd.(458372U)
　　　　　　41, Jalan Radin Anum, Bandar Baru Seri Petaling,
　　　　　　57000 Kuala Lumpur, Malaysia
　　　　　　電話：(603) 90578822　傳真：(603) 90576622
　　　　　　電子信箱：services@cite.com.my
輸 出 印 刷　前進彩藝有限公司
初 版 一 刷　2018年4月
初 版 六 刷　2024年1月
定　　　價　480元

ISBN 978-957-8759-03-9
城邦讀書花園
www.cite.com.tw

The Art of Dramatic Writing by Lajos Egri
This edition arranged with BN Publishing.
Through the Chinese Connection Agency, a Division of the Yao Enterprises, LLC.
Complex Chinese edition copyright © 2018 by Marco Polo Press, a Division of Cité Publishing Ltd.
All Rights Reserved.

國家圖書館出版品預行編目（CIP）資料

編劇的藝術／拉約什・埃格里（Lajos Egri）著；黃政淵, 石武耕譯. -- 初
版. -- 臺北市：馬可孛羅文化出版：家庭傳媒城邦分公司發, 2018.04
　　面；　公分
譯自：The art of dramatic writing : its basis in the creative interpretation
of human motives
ISBN 978-957-8759-03-9（平裝）

1. 戲劇劇本　2. 寫作法

812.31　　　　　　　　　　　　　　　　　　　　　107003718